TAKE
SHOBO

宮廷女医の甘美な治療で
皇帝陛下は奮い勃つ

月乃ひかり

Illustration
ゆえこ

MOON DROPS

宮廷女医の甘美な治療で皇帝陛下は奮い勃つ

Contents

プロローグ

「おとうさま。どこにいくの？　ジュリはもう、歩くの、つかれたの」

幼い私は父に手を引かれ、木々が生い茂る山の中を歩いていた。

春の柔らかな日差しをうけて綻んだ若葉は、まだ朝露に濡《ぬ》れている。

父は来た道を一度も振り返らずに、片手にもった地図を真剣な眼差しで見ながら、ずんずんと歩を進めていた。私は逸《はぐ》れまいと父についていくので精一杯だった。

「ジュリアンナ、そら、頑張れ。もうすぐ『奇跡の実』が見つかるはずだ。お母様のために、なんとしてもその木を見つけなければならないんだよ。『奇跡の実』さえ食べれば、お母様の病も治るのだから」

父は私を励ますように微笑むと、また先を急いだ。

今思えば、あの時の言葉は、父が自分自身に言い聞かせていたようにも思える。

「でも、おとうさまは、おいしゃ様でしょう？　こうていへーかっていう偉い人のおいしゃ様だって、ばぁやが言ってたよ。どうしておとうさまが、おかあさまを治してあげないの？」

その問いに、父はぎくりとした様子で足を止めた。

いつもは優しい顔が悲しげに曇る。私は聞いてはいけないことを聞いてしまったような、まるで悪戯がばれてしまったあとのようにどきっとした。

「……ジュリ、よくお聞き。どんなに腕のたつ医者でも治せない病があるのだよ」

目に憂いを湛《たた》え弱々しく微笑むと、父は私を抱き上げた。

私は抱っこされると、途端に上機嫌になり、母と一緒によく歌っていた大好きな歌を口ずさむ。

少し進むと、父が息を呑むのがわかった。立ち止まって、ただ一点を見つめている。

その視線の先にあったのは……。

「ジュリ、見てごらん！　あった。とうとう見つけたぞ！」

驚いて前をみると、空高く枝を伸ばす木があった。

その木は目の覚めるような黄金色に輝いていた。

「ジュリ、やった！　やったぞ！　『奇跡の実』だ！」

子供のようなはしゃぎ声をあげて、父が金色の木に向かって一目散に駆け出した。

キラキラとまばゆい光を放つ木の下にくると、父は高い高いするように思い切り両手を伸ばし私を掲げあげた。

「さぁ、ジュリ、とっておくれ。奇跡の実を」

秋でもないのにその木は、葉っぱの色も金色だった。

そしてまぁるい黄金色の実をつけていた。

私は引き寄せられるように両手を伸ばして、その実をもいだ。

日の光を受けて美しく煌《きら》めく黄金の実をそっと手の中に収めると、私の手もまばゆい光を放って輝いた。

「おとうさま、みて。おててもきんいろに光ってる！」

手の中にあっても鮮烈な光を放つ実に、驚いて見せると父は嬉《うれ》しそうに微笑んだ。

「奇跡の実だからね」

満面の笑みを浮かべると、父は私の手から奇跡の実を受けとり、大事そうにハンカチに包んでポケットにしまった。

この実を食べれば、母の病が治るという。

まだ夜明け前の暗いうちに家を出た父と私は、大急ぎで山を降りた。

来た時と違い、帰りの山道は二人の足取りも軽やかだった。

麓《ふもと》まで来ると小屋に繋《つな》いでいた馬に乗り、一目散に領地へ戻る。

帰る道すがら、父はこれまで見たことがないないほど有頂天だった。

まるで目の前に、新しい世界が開けたかのように。

屋敷に戻った時は、すでにとっぷりと日は暮れていた。

父は玄関を開けるなり、急いで二階にある母の寝室に駆け込むと、そこには、蠟燭《ろうそく》が一つぽつんと灯ったただけの、静寂な世界が広がっていた。

母の寝台の側に控えていたばあやが、エプロンで赤く腫れる目を拭いながら父に告げる。

「奥様は、半刻ほどまえに……」

そういうと嗚咽《おえつ》を漏らした。

急いで帰った私達を待っていたのは、母の亡骸だった。

言葉を失い呆然《ぼうぜん》とする父。

その手から「奇跡の実」がこぼれ落ちて、コロコロとふかふかの絨毯《じゅうたん》に転がった。

私は慌てて追いかけてその実を拾い上げた。

「おとうさま？　おかあさまがおねむしているよ。はやくおかあさまを起こして『奇跡の実』をあーんしてあげよう。ねぇ、おとうさま？」

だらりと垂れ下がった父の大きな手を取ると、その手は小刻みに震えていた。

「ああ、ジュリ……『奇跡の実』は、もうお母様には必要ないようだ……」

「おかあさま、いらないの？　じゃあ、もったいないから、ジュリが食べてもいい？」

「いいよ。お食べ。お母様は、もう食べられないのだから。永遠に……」

父が力なく呟《つぶや》いた言葉など耳に入らず、私は手の中にある黄金の実を見て、わくわくした。その実は、枇杷《びわ》にも似た形をしていた。

この美味しそうな実を採ってから、自分もひとくち食べたくて仕方がなかったのだ。

お腹が空いていたわたしは、その実を口いっぱいにほおばった。

すると、濃厚な蜜の味がした。蜂蜜のようで、蜂蜜ではない。

とろりと果汁が溢《あふ》れ出て、口の中に溜《た》まった汁をごくりと飲み込む。

するとなぜだか幸せな気持ちになった。おなかもぽわっと温かくなる。

柔らかな果肉をもぐもぐと食べると、ガリッと音がした。

小さな硬いものが、まだ全て生え揃《そろ》っていない歯のひとつにあたった。

手のひらに取り出すと、その硬いものは種だった。

純金のような黄金色に輝いている。

これは私のたからもの……！

私はそれをポケットに入れると、まるで眠っているような母に駆け寄って縋《すが》り付いた。

「おかあさま、早く起きてね。おっきしたら、またいっしょにお人形遊びしよう」

ほんのりと温かさの残る母の頬に、自分の頬を擦り寄せる。

そのまま私は疲れてすぅっと寝てしまった。

父は、すでに息のない母に、幸せそうに寄り添う私を見守りながらその場に佇《たたず》んでいた。

その目から、絶望という一筋の涙が伝い落ちたのを幼い私は知る由もなかった……。

第1章
突然の来訪者

「ジュリアンナ先生～！　患者さんですよぉ。鍛冶屋の若奥さんと赤ちゃんです」

ジュリアンナの屋敷の一角にある小さな診療所で、看護師見習いのアリスが高らかな声を響かせながら診療室の扉を開ける。

するとまだあどけなさの残る若い奥さんが、赤ちゃんを抱っこして不安そうに診療室に入ってきた。

「まぁ、今日はどうしたの？」

「ジュリアンナ先生、うちの坊やが熱があるようなんです」

「じゃあ、さっそく診《み》てみましょうね」

王都から遠く離れた田舎の伯爵令嬢にして、父の跡を継いで医者になったジュリアンナは、屋敷の離れにある小さな小屋で診療所を営んでいた。

蜂蜜色の金髪《ハニーブロンド》の髪をリボンで一纏《まと》めにして、簡素なデイドレスに白いエプロンを着た姿を見れば、女医ではなく可愛いメイドのようにしか見えない。

しかしながら可愛らしい外見とは違って、王都の医学学校を首席で卒業した才媛である。

当然、王都の大きな病院からお抱え医師の誘いがあったが、ジュリアンナは自分の領地で診療所を開業しようと心に決めていたのだ。

医師の資格を取ると、みな王都や地方の大きな街の病院にいく。わざわざ僻地《へきち》で開業しようという医者はいない。だから地方では、満足に医者にかかれず命を落とすものも多いのだ。

でも、ジュリアンナは違った。田舎で本当に医者を必要としている人の力になりたいと思った。今は弟も医学学校に通っている。きっと弟が父の跡をついで、宮廷医になることだろう。だから自分は領地でずっと領民の為に尽くしたい、そう思って自宅である田舎の屋敷の一角に診療所を開業したのだった。

「じゃあ、ちょっと赤ちゃんのお首を触らせてね」

ジュリアンナは、心配そうに見守る母親に優しく微笑んで、診察用の寝台に赤ちゃんをそっと横たわらせた。か細くて熱っぽい首に手をあてて脈を診る。

父の形見である聴診器を胸ポケットから取り出して、手慣れた仕草で赤ちゃんの心臓にあて、その打つ音を聞く。

「ちょっと鼓動が早いけど、呼吸の音は問題ないわ。発疹《はっしん》もないし、たぶん風邪でしょう。暖かくして、こまめに水分を与えてちょうだい。赤ちゃん用のこの砂糖入りの飲み薬をあげるから少しずつ飲ませてあげてね」

鍛冶屋の若い奥さんはホッとした様子で赤ちゃんを抱きしめた。

「ああ、よかった。ジュリアンナ先生、ありがとうございます！」

「もし急に熱が高くなったりしたら、夜中でも構わずに呼んでちょうだい。往診に行くから」

ジュリアンナが蜂蜜色の瞳を和らげて微笑むと、鍛治屋の奥さんはこくこくと頷《うなず》いた。大事そうに赤ちゃんを抱っこすると、扉の前ではたと足を止める。

「ああ、いけない！　忘れるところでした。ジュリアンナ先生、キスもお願いします」

慌てて振り向くと、赤ちゃんをそっとジュリアンナに差し出した。

「まぁ、そうね。じゃあ早く良くなるようにおまじないのキス……」

ジュリアンナはそう言うと、熱のせいで少し汗ばんでいる赤ちゃんのおでこに、ちゅっとキスをした。

「ありがとうございます。これで坊やもぐっすりと休めます」

鍛治屋の奥さんは、心底ほっとしたような表情を浮かべて足早に帰って行った。

ジュリアンナは、扉が閉まるとふぅと一息ついた。

「みんなジュリアンナ先生のおまじないのキスが目当てですよね？」

看護師見習のアリスがくすくすと笑う。

ジュリアンナは片眉をあげて、肩を震わせて笑うアリスを咎《とが》めるように見た。

「それもどうかと思うの。だって私は医者だから状態を診て、その症状にあったお薬を調合して処方しているというのに、薬より私のキスが目当てなんて」

「だって、ジュリアンナ先生にキスしてもらうと怪我が早く治ったり、熱もすぐ下がるって評判だから」

「だからそれは、私のキスのせいじゃないのに。私の診立てと薬草の調合の腕がいいからよ」

――そう。

ジュリアンナが領地で診療所を開業すると、領民の間でジュリアンナのおまじないが効くという噂《うわさ》が立った。

最初の頃は、伯爵令嬢で女だてらに医者になったジュリアンナの診療所は閑散としていた。領主の娘とはいえ、胡散《うさん》臭いと思われたのか誰も診察に来ない日が続いた。

そんな折、ちょうど屋敷の近くで遊んでいた子供が怪我をして運ばれてきた。足の脛《すね》を尖《とが》った木の枝で切ってしまったようでかなり出血をしており、とても痛がって泣いている。

ジュリアンナは子供におまじないのキスをして、気休めだとは思ったが、泣きじゃくる子供に痛いの痛いの飛んでいけと、ふぅーと息を吹きかけた。すると、大泣きしていたのが嘘《うそ》のように泣きやんだのだ。

その後も化膿《かのう》することもなく、みるみる傷口がふさがって痕も残らずに良くなったという。

その噂を聞きつけて、子供の患者が多く来るようになった。そして皆、必ずジュリアンナにおまじないのキスを求める。そのおまじないで高熱だった赤ちゃんの熱が下がったとか、ひどい咳《せき》が治ったとかそんな噂が立ち始めたのだ。

だが、ジュリアンナはおまじないは気休めだと思っている。

今は医術も進歩していて、王都にある医学研究所では薬草の成分を調べ、多くの薬草がどの症状や病気に効くかということが解明されている。自分はその薬草をうまく調合して薬として出しているだけだ。

だけど田舎の住民は、薬ではなくやっぱりおまじないのおかげと思ってしまうのだろう。

ジュリアンナはカルテを書く手をとめると、診察台の上に飾られている父と母の小さな肖像画に目を留めた。


ジュリアンナが十六歳になった年、父も母の後を追うように亡くなった。

当時のことを知る使用人に聞くと、心優しい母は弟を妊娠中に領地の病人のお見舞いに行き、その病がうつってしまったようだった。なかなか良くならないまま出産し、その後も体調が思わしくなく、日に日に弱っていったという。

そんな折、私が父に連れられて「奇跡の実」を取りに行ったのだ。

でもあれは、本当に「奇跡の実」だったのだろうか。

ジュリアンナは、胸元から金の鎖を取り出すとその先のロケットの蓋を開けた。

ロケットの中には、あのとき食べた奇跡の実の種が入っている。ジュリアンナはそれを御守り代わりに大切に身につけていた。

その種は、いまだ干からびることもなく美しい黄金色に輝いていた。

今思えば、あの実は単なる黄金色の果物だったような気がしてならない。

宮廷医として医学的根拠に基づいて診療を行っていたはずの父が、なぜ、あんな迷信を信じたのだろう。

きっと母を助けたい一心で、藁《わら》にも縋《すが》る思いだったに違いない。

なす術もなく弱っていく母を見て、父はまるで取り憑《つ》かれたように、まじないや呪術の本を読み漁った。その中の古い本の一つに「奇跡の実」のことが書いてあったらしい。

偶然にもその実はこの田舎の領地の山の中に生えており、数十年に一度、実をつけるという。

その本には詳しい場所まで書いてあったと父の日記には記されていた。そして稀有《けう》なことに、父に連れられて行ったあの日、運よくその実がなっていたのだった。

でも、果たしてそんな偶然があるだろうか。

あれは山奥に生えていた、ただの黄金色の果物に過ぎないのだ。父は母を治したい一心で「奇跡の実」だと思い込んでしまっただけ。

ジュリアンナは、ロケットの中にある金色の種を憂いのこもった瞳でじっと見た。

確かに、あの実は今までに食べたことのないくらい、甘美な味だった。もし黄金に味があるとしたら、あんな味わいなのかもしれない。食べた途端に、とても幸せな気分に満ち溢《あふ》れたのだ。

でもそれは私が小さかったせいで、単に甘いものを食べて嬉《うれ》しかっただけだろう。

だけど私のキスや吐く息が病気や怪我に本当に効くのだとしたら、あの実を食べたせいかしら？

ふと、そんな思いが頭を掠《かす》めた。

ジュリアンナは首を横に振りながら、くすっと笑ってその考えを打ち消した。

――そんなお伽話《とぎばなし》のようなこと、ありえない。

私は医者よ。まじないで病が治ったら医者がいらないわ。

ジュリアンナがロケットの蓋をパチリと閉じた時、アリスが小さく声を上げた。

「あっ、また患者さんですよ。あれ？　でもあの一行は、お屋敷へのお客さんですかね……？」

診療所の窓から見ると、屋敷の門に毛並みのいい馬に引かれた豪華な馬車が一台、滑るように入ってきた。田舎には似合わないピカピカの黒塗りで、最新式の洒落《しゃれ》た二頭立ての馬車。

御者は二名もいて、きちんとしたお仕着せを着ている。彼らの身なりからして王都の名のある貴族の馬車のようだった。

でも、なんでうちなんかに……？

伯爵家とはいえ領地は辺境の片田舎だ。父が存命でいた頃ならいざ知らず、今は爵位などあってないようなものだ。それに、貴族どころかほとんど親戚付き合いさえない。

ジュリアンナの叔母が王都にいて、医学学校に通う弟の学費などの面倒を見てくれているだけだった。

馬車はほとんど使われていない荒れた芝だらけの馬車寄せに止まると、御者が無駄のない動きで降りて扉を開けた。その動作は田舎育ちのジュリアンナが見ても洗練されており、まるで城に仕える騎士のように教育されている動きだ。

診療所の小さな窓からでは馬車の扉が影になって、誰が出てきたのかわからなかった。

目を凝らすと、男もののよく磨かれたヘシアンブーツを履き、スラリとした長い足だけが見えた。

すると屋敷の玄関の扉がさっと開き、すぐにパタンと閉じてしまった。

どうやら屋敷の中に通されたらしい。

程なくすると、家令のマシューが大慌てで屋敷から飛び出し、診療所の戸を勢いよく開けて息を切らしながら駆け込んできた。

「おじょっ、おじょうさまっ！　大変です。お客様です！」

「マシュー、落ち着いて。それはここから見てもわかったわ。一体どなたなの？」

客が来ただけでこの取り乱しようだ。家《うち》がどれだけ一風変わっているか分かるというものだ。ジュリアンナは内心、苦笑した。

「それが、お嬢様に会いたいというだけで、まだ名乗ってはいません。身なりのすこぶる良い紳士で、お嬢様にお会いしてから直接名を明かすと」

「………………？」

変な客だ。会うまで名を明かせないって、一体誰なのだろう。

「と、とにかくお嬢さま、身分の高そうなお方ですから、早くお屋敷にお戻りください。客間にお通ししています」

「ジュリアンナ先生、もしかして求婚者かもしれませんよ。先生のことをどこかで見初めて求婚しに来たとか。いきなりプロポーズされちゃったりして」

横からアリスが冷やかした。

「ばかなことを言わないの。アリス、あとをお願いね。ちょっと屋敷に戻って会ってくるわ。マシュー、先にお茶をお出ししておいて」

「は、はい。お嬢様」

マシューはホッとした様子で、急いで屋敷に戻っていった。

ジュリアンナは、腰のリボンを解いてエプロンを脱ぐと診察用の机の椅子にかけた。そのまま診療所を出て、屋敷の玄関に向かって歩く。

すでにジュリアンナは王都の医学学校を出て三年、もうすぐ二十三歳になろうとしていた。普通の伯爵家の令嬢であれば、十代で社交界にデビューして、とうに結婚をしている年齢だ。だけれどジュリアンナには父も母もなく、弟だけ。その弟も王都の学校に通っている。

頼れるほど親しく付き合いのある親戚もなく、父が残した自分の結婚の持参金は、弟の医学学校の入学資金とした。今は、ささやかな領地の収入と、ジュリアンナの診療所の収入でなんとか屋敷を切り盛りしている。

だから社交デビューには興味はなく、一生を女医として領民のために尽くそうと考えていた。

父母のように、お互いに愛しあえる伴侶を見つけられないことは寂しいとは思う。

でも、ジュリアンナは今が幸せだった。

＊　＊　＊　＊　＊　＊　＊　＊　＊　＊

ハヴァストーン公爵クラウスは、公爵家のスプリングの効いた馬車に揺られてやっとこの辺境の田舎までたどり着いた。馬車の窓から見える景色は、どこまで進んでも代わり映えのしない草原や畑が続き、時折、民家がぽつりぽつりと佇んでいるだけだった。

クラウスは王都を出てからこの三日間というもの、ひなびた田舎の景色や宿屋には正直飽き飽きとしていた。本当は馬で来ればもっと早く身軽に旅ができるのだが、何しろ帰りには客人を連れて帰らねばならない。

困窮している田舎の伯爵家ではろくに馬車も調達することはできないであろうと踏んでいた。空《から》の馬車で帰るわけには行かない。この旅に課せられた使命は絶対に果たさなければならないのだ。

村とは名ばかりの小さな集落を抜け、ちょうど馬車が1台通れるぐらいのポプラの並木道を進む。すると蔦《つた》に覆われ古い石塀で囲まれたこぢんまりとした領主館が見えてきた。

馬車が目的の屋敷の車寄せに着くが、馬丁らしきものも見当たらなかった。

もともとは立派であっただろう屋敷も、近くで見ると所々朽ちており、修繕が必要なのは誰が見ても明白だった。

一体こんなオンボロ屋敷に住むという女医とはどんなに変わり者の堅物な女なのか……。

クラウスは、これからその女性と会うと思うと気が重くなり溜息《ためいき》をついた。

御者が馬車をおりて車輪に車止めを置くと、恭《うやうや》しく馬車の扉を開けた。クラウスは御者に小さく頷《うなず》いてみせると、決意を込めてすっと息を吸った。

たとえそれがどんな女であっても、必ず王宮に連れ帰らねばならないのだ。

あらゆる治療を試したが、だめだった。彼女に頼るしかほかにはもう方法は残されてはいないのだから。

クラウスはピカピカに磨き上げられたブーツを履いた足で、荒れ放題の芝生の上に降り立った。階段を軽やかに登って玄関扉に着くと、錆《さび》のはいった真鍮《しんちゅう》のノッカーを叩《たた》く。すると待ち構えていたように扉がさっと開き、老齢の男が顔をのぞかせた。

「お役人さまですか？」

「いや、役人ではない。この屋敷で女医をしているジュリアンナ・モーランド嬢に会いに来た。御目通り願いたい」

クラウスがきっぱりと言うと、執事であろう男は安堵《あんど》のため息をついた。クラウスが役人でないことが分かると、いきなり笑顔になり屋敷の中に通した。

オンボロな外観とは違って、屋敷の中は古いものの、手入れが行き届いていて感じが良かった。お世辞にも広いとは言えない玄関口を入ってすぐの、小さいながらも清潔感のある客間に通された。

「只今《ただいま》お嬢様をお呼びしてまいります。ここでお待ちくださいまし」

クラウスが部屋に入り窓越しに外を見ると、馬車の中では気がつかなかったが、屋敷の入り口に割と新しい小屋がある。人も出入りしているようだ。

「あの小屋は？」

気になって聞くと、男は誇らしげに胸を張って答えた。

「お嬢様の診療所です。領民だけでなく、噂を聞きつけて遠方からも治療を受けにやってくるんですよ。あなたも治療に来たなら、あちらの診療所にご案内しましょうか？」

「いや、私はここで、ジュリアンナ嬢に話がある」

老齢の執事は、クラウスが治療ではなく、ジュリアンナ本人に話があるというと、いきなり不審そうな顔になった。

「それは……どういったご用件で？　まさか、この領地を買い取りに来たんじゃないでしょうね？　それでしたら、すぐにお帰りください。どんなに高値を出しても売りになど出しませんよ。旦那様は亡くなりましたが、お嬢様が領地をちゃんと管理されています。それにあなたはどこのどなた様ですか？　お嬢様にどんなご用件なんでしょう？」

不躾《ぶしつけ》にも田舎者の執事が、客人であるクラウスに向かって問いただした。

「私が話をしたいのはお前ではない。私が誰か、どういう用件できたかは、全てジュリアンナ嬢に話す。さぁ、今すぐジュリアンナ嬢をここに連れてこい」

クラウスはしびれを切らしていた。ジュリアンナに会うために、王都からこの屋敷に来るだけですでに三日も費やしたのだ。使用人と押し問答をしてこれ以上、時間を無駄にするつもりはない。

威丈高に言いつけると、老齢の執事は慌てふためいて部屋を飛び出していった。


窓から執事が駆け込むように入った小屋を見ていると、程なく、簡素なドレス姿の若い女がでてきた。陽の光に溶けるような蜂蜜色のブロンドの髪。目の色は分からないが色白なのは見て取れる。全体的にほっそりとしているが、胸は愛らしく盛り上がり、歩く時の腰の動きはしなやかだ。田舎にあっては、なかなか美しい部類に入る娘のようだ。

あの娘が例の女医なのだろうか。

オールドミスの変わり者を想像していたが、可愛らしいメイドのような姿を見て、ふと口の端がゆるんだ。

彼女は今までのように、頭でっかちで高慢な知識ばかりの年老いた医者とはどこか違うようだ。

あの娘の噂が本当であれば、もしかすると……。

クラウスは、一縷《いちる》の望みにかけていた。

＊　＊　＊　＊　＊　＊　＊　＊　＊　＊　＊

「お待たせしました。私が、当館の当主、ジュリアンナです」

ジュリアンナが屋敷で唯一、豪華なしつらえの来客用の応接室に入ると、窓際に立っていた男が振り向いた。

スラリと背が高くダークブラウンの髪は、柔らかなくせ毛なのか襟足で少しカールしている。

クラヴァットをきっちりとではなくゆるりと巻いているが、それがかえってこの人の、高貴な身なりをしながらも余裕のある人柄を醸し出しているようだ。

よく鞣《なめ》されたクリーム色の鹿革のズボンは、筋肉質な長い足に皮膚のようにぴったりと張り付いて、逞《たく》ましい太腿《ふともも》の筋肉が形良く盛り上がっている。膝下には従僕が何時間もかけて磨いたのであろうか、ぴかぴかに光るヘシアンブーツを履いている。その足先には、芝の欠片が何本かついて砂で汚れていた。我が家の芝が荒れ放題だったから汚してしまったに違いない。

きっとこの人の従僕がこのブーツを見たら、きっと悪態を付くだろう、そんなふうに思いながら、その人を見上げた。

「ジュリアンナ嬢、急に押しかけて申し訳ない。私はハヴァストーン公爵でクラウスと申します。今日は、あなたに大切なお願いがあって王都から遥々ここまでやってまいりました」

濃い琥珀《こはく》色の瞳を向け、訛《なま》りのない完璧な言葉で流暢《りゅうちょう》に言うと、その紳士はさっとお辞儀をした。

丁寧な言葉の裏には、わざわざ長い道のりをやってきたのだから、当然、願いを聞き入れるようにといった含みがあるような気がする。

「あの、どうぞおかけになって。それにしても公爵様ともあろう方が、こんな田舎まで来られて、一体どんなご用件でしょう？」

彼が暗に仄《ほの》めかした田舎を強調するようにいうと、ハヴァストーン公爵は、ピクリと片眉をあげた。

「ジュリアンナ嬢。これから話すことは、他言無用だ。あなたにはすぐに私と一緒に王都に来ていただかねばならない。さる高貴な方が不治の病にかかったのだ。あなたの診察と治療を必要としている。もちろん、相応の報酬は支払おう」

公爵はジュリアンナが従うのが当然のように言った。

「そんな急に言われても困ります。今は領地の患者さんを診ていますし、いきなり王都に来いと言われても。それに高貴な方の治療ならば、私などのような若輩者より、経験を積まれたお医者様の方が良いと思います。せっかくお越しいただいて申し訳ありませんけど……」

この公爵の決めつけるような物言いにもカチンとくるが、それ以上に、ここでやらなければならないことがあるのに王都に行くわけにはいかない。

「ジュリアンナ嬢、私の言い方が悪かったのならば、謝る。だが、事態は深刻なのだ。君には、不思議な力があると聞いてきたのだ。だから、どうか……」

「ま、まって。まって下さい。私には不思議な力などありません。その噂はでたらめです！」

「でたらめ？」

「ええ。たぶん、私の診断が的確で、薬の処方がいいのだと思います。最新の論文を取り寄せて、自分で薬草の調合もしているんです。怪我や病気が治るのはそのためです。たまたま子供の患者さんに、怪我が早く治るようにおまじないのキスをしたことで、私がキスすると病気が治るという噂が広まってしまったのです。田舎は、そのような呪《まじな》いを信じる者が多くて……」

「では、その的確な診断と良く効く薬の処方をお願いしたい」

「そんなっ……！　ここを留守にすることはできません。このあたりには医者がいないんです。パン屋の奥さんもあと半月で出産ですし。申し訳ありませんがお断りします」

「ならば、代わりの医者を遣わそう。もう一度言う。ジュリアンナ嬢、あなたには私と一緒に王都に来ていただく。一週間後に迎えにくるから準備を整えておくように」

　ハヴァストーン公爵は、まるでジュリアンナの後見人のように、この週末をどこでどう過ごすかを話すように言い渡した。いつも冷静沈着なジュリアンナも、公爵の横暴さに、かぁっと頭に血がのぼる。

「公爵様、無駄足でしたわね。どうぞお帰りください。私は、ここを離れるつもりはありません」

頰を紅潮させながらも精一杯に冷たく言うと、つかつかと扉の前に行き、大きく扉を開けた。

しかし公爵は動ずる様子もなく一歩一歩、ゆっくりとジュリアンナに近づくと、狩りで獲物を仕留めた時のような顔で、にやりと笑った。

「ジュリアンナ嬢、確か、ここの領地の税金をだいぶ滞納されていますね。私の力で優遇してあげようと思ったが、私と一緒に来られないのであれば、仕方がない、領地を没収せざるを得ないな。どちらにしろ、一週間後には出ていけるようにしておくことだ」

その言葉に、ジュリアンナが大きく息を吞《の》む。公爵は、それにかまわずにジュリアンナの形の良い胸の先を掠めるように通り過ぎようとした。

「ちょっと待って……！　そんなの卑怯《ひきょう》よ！」

ジュリアンナが慌てて、公爵の逞しい腕を摑む。公爵が摑まれた腕をじっと見ると、ジュリアンナはパッと手を離した。

「私が断ったから、領地を没収するなんて、卑怯《ひきょう》です！　公爵様のすることとは思えません！　それに滞納分は、毎月分割ですけれど、少しずつ納めています」

「卑怯でもなんでもないと思うが。それに私は、我が帝国の財政を管理している立場でもあるのでね。ここの領地の滞納分は、ずっと帝国の懸念事項の一つだったのですよ。なにしろ税収が滞っているので、この地域だけ馬車道も整備できない。領地を没収して国が直接てこ入れしたほうが、収益があがるという意見も多くて。だが、あなたの弟はまだ未成年だし様子を見ていたのだが、このままでは、これ以上の収益は見込めなさそうだ。ま、遅かれ早かれ没収されることには変わらない」

「そ、そんな……！　じゃあ、没収されたら、屋敷の者たちはどうなるの？　領民は？」

肩を震わせながら悲痛な声でジュリアンナが言う。その顔は青ざめて今にも泣き出しそうだ。

両親が亡き今、ジュリアンナは小さな肩で領民を背負っているのだ。

クラウスは少し不憫《ふびん》な気がしたが、ここで引くことはできなかった。

「それは、領主たるあなたが考えることでは？　没収されれば、土地はすべて帝国所有となり、大規模な農園に変えられるだろう。領民はどこか違う土地に行ってもらうほかないな」

「…………！」

言葉も出ない様子で、蜂蜜のような金色の目には、うっすらと涙も滲《にじ》んできている。桜色のぷくりと膨らんだ小さな唇は、小刻みに震えていた。

「だが、もし、あなたが私の願いを聞き入れてくれれば、あなたの未納分の税金は、我がハヴァストーン公爵家が肩代わりし、領地からの収益が上がるように農耕技術に長けた者をよこそう。いかがかな？　ジュリアンナ嬢？」

クラウスは、一瞬、ジュリアンナの涙にうるむ瞳に、怒りに揺らめく金色の炎を見た気がした。女医をしているだけあり、ジュリアンナ嬢は、なかなか芯の強い性格のようだ。

ジュリアンナは、泣くまいと目をパチパチとさせた。

この非情な公爵は、初めからそのつもりだったのだ。我が家の財政状態を調べ、私が言うことを聞かなかった場合に脅しをかけて、何としても王都に連れてくための切り札として。

だから、あんなに余裕たっぷりだったのだ。なんて卑怯な人なのかしら！

こみ上げる怒りを飲み込むようにごくりと喉を鳴らすと、公爵を睨《にら》みつけながら言った。

「わかりましたわ。あなたの条件と引き換えに、王都へ参りましょう。ただし、その高貴なお方の病気が治せるとはお約束できません。それでもよろしければ」

ジュリアンナが怒りに声を震わせながらも王都に行くことを承諾すると、公爵は初めて、ふっと笑みをこぼした。

「では、交渉成立ということで。もちろん、病気が治らないからといって、今の約束を反故にすることはしない。私はこの近くの別荘に滞在しているから、一週間後に馬車で迎えに来よう。王都には長くいることになるから、そのつもりで支度をしておくように」

公爵がジュリアンナの小さな顎に指をあてクイっと摘み上げながら言うと、あたたかな吐息がジュリアンナの頬をかすめた。見下ろす威圧的な体躯《たいく》からは高貴で男らしい香りが漂う。

公爵は蜂蜜色の瞳を覗《のぞ》き込んで満足そうに微笑むと、要件は済んだとばかりに長い足を動かして玄関から颯爽《さっそう》と出て行った。

ジュリアンナは公爵が出て行ったにもかかわらず、いつの間にか自分の胸がどきどきと高鳴っているのに気が付いた。

これは、今、彼の吐息を間近に感じたからでも、瞳を覗き込まれたからでもない。

きっと、怒りのせいよ……！

そう言い聞かせて、応接室に戻るとソファーにぐったりと沈みこんだ。

ひとまず領地の没収は免れた。確かに自分は医学の知識はあるが、農地の改良や経営の知識は皆無だ。先ほどの公爵の物言いは癪《しゃく》にさわるが、この先、収益が上がる見込みも資金も全くないのだから、領地が立ち行かなくなるのは時間の問題だ。逆にこの提案を受けて良かったのかもしれない。

でも公爵にとっては、ここの領地の収益が上がっても、何の見返りもないはず、とふとジュリアンナは不思議に思った。

しかも税金を肩代わりしてまで、私を王都に連れて行きたがるのか……。

一体その高貴な方というのは誰なの？　その方の不治の病って……？

部屋の中には、先ほどの公爵の男らしくてどこか謎めいた香りがまだ漂っている。

ジュリアンナはなぜか、この出会いが自分の運命を変えてしまうのではないかという不安にかられた。

第2章　公爵の秘密と高貴な患者

きっかり一週間後、ハヴァストーン公爵は約束通りに、代わりの医者を連れてジュリアンナを迎えに来た。その医者は医学学校を出たばかりの年若い青年で、性格は真面目そうだ。

ジュリアンナはハヴァストーン公爵を屋敷の客間に残すと、診療所の中で、ウィリアムという青年医師に患者の引き継ぎを行った。若いながらも医学の知識も高く、人懐こい性格のようだ。看護師見習いのアリスは、ぽうっとして彼に見とれている。

この様子では、なんとかうまくやってくれそうだ。だが、ジュリアナはこのあと、ハヴァストーン公爵と二人で王都に向かわなければ行けないと思うと、気が重かった。あの公爵は、尊大で謎めいていてなんだか落ち着かない気持ちにさせるのだ。

「ジュリアンナ先生、あとは任せてくださいね！　全く心配いりませんよ」

ちっとも残念そうな様子もなく、にこやかに笑うアリスを憎らしく思う。ジュリアンナはウィリアム医師に後を頼み、別れを告げると診療所の外に出た。

すでに馬車の荷台には、ジュリアンナの小さなトランクが二つほど積み込まれている。どれほどの期間、滞在するかはわからないが、ジュリアンナは着替えの下着と簡素なドレスを数着詰め込んだだけだ。自分で調合した薬や、瓶に入った薬草などの薬類は割れやすいので、柔らかな布に包んで専用の鞄《かばん》に詰め、馬車の中に直接積み込んでもらった。

ハヴァストーン公爵は、いつの間にか馬車の前で、ジュリアンナを待っていた。

「では、準備はよろしいか？　ジュリアンナ嬢、そろそろ出発の時間だ」

礼儀上そう聞いてはいるものの馬車の扉に手をかけて今にも出発したそうな様子だった。

公爵はようやく田舎から離れられると喜んでいるのだろう。彼の意のままに操られているようでなんだか面白くない。清々しい顔で差し出された手をジュリアンナはぷいと無視して馬車に乗り込んだ。背中で、くすりと微笑が漏れた気がするが、かまわずに奥の窓際の座席にとすんと座った。

続いて公爵がジュリアンナの斜め向かいに座ると、従僕がパタンと扉を閉める。それを合図に最高に乗り心地の良い馬車が走り出した。

軽やかに進む馬車とは違って、ジュリアンナの心は落ち着かない気持ちでいっぱいだった。窓の外を眺めている公爵に思い切って聞いてみた。

「あの、私が診察をする高貴な方って、どういうお方なのですか？　病名がわからないことには治療の方針もたてられないですし、お薬の調合もできません」

ハヴァストーン公爵は、ちらりとジュリアンナを見ると、そっけなく言った。

「全ては、王宮についてからだ。ジュリアンナ嬢。今は何も申し上げられない」

公爵は、これ以上の質問は受け付けないといったふうに目を閉じた。

なによ……、もう。私は医者よ。

患者の情報もなしに、どうやって診察しろというの？

ジュリアンナは、ムッとして聞こえよがしに、ふぅ～と重い溜息をつく。

この公爵の取りつく島もない様子が癪《しゃく》にさわる。それに、広い馬車とはいえ、公爵の無駄に長い引き締まった足や、少し汗ばむ陽気のせいか上着を脱いでクラヴァットを緩めてくつろいだ様子に、至極、落ち着かない気持ちにさせられる。それは殿方と二人で馬車に乗るのが初めてだからだろうか。

ジュリアンナは、瞼《まぶた》を閉じている公爵の顔をちらりと見た。

睫毛《まつげ》はとても長く、すらりと伸びた鼻梁《びりょう》の先にあるくっと引き締まった口元は、ほどよく肉厚でなんだか官能的だ。この唇で恋人に愛を囁《ささや》き、キスする時はどんなふうに動くのかしら……。

ジュリアンナは、その思いにハッとする。自分が公爵をじっと見て、あらぬ妄想を抱いていたことに頬が熱くなり、慌てて窓の外の景色に目をやった。

公爵という最高位の身分にある者が、自ら田舎にいる医者を連れに乗り込んでくるくらいだから、高貴な方というのはたぶん王族に違いない。

この国の王族は、若き皇帝と、その母君、そして双子の妹王女で、その他に皇帝の愛妾《あいしょう》もいると聞く。近しい親族には、一年ほど前に亡くなった前皇帝の弟の大公一族もいるようだ。

前皇帝は心臓の病で急死したと言われているが、当時、噂《うわさ》好きの国民の間には陰謀説などもまことしやかに囁《ささや》かれていた。しかし今の若き皇帝が、その疑いを払拭して立位すると、程なく噂も治まった。

皇帝陛下は、たしか、今、御年二十七歳ぐらいだったかしら？

ということは、年齢からいってその若い皇帝が不治の病ということはあり得ない。

では不治の病とは、皇帝の母君なのだろうか。皇帝自ら心配されてこのハヴァストーン公爵に医者を連れてくるように指示したとか？

ジュリアンナは、ちらりと公爵を盗み見た。静かに目を閉じる彼の表情からは何も読み取れない。

いずれにせよ、自分はできる限りのことをするまでだ。

ジュリアンナは、また深い溜息を吐いた。


その後の三日間に渡る馬車の旅は、思いがけず快適だった。

何しろ、この豪華な馬車は揺れがほとんどなく、滑るように街道を進む。またハヴァストーン公爵は、冷たいばかりの人かと思っていたが、馬車に乗るのが疲れたな……と思う絶妙のタイミングで休憩を取り、宿屋や街道沿いの食堂で食事やお茶の時間を取ってくれた。

三日目には、公爵と二人で馬車に乗るのも苦ではなくなっていた。ときおり軽口をたたいて微笑む彼の瞳にとくんと胸が高鳴ることもあった。

でも誤解してはダメ。

道中、優しい気遣いを見せてくれた公爵だが、それは私を王都に連れて行くという狙いがあってのことだろう。彼が自分の思い通りに取引をする時の冷酷さを知らなければ、きっと好意を抱いてしまったかもしれない。

完璧な案内役となった公爵との馬車の旅も終わりが近づき、馬車はいよいよ王都に乗り入れた。活気のある街はあちこちに市場が立ち並んでいる。

馬車は貴族たちの住まう瀟洒《しょうしゃ》な高級住宅街をぬけて、王城のある中心部に近づいていった。

王都の中心には美しい城があり、放射状によく整備された市街地が広がっている。

ジュリアンナが王都に来るのは医学学校の学生だった時以来で、思わず懐かしさがこみ上げた。

それとは正反対にハヴァストーン公爵の表情はどこか厳しくなっていたのだが、久しぶりに活気ある都会に来て気分が浮き足立っていたジュリアンナは気がつかなかった。

馬車が裏門からひっそりと城に乗り入れると、従僕が扉を開けるのを待たずに、ハヴァストーン公爵が自ら馬車を降り、ジュリアンナに手を差し出す。その手を取って、初めての王宮に降り立ったジュリアンナは、歴史ある壮麗な城を見上げた。

「ジュリアンナ、ひとまずあなた用にしつらえた部屋に案内する。女官を付けるから、まずは旅の疲れを落として休むように。その後……患者に引き合わせよう」

なにか特別な思いの籠ったような口調で言うと、ハヴァストーン公爵はジュリアンナを王宮の奥に案内した。

「まぁ……」

用意された客室を見て、ジュリアンナは感嘆の溜息を吐《つ》いた。天蓋《てんがい》付きの大きなクルミ材の寝台はとても気品があり、部屋の壁紙や装飾は全て可愛らしいバラ模様で統一されていた。

「お気に召したかな？　この部屋に軽く夕食を届けさせる。そのあと、患者に会う支度をしておくように。君は今から王族専属の新しい宮廷医という立場となる。表向きは皇帝陛下の母君、皇太后の専属の宮廷医として。それをお忘れなく」

「えっ？　表向き？」ジュリアンナは目を瞬《しばた》いた。

表向きって、では、本当の患者さんは皇帝陛下の母君ではないの……？

ジュリアンナが眉根を寄せて考え込む様子を、公爵は束の間、じっと見つめていたが、彼女が視線に気づいてふと顔を上げると、あっさりと暇《いとま》を告げて足早に王宮の奥へと消えていった。


「ふぅ――。とうとう王宮にきたわ。なんだか緊張するな……」

一人になると、つい本音が漏れた。いよいよここで診察と治療が始まるのだ。

小さい頃は、父もこの王宮で宮廷医として診察を行っていた。期限付きではあるが、今、まさに私も父の後を継いで宮廷医として診察をするのだと思うとなんだか誇らしい気持ちになった。

運び込まれた荷物を手早く片付けると、ドレッサーの脇のチェストに置かれていた洗面用の水で顔と手をさっと洗い旅の汚れを簡単に落とした。旅用のドレスを脱いで動きやすいドレスに着替えると、美しい帳のついた寝台に身を投げ出した。

淡いピンク色の上かけは、とても肌触りがよく、仄《ほの》かにバラの香りがした。宿屋の硬い寝台とは違ってふんわりと包み込まれるような感触にすぐに瞼《まぶた》が重くなり、ジュリアンナはいつの間にか意識を手放していた。

＊　＊　＊　＊　＊　＊　＊　＊　＊　＊　＊

ハヴァストーン公爵クラウスは、ジュリアンナを客室に案内した後、王宮の奥の自室に向かって歩を進めた。

この三日間、ジュリアンナとの旅は思いがけず、楽しいものだった。彼女の良く変わる生き生きとした表情、馬車の動きに合わせて揺れ動く愛らしい胸。頭の中では可愛らしい彼女にキスをしたら、どんな味がするのだろうと、そんな思いに囚われていた。

健康な男なら、すぐ目の前にある美味しそうな果物を味見せずにはいられないだろう。

だが、いくら彼女が魅力的で、どんなに淫らな想像を掻《か》き立てても、クラウスの男として肝心の部分は覚醒しないままだ。

もし自分が以前《もと》の自分であれば、彼女の唇をとっくに奪っていたかもしれない。

まぁ、そもそも以前のままだったら、田舎くんだりまで彼女を迎えに行き、共に旅をすることなどなかったのだが。

クラウスは苦笑してジュリアンナの可愛らしい顔を頭から拭い去ると、勝手知ったる回廊の突き当たりを右に曲がった。周りに誰もいないのを確かめると、一つだけ色が変わっている壁石を押す。

すると小さな扉が開き、その中に滑り込んだ。壁の中には秘密の通路があり、王宮にあるクラウスの寝室に直接繋《つな》がっている。石畳の細い通路を進むと突き当りの壁をぐるりと回し、自分の寝室に足を踏み入れた。

クラウスは旅の汚れを落とすため、部屋の浴室にある大きな鏡の前で服を脱ぎ捨てると、一糸纏《まと》わぬ姿になった。とたんに気持ちが重くなる。

いよいよ今夜、ジュリアンナに恥ずべき自分の秘密を明かさなければならない。

たぶん彼女は、まだ純潔の乙女だろうに……。

男との睦事も知らぬうら若き女医に、この秘密を告白しなければならないのだ。

クラウスは溜息を吐くと、眼尻に指をあててそっと瞬きをした。すると瞳の中から薄い黒水晶が零れ落ち、それを水の張ってあるガラスの器に収めた。

鏡を見ると先ほどまでの琥珀《こはく》色の瞳の代わりに、どこまでも透き通った深い青い瞳が見返している。

「さぁ、もとのお前にもどるんだ」

クラウスは呪文のようにつぶやくと両手で栗《くり》色の髪の毛をむしり取るように引っ張った。

ずるりと鬘《かつら》がはずれて、本来の豊かな漆黒《しっこく》の髪がふぁさりとこぼれ出る。

鏡に映る自分の筋肉質な肢体をじっと見つめたあと、下腹部の黒い毛に覆われた密やかな部分に視線を這わせた。引き締まっていくつにも割れた腹筋とは不似合いの、ひときわ存在感のある黒みがかった長いものが、だらりと力なく垂れている。それを見た途端、クラウスの顔は苦悩に満ちた。

くそっ……！　このままではいずれ叔父に秘密を知られ廃位されかねない。それは民のため、母や妹のためにも何としても防がねばならぬ。

だが、一体、誰が私にこの呪いをかけたのか……。

一年ほど前、父陛下が崩御し自分が即位して間もないある夜、クラウスは夢にうなされた。双子の妹、クロティルデが何か変調を感じ取ったのか、母と一緒に自分の寝室に様子を見に来るとクラウスの寝台の枕元に呪符が置かれているのを発見した。

母がすぐに信頼出来る侍医を呼び、秘密裏に診察させたが、特に異変はなかった。

そう、ただ一つを除いては。

その日以降、自分の男根はピクリとも勃《た》ち上がることはなくなったのだ。

その事実がわかると、クラウスは密かに城下へ行き、高級娼館《しょうかん》を渡り歩いた。だが憂惧したとおり、どんなに色香を漂わせ、男を喜ばせる技術に長けた娼婦でさえも、自分を奮い勃たせることはできなかった。

その後は、高名な医者にも診てもらい、ありとあらゆる薬や、母や妹が勧める怪しげな呪《まじな》いも受けたが全て徒労に終わった。女性への欲望は正常だった時と変わらないのに、なにしろ勃たないから射精もこの一年できないままだ。

肉棒が硬く漲《たぎ》ってそそり勃ち、情欲に任せて激しく腰を揮《ふる》い、張り詰めた亀頭から熱い精液がどくどくと迸《ほとばし》る感覚も遠い記憶の彼方になってしまった。今は己の性欲が限界まで滾ると、剣や乗馬で紛らわす日々が続いているのだ。

だが、このままではいつか秘密がばれて子種のない皇帝として廃位されかねない。いや、その前に吐き出すことのできない己の性欲で、狂い死にするのではないかと思うほどだ。

だとすれば、この私に呪いをかけた者は、してやったりとほくそ笑むことだろう。クラウスは忌々しく思った。

父は、何者かに毒殺された。そして、私にこの呪いをかけた犯人がいる。そのどちらも大公である叔父を疑った。間違いなく叔父は帝位を虎視眈々《こしたんたん》と狙っている。

今のところ叔父に目立った動きはなく、その証拠も摑めていない。だが、抜け目のない叔父のことだ。

父を暗殺したばかりで自分が疑われるのを恐れ、私を失脚させる時期を窺《うかが》っているだけなのかもしれぬ。あの夜、私を殺そうと思えば殺せたはずなのに、わざわざ枕元に呪符を置くだけに留めていたのだから。

なんとしても、私の秘密がばれないうちにこの病を治さなければならない――。

そのために、クラウスは遠縁で背格好のよく似たハヴァストーン公爵の称号を借りていた。ハヴァストーン公爵は、もともと社交嫌いで外国暮らしをしているから、ほとんど顔や名を知られておらず、密かに治療を行い、叔父を探るのに好都合だった。

だが、油断してはいけない。たとえ信頼できる臣下でも知られてはならないのだ。

なぜなら父は、息を引き取る直前、クラウスの手を握りしめ、アルベリヒに気を付けよと言い残したのだ。

様々な状況が、父の腹違いの兄弟でもあり、最も信頼していた臣下でもある弟……、叔父のアルベリヒ大公の仕業だということを物語っている。

奴を野放しにはしない。いずれ必ず、その報いを受けさせる。

クラウスは、鏡の中の自分をじっと見つめた。

その鏡には、もう一人のクラウスの姿、モーントリヒト帝国の若き皇帝クラウヴェルト・フォン・モーントリヒトが映し出されていた。

＊　＊　＊　＊　＊　＊　＊　＊　＊　＊　＊

「……アンナさま、ジュリアンナ様……。お起きください」

肩を軽く揺り動かされ、はっとして瞼を開けると、黒髪の見知らぬ美しい女官がいた。

一瞬、ここがどこだかわからず、目を見開いてその女官を見る。

天蓋付きのクルミ材の寝台に、バラ模様の壁紙。

――そうだわ、ここは王宮。私は、つい寝入ってしまったんだ……。

少しだけ微睡《まどろ》むつもりが、だいぶ眠り込んでしまったらしい。

「どこか……お具合でも……？」

ぼうっとした様子のジュリアンナを女官が気遣う。

「い、いいえ、ありがとう。少し疲れて寝てしまったみたい」

ジュリアンナは慌てて起き上がり、ドレスがしわになっていないかどうかを確認すると、女官に聞いた。

「あの、今は何時ですか？」

「夜の八時を回ったところです。これから高貴な……患者のところへご案内します。まずは身支度を」

黒髪の女官は洗練された仕草で、ジュリアンナを鏡台の前に促した。

「あの、クラウ……、ハヴァストーン公爵様は？」

「彼はご自分の屋敷に帰られました」

ジュリアンナはその言葉を聞いて、拍子抜けした。てっきり公爵が来て、自ら患者に引き合わせてくれるものだと思っていたのだ。馬車の中で彼は、たいてい無口ではあったが、三日間一緒に過ごした彼がいないと、なんだか心細く寂しい気持ちにもなる。

旅の間、きびきびと御者に指示を出し物事をうまく采配する様子に、一緒にいてとても頼れる人だと思ったのは事実だ。きっと彼の仕事は、私を王宮に連れてくるまでなのだろう。

今頃は、自宅の屋敷で一仕事終えたと思ってホッとしているに違いない。そう思うと、なぜだか寂しさが込み上げた。

「さぁ、こちらのドレスにお着替えを」

美しい女官が、その手に艶やかな光沢のある絹のドレスを掲げるように目の前に差し出した。

いくらジュリアンナが田舎者でも、ものすごく高価で上等な絹でできているのは、一目見てわかる。

「なんて綺麗《きれい》……。でも、こんな上等なドレスは着られません。今、着ているもので結構です」

残念に思いながらも断ると、女官が少し困ったような顔をした。

「あなたのそのドレスもとても動きやすそうなのですけれど、この王宮には適切ではありません。これから、高貴な方にお目もじしますから、どうか、こちらのドレスを――」

女官があまりにも申し訳なさそうに言うので、ジュリアンナは素直にそのドレスを着る事にした。確かに、初対面の高貴な王族に、町娘のような格好ではお会いして気分を害されるかもしれない。さらには、女医として侮られるかもしれない。

シュミーズ姿になると、女官はシュミーズの胸元のリボンを解き、それさえもするりと床に落とした。ジュリアンナの男を知らぬみずみずしい乳房がふるんと震えて露わになる。

伯爵令嬢でも侍女などいないジュリアンナは、人前で肌をさらしたことはない。思わず顔を赤らめると、女官は優しげな眼差しで見つめてきた。

「このドレスは、胸の形が綺麗に出るように裁断され、裏地もついているのです。ですから下着はいりません」

そう言ってジュリアンナの頭の上から淡い金色の絹のドレスを被せた。そのドレスは胸の膨らみの下に切り替えがあり、長いドレープのあるスカートが裾でふんわりと広がっている。

胸元は深く括れてふくらみの一部と谷間が見えているが、きっと夜に着るドレスとはこんなものなのだろうかと思う。

鏡で見ると、胸元のV字の切り返しに沿って小さな真珠の粒が並んでいてとても可愛らしい。社交デビューもしていないジュリアンナが、こんなに素敵なドレスを着たのは生まれて初めてだった。

舞踏会であれば、きっとこういうドレスを着て、貴公子と一晩中踊り明かすのかもしれない。

ジュリアンナも少女の頃は、舞踏会に出て王子様のような貴公子とワルツを踊るのを夢見たこともあった。でもその数年後、社交デビューの年に父が他界した。

弟を抱え、名ばかりの後見人となっている叔母以外、頼れる親戚もいないジュリアンナは社交デビューはせずに医師として身をたてるため、医学学校に通いはじめた。

そのため夜会や舞踏会には一度も出たことがなかったので、どんな場所であるかは、ただ空想に耽《ふけ》るしかなかった。

「ふふふ、よく似合っておりますわ。お見立てした甲斐《かい》があったわ」

ジュリアンナより数歳年上に見える美しい女官が、満足そうに言った。

「まぁ、あなたが選んでくださったのですか？　ありがとうございます」

ジュリアンナはぽっと頬を赤らめた。

「先ほど馬車から降りる姿を見て、貴方には淡い色の愛らしいドレスがぴったりだと思いましたの。それに、きっとあの方も気に入ることでしょう……」

謎めいたことを言い、面白がるように微笑むと、女官はジュリアンナを部屋の外に促した。

王宮の中でも、このあたりは王族の家族の住まうごく私的なエリアらしく、行き来する人影もほぼ見当たらない。長い回廊の壁際には等間隔にランプの灯りが揺らめき、贅《ぜい》を尽くした調度品が目を楽しませてくれる。

女官の後をついて行き、さらに奥へと進むと近衛騎士が警護している荘重な扉の前に行き着いた。

女官が近衛に目で指示すると、最初の扉がゆっくりと開かれた。

一つ目の扉を入ると、中にはこぢんまりとした前室があり、その奥にもまた扉があった。

「これから、あなたに治療をしていただく高貴なお方にお引き合わせします。今から見聞きすることは必ず口外無用に願います。誰が、どんな病に冒されているかなども全て。よろしいですね」

女官が真剣な面差しで答えを求めるように、ジュリアンナの目を真っ直ぐに見つめた。

「はい、もちろんです。私は医者ですから、患者さんの秘密は守ります」

女官は満足気に頷くと、扉をぎっと開けてジュリアンナを先に通し、続けて自分も中に入った。


広い部屋の中は、四隅に背の高い燭台《しょくだい》が灯《とも》り仄《ほの》暗い。

目の前には豪奢《ごうしゃ》な応接セットがしつらえられていた。ソファーには金の縁飾りがあり、艶やかな青いサテン地に金糸《しし》で刺繍《ししゅう》が施されている。その奥には、ヴェールで覆われた重厚な四柱式の大きなベッドがあった。

ここは……、誰かの寝室？

でも、この部屋はひどく男性向けの作りだ。麝香《じゃこう》を思わせる深く蕩《とろ》けるような香りが漂っている。

目を凝らして見ると、ヴェールの中で四柱式の寝台に横たわる影が動いた気がした。

その影は衣擦れの音をさせてゆらりと揺らめいたかと思うと、ヴェールの奥から長身の影が現れた。

「そなたが、クラウスが連れてきたという女医か」

「……………！」

体の奥にまで届くような低く響く声にぞくりとする。

声の主が暗がりから二、三歩進み出ると、月を覆い隠す雲がさぁっと引くように、その姿が露わになった。

青白い月光に艶めく漆黒の髪。夜の海のように昏《くら》く蒼《あお》い双眸《そうぼう》。細身ではあるが、がっしりと筋肉質な肩。

部屋着なのだろうか、月明かりに照らしだされた素肌の上に光沢のある濃紺のシルクの長衣《ガウン》を羽織り、臍《へそ》のかなり下の方でゆったりとしたズボンを履いている。張りがありくっきりと筋肉の浮き出た胸もとには黄金の男物のネックレスが煌《きら》めいていた。

彫刻のように逞《たくま》しく、生気と男らしさの溢《あふ》れる体つきに、ジュリアンナでさえ息を呑《の》む。

このお方は、もしかして皇帝陛下その人では……？

薄明かりに目が慣れると、一番驚いたのは、彼がハヴァストーン公爵にとてもよく似ているということだった。髪の色と瞳の色を除いては瓜《うり》二つのような面差しをしている。

「く、クラウス様……？」

挨拶も忘れてジュリアンナが言いかけると、後ろから女官が囁《ささや》いた。

「ジュリアンナ様、陛下とハヴァストーン公爵は遠縁にあたりますの。それでとてもよく似ているんですわ」

女官が耳元でくすりと笑うと、今度は皇帝に向かって口を開いた。

「陛下、お望みのお医者様ですわ。クラウス様がやっとの思いで連れてこられたのですよ。どうぞ、治療をお受けくださいませ」

「ふん、ハヴァストーンも血迷ったのではないかな。こんな小娘を連れてくるなど。女の医者など信用がならぬ」

皇帝はジュリアンナをちらりと一瞥《いちべつ》し、嘲笑《ちょうしょう》するように言った。

「気が変わった。クロティルデ、その娘には用はない。連れて下がれ」

「ま、なにを此《こ》の期《ご》に及んで怖気付いて……。このご令嬢は若いながら実績のある医者なんですのよ。クラウス様もそれを見込んでわざわざ領地にまで迎えに行ったのではありませんか！」

「クラウスも、まさか、こんな若い娘だとは思わなかっただろうよ。初めから知っていたら迎えに行くのを断っていたに違いにない。このような小娘に私の不治の病が治せるわけがない」

クロティルデと呼ばれた女官は、皇帝に聞こえるのも構わずに小さく罵《ののし》りの言葉を呟やいた。

ジュリアンナも当の本人として、若い女の医者であるがゆえに病など治せるはずがない、と言われたことに少なからず反発を覚えた。これまでも女の医者には病気など治せるはずがないと、幾度となく言われてきたのだ。

「ま、待ってください。私は確かに小娘ですが、医師としての教育はきちんと受けています。見た目だけで判断しないでください。治るか治らないか、まずは治療をしてみないと分からないではありませんか」

ジュリアンナが熱のこもった口調で言い返すと、皇帝は冷ややかな目で見返した。

「ほう、口だけは達者な小娘のようだ」

皇帝は新たに現れた獲物に狙いを定めたように、しなやかな動きでゆっくりとジュリアンナに近づいた。目の前で立ち止まると、いきなり顎をつまみ上げ自分の方に向けさせる。

「……ぁ」

ジュリアンナは自分でも気づかずにわずかに声をあげていた。

心臓がこれまでになくどくどくと早鐘を打つ。

心まで射抜かれてしまいそうな鋭い瞳を見た途端、戦慄《せんりつ》が体の中を駆け抜けた。

まるで野生の獣に睨《にら》まれたような恐怖を覚え、目を逸らすことができない。それでいて見るものを惹《ひ》きつけ、吸い込まれそうなほど深く青い瞳をしている。さらには、露わになった肌から漂う陛下の動物的な男の匂いにクラクラと眩暈《めまい》さえ覚えた。

皇帝はジュリアンナをしばし見つめると、不意に皮肉げな笑みを漏らした。

「では、そなたがどこまでやれるか見届けてみようか。どうせ、すぐに匙《さじ》を投げるに決まっているが、小娘をからかうのも一興だ。それで満足だろう、クロティルデ？」

「わ、私の名前は小娘じゃありません。ジュリアンナです！」

その挑戦的な物言いに、ジュリアンナは負けじと言い返した。皇帝はクロティルデからゆっくりとジュリアンナに視線を戻した。

「では、ジュリアンナ。そなたは私の治療を引き受けるのか、受けないのか。言っておくが、逃げ出すのなら今のうちだ」

「もちろん、お引き受けします。そのためにクラウス様と王都に来たのですから。医者として決して匙を投げたりなどしません。あなたのように、皇帝陛下であろうとも人を見た目で判断する人など許せませんし、不治の病と決めつけて治療を諦めるのはもっと嫌いです。たしかに医学は限界もありますが、やってみないとわかりません」

「……そなたはまるでインコのように煩《うる》いな。私の好みは、褥《しとね》の中で甘い声で啼《な》くカナリヤのような女性なのだが」

皇帝が目を細めて低く笑った。

「なっ……」

あからさまな物言いにジュリアンナが言葉に詰まると、皇帝は摑んでいたジュリアンナの顎からふいに手を離し一歩後ろに下がった。

「クロティルデ、明日の夜、この娘をまた私の寝室によこすように。今宵は下がってよい」

さっと長衣《ガウン》を翻して、皇帝は部屋の奥にあるバルコニーに消えていった。

ジュリアンナは緊張が解け、ほっと安堵《あんど》したのもつかの間、今の皇帝陛下とのやり取りで心臓が、いまだにどくどくと高鳴っている。

ああ、私ったらなんてことを言ってしまったの。

小娘と馬鹿にされ、つい売り言葉に買い言葉のように治療を引き受けてしまった。

けれど皇帝陛下は、なんて生気に満ち溢《あふ》れているのかしら。病を患っているなんて到底思えない。

顔色や引き締まった体軀《たいく》を見ても、まるで健康な男性そのもの。それでいて、ご自分を不治の病と決めつけている。

いったい皇帝陛下の病気は何だというの……？　あのように逞しい体軀を見た後では、全く想像もつかない。

「あの、クロティルデ様、陛下のご病気って一体……？」

「……ジュリアンナ様、今は申し上げられません。明日の夜、ご自分で診察をすれば分かるでしょう。それに先入観なしで、あなたに診てほしいのです」

女官の瞳には、何かを隠しているような、ひどく切羽詰まったような色が浮かび上がっている。

「……わかりました。でもなぜ夜に？　しかも陛下の寝室でなんて」

「陛下は多忙を極めております。昼はもちろん公務で。空いている時間といえば夜だけ。それに陛下のご病気のことは、皇太后様と双子の妹君と……女官の私しか知りません。今の所あと、ハヴァストーン公爵と。陛下のご病気は国の行く末に関することですから、公に診察を受けることはできないのです。ですから治療は陛下の寝室で密かに行っていただきます。あなたのことは、表向き、陛下のお母君である皇太后様の専属医ということにしていますが、よろしいですね」

「……はい」


ジュリアンナは、部屋に戻ると脱力して寝台にばたりと倒れ込んだ。

これで皇帝陛下の治療をするのに、まる一日の猶予ができた。まるで裁きの日を延ばされた囚人のような気持ちにもなる。

ジュリアンナの心は、さすがに今日一日、色々なことがあって混乱を極めていた。

初めての王宮、初めて着た上等なドレス。魅惑的な美しい女官。

ハヴァストーン公爵とよく似た皇帝陛下。

陛下の男らしく逞しい肢体。そして、謎めいた病……。

——ああ、もうダメ。今日はもう何も考えられない！

ジュリアンナは考えることを放棄し、このますぐにでも眠りにつきたくて、ぎゅうっと目を瞑った。それも空しく、月明かりに浮かぶ皇帝の面影をかき消すことができなかった。

あの美しく男性的な魅力に溢れた方が我が国の皇帝陛下なのだわ……。

遠縁ではあるが、ハヴァストーン公爵と身に纏《まと》う雰囲気や人を射抜くような瞳がよく似ている。

皇帝陛下はハヴァストーン公爵より、さらに人を寄せ付けない野生の獣のような雰囲気を醸し出していた。少しでも彼に触れたら咬《か》まれてしまいそうな……。

ジュリアンナは、もぞもぞと仰向けになると天井を見つめた。漆喰《しっくい》の天井には、精密で美しい彫刻が施されている。

この王宮は何もかもが美しく謎めいて絢爛《けんらん》としている。お部屋も、女官も、皇帝陛下も——。

私はこんな場違いなところで、やっていけるのだろうか？

ジュリアンナは、またくるりとうつ伏せになって柔らかな枕に顔を埋めた。

女官のクロティルデは、皇帝陛下に私の治療を受けるように勧めていた。とはいえ皇帝陛下は、治療には気乗りしない様子で医者を信用していないようだった。

私は明日、ちゃんと診察をして適切な治療ができるのだろうか。

陛下には、やってみないとわからないと言ってしまったものの、全く自信がない……。

ジュリアンナは不安で胸がいっぱいになり、押し潰されそうになる。するとハヴァストーン公爵の、馬車の中で時折見せた気さくな笑顔が思い出された。

ジュリアンナは公爵の低く落ち着いた声を思い出すと、ようやく緊張が解けてゆるやかに眠りに引き込まれていく。

まどろみの中に落ちる寸前、明日はクラウス様に会えるかしら……と想っていた。

＊　＊　＊　＊　＊　＊　＊　＊　＊　＊　＊

クラウスはジュリアンナに部屋に下がるように言うと、気持ちを鎮めるためにバルコニーに出た。

淡い銀色の月の光が城下を照らしている。

つい先ほど、いつもの冷静さを欠いていた自分に舌うちをした。

皇帝の身分を隠し、ハヴァストーン公爵として自らジュリアンナをこの王宮に連れてきたものの、やはり無垢《むく》な彼女にこの治療させるのは酷だと思った。わざと小娘と侮り、怒りを買うようなことを言って彼女を領地へ追い返そうとした。

だが話しているうちに、むきになって説得しようとする彼女が可愛くて、ここに残って治療をするようけしかけてしまった。

それもこれも、クロティルデが仕組んだのだろう。今夜のジュリアンナをひと目見て、目を奪われた。

クロティルデは、私が手元において置きたくなるように、あえて男心をそそるようなドレスを着せていたのだ。

淡い金色のドレスの胸元は深く括《くび》れていて、白桃のようなみずみずしい乳房がこぼれそうな谷間を作りだしていた。

ジュリアンナが息を吸うたび、白い素肌が上下して、目を惹き付けられずにはいられなかった。

あの柔らかそうな曲線を描く胸のふくらみに沿って熱い舌を這《は》わせれば、どんな反応が返ってくるのだろうか。彼女の胸の頂をぎりぎりのところで巧妙に覆っているドレスを剝《は》ぎ取り、月明かりに輝く金色の髪をした乙女を私の寝台に横たえ、蜂蜜色の瞳を快感にとろけさせて……。

クラウスはジュリアンナへの欲望に己の身体が沸騰するのではないかというほど熱く滾《たぎ》るのを感じた。

今夜のジュリアンナは、金色の長い巻き毛が揺らめいて、とても美しかった。

あのまろみのある乳房を掬《すく》い上げてその重みを堪能し、この身を彼女の中に埋めることができれば……。

「はっ……」

久しぶりに湧き出た男の興奮がクラウスの身体を満たしていくにつれ、息が苦しくなった。

身体の中に渦巻く興奮を抑えようと夜の冷たい空気を何度か思い切り吸う。

少し経って荒い呼吸が落ち着くと、さらに身体の熱を冷やすため、寝室の奥にある浴室へと向かった。長衣と下履きを全部脱ぎ捨て裸になると、浴室の鏡にクラウスの全身が映し出された。

若き皇帝の張りのある筋肉質な体は、力が漲《みなぎ》っている。ぴんと盛り上がった胸板、程よく割れた腹筋、逞《たく》ましい腿《もも》。

その中でもひときわ存在感のあるずしりと垂れ下がった肉棒を根元から掬い上げると、もう片方の手で鷲《わし》摑《づか》みにして長い肉竿《さお》に沿って手を滑らせた。

これまでであれば、欲望が高まれば、少し撫で上げただけで臍《へそ》の上をゆうに超え、弓のように反り返っていた剛直がいまは何度扱《しご》きあげても漲ることはない。

「くそっ……！」

思わず鏡に拳を打ち付け、祈るように頭をもたげて額を重ねるとクラウスは怒りと絶望で整った顔を歪《ゆが》めた。

このまま、永遠に男としての機能を失うのか……。

あの可愛らしいジュリアンナを抱きたいという欲望がどんなに高まっても、男として愛することはできないのだ。

あの日から、クラウスの男根は萎えたまま体の中にある情欲を吐き出せずにいる。

父陛下が殺される前日、父はクラウスに叔父のアルベリヒ大公を投獄すると告げた。アルベリヒがクロティルデに乱暴しようとしているところを目撃したからだ。クロティルデは脅され、叔父にされるがままになっていたという。

幸い大事には至らなかったものの父は怒り狂い、弟であるアルベリヒを殴りつけ兄弟の縁を切り投獄すると告げた。それまで屋敷で謹慎しているようにと。

父がその場で叔父を切り捨てなかったのは、肉親の情がほんの少し残っていたのかもしれない。だが、それが仇《あだ》となった。

翌日、父は何者かに毒を盛られ殺された。だが、なにひとつ証拠がなく叔父を捕らえることができなかった。ゆえに、父の死は表向き病死とされている。

クラウスが即位しても、叔父は大人しくなりを潜めたままだった。ほどなくして彼に縁談が持ち上がると、あの呪符が置いてあったのだ。

叔父もうまく考えたものだ。二代続けて皇帝を殺しては後継者である叔父自身が国民に疑われる。だから呪いでクラウスの男性機能を失わせたのだ。世継ぎを残せない皇帝として廃位し、国民を納得させるために。

クラウスはそう確信していた。

いまや、母と妹は心底アルベリヒ叔父の存在に怯《おび》えている。妹のクロティルデは王宮の奥に引き籠ってしまった
なんとかあの蛇のような叔父のしっぽを摑まねばならない。だが、この一年、叔父は素知らぬふりを続けている。忌々しいことに、その間も、この身体が良くなる兆しは一向にない。男としての機能は失われたままだ。

クラウスは顔を上げて鏡に映る自分を凝視した。怒りと苦悩に溢れる目が見返している。

母やクロティルデの勧めとはいえ、ジュリアンナを強引に城に連れてきてしまったことを悔やむ。

彼女の不思議な力も、きっと彼女自身が言うようにただの噂に過ぎないのだろう。

ジュリアンナには悪いが、彼女がどんなに優れた医者でも、すでにあらゆる手は尽くしたのだ。

いまさら何かが変わるとは思えない。

いくら腕のいい医者でも、呪いによってこうなった私の身体を薬で治すのは無理だ。

だが……、とクラウスは口元をゆっくりと綻ばせた。

むきになって言い返していたジュリアンナの可愛い唇を思いだす。

彼女のキスで病気が治るという噂は、子供でなくとも試してみたくなる。なによりあの甘そうな唇を味わえるのだから。

クラウスは、ジュリアンナが治るか治らないか、やってみないとわからないと頬を上気させながら言っていた様子を思い出し、ふと笑みを零した。

叔父の陰謀を暴く事ばかりに躍起になり、なかなか正体を表さない狡猾《こうかつ》さに鬱屈《うっくつ》した気分にもなっていた。

ジュリアンナはいい気晴らしになる。せっかく辺境の田舎まで赴き彼女を連れてきたのだ。

可愛いジュリアンナを手元に置いて揶揄《からか》うのも面白い。明日の夜、私の抱える病を明らかにした時の彼女の驚きようが眼に浮かぶ。それでも彼女は、治療を続けると言うのだろうか。

もしそうであれば、なんでも医術で治せると思っている彼女の可愛い鼻をへし折ってやることができそうだ。
そう思うと、クラウスは久方ぶりに心が高揚するのを感じた。

第3章

夜の治療は密やかに

ひんやりとした風が窓からそよぎ、夜が訪れた。

時刻は十時をとうに過ぎている。

ジュリアンナは夕方まで、城の中にある図書室で、今夜の治療のために医学書を読み漁っていた。

——治療をしてみないと治るか治らないか分からない。

そう大口をたたいたものの、内心不安でいっぱいだった。

城の食堂で夕食をとった後、落ち着かない気持ちで部屋の中をうろうろと歩き回っていた。

今夜は皇帝陛下は政務で多忙のため、診察の時間が遅れると女官のクロティルデから連絡があったのだ。

陛下は不治の病だというのに、朝早くから夜遅くまで政務にかかりきりになるなど、いったいどういうことなのだろう。こんな日が続けば、いずれ陛下が病より先に過労死するのではないかと心配になる。気を揉《も》んでいると、廊下から部屋に近づく足音が聞こえた。

「ジュリアンナ様、ご用意は？」

「あ、はい、できています」

今夜のジュリアンナは、昨日と同じドレスの上に、いつも診察する時につける白いエプロンを着ている。そのジュリアンナの姿を見てクロティルデは眉をひそめた。

「そのエプロンは外していただきます」

「えっ……、なぜですか？」

「夜に陛下の寝室に入るのには、エプロンは目立ちすぎますから。医者が夜に診察のために陛下の寝室に出入りしているなどと噂を立てられたくないのです」

有無を言わさぬ様子で言われ、ジュリアンナはしぶしぶエプロンを脱いだ。

このドレスはひどく胸元が開いていて、落ち着かないのだ。

だけれどクロティルデの言うように、陛下を診察しているとバレるのはまずいのだろう。

ジュリアンナはドレスに似つかわしくない愛用の小さな診療カバンをひとつ持つと、クロティルデの後について陛下の寝室に向かった。

「では今宵は、ジュリアンナ様だけでお願いいたします。私は診察のお邪魔になりますから、控えの間に戻ります」

近衛騎士の警護する扉を開けてもらい、陛下の寝室の扉の前に来ると、クロティルデはジュリアンナを一人残して立ち去ろうとした。

慌ててジュリアンナが引き留める。

「あ、あの、待って。診察が終わったら迎えに来ていただけますか？」

「もちろん、診察が終われば呼び鈴が鳴らされますから、お迎えにまいります」

クロティルデは心細そうなジュリアンナに優しく微笑むと、陛下の寝室をノックするように促した。

ジュリアンナは大きく息を吸い、思い切ってコンコンと音をたててノックをした。


「入れ」

扉の向こうから、陛下のよく通る声が響いた。

ぎっと扉を開けると、燭台《しょくだい》がいくつか灯っている。途端に甘くて動物的な麝香《じゃこう》の香りが鼻孔をくすぐった。まるでここだけ異国のような気がして入り口で躊躇《ちゅうちょ》していると、ぎし、と寝台の方で音がした。

音のする方を見やると、陛下は寝台の上で横になって休んでいたようだ。

やはり具合が悪いのだろうか……。

「あ、あの、失礼いたします。お加減はいかがですか？」

ジュリアンナが心配になって一歩部屋に踏み出して声をかけると、後ろでかちゃりと扉の閉まる音がした。クロティルデが帰ってしまい、とうとう一人になってしまったかと思うと途端に心細くなった。

皇帝陛下とはいえ殿方の寝室に入るなど、それだけでも緊張で心臓がどくどくと早鐘を打つ。何しろ男性の寝室に入るなど、領地では寝たきりのおじいさんの往診ぐらいしかなかったのだ。

「近くに……」

肌を這《は》うような低い声が耳を掠《かす》めた。

勇気を出して寝台に近づくと、陛下は上かけをかけることなく、素肌に濃い臙脂《えんじ》色の繻子《しゅす》織の長衣《ガウン》だけを羽織ったしどけない様子で横たわっている。

胸元が少しはだけているのも気にせず、頭の下に両手をやり、足は気だるげに組んでくつろいでいた。

濃い青の眼差しが仄《ほの》かな灯りに揺らめいて、宵闇の海のような静かな光を湛えている。

寝台からも、強烈な男らしい香りが漂っていた。

「それで？　どんなふうに診察するのかな？」

寝転がったまま、その瞳が興味津々といった風情できらめいた。

その表情は、まるで子供のごっこ遊びに付き合ってやるとでもいった風情で揶揄《からか》いを含んでいる。

すると、それまでの不安が一瞬でかき消され、代わりにジュリアンナの心にむくむくとやる気がみなぎった。

きっと陛下は私が満足に診察もできないと思っているに違いない。

皇帝陛下といえど人間だ。そう、寝たきりのおじいちゃんだと思えばいいのよ！

ジュリアンナは、ドキドキと高鳴る鼓動を無視して陛下に声をかけた。

「では、まず、む、胸をはだけていただけますか？　聴診器を胸に当てて心臓の音を聞きます」

「よかろう、やってくれ」

どうやら自分で動いて胸をはだける気はないようだ。

ジュリアンナは、緊張でぎゅっと握りしめていた汗ばんだ手を開き、陛下の胸元におずおずと手を伸ばした。心なしか自分の指先が震えているような気がする。

思い切って少しだけはだけているガウンの合わせ目をそっと両手で押し開く。

指先が陛下の肌に直に触れると、それは滑らかで張りがあり硬く盛り上がっていた。

陛下の素肌の感触が伝わると、ジュリアンナのつま先がなぜかきゅっと丸まった。

と同時に、陛下の体温で指に熱い火が灯ったように感じ、思わず驚いて手を離してしまった。

――ああ、どうしよう。

もう少しガウンを開かないと胸の音が聴けない。

ジュリアンナはいつにない自分の取り乱しように困惑してしまった。

聴診するときは首元から胸の下まで左右対称にゆっくりと押し当てて鼓動の音を聞くのだ。

そう、ちょうど乳首の下のあたりまで……。

それなのに、まだ胸元が少ししか露わになっていない。でも、さらに男性の胸元に手を掛けるなんて勇気がいる。

手を止めたまま躊躇していると陛下が声をかけてきた。

「腰紐《ひも》を緩めた方がいいかな？」

「い、いえ、腰紐は大丈夫です。あの、もう少し、胸元をはだけさせてください」

ドキドキしながらも、高価な貴重品を扱うかのような手つきでゆっくりと胸元を押し広げる。

すると陛下の濃いベージュ色の乳首が露わになった。

広い胸板に対して小さめの乳輪は、ベルベットのように滑らかそうだ。

触れたらどんなさわり心地がするのかしら……。

ジュリアンナは束の間、陛下の乳首に見とれ淫らなことを考えていたことに気がつくと、顔がかぁと赤くなった。

わ、私ったらなんてことを……！

全身が騒《ざわ》めいて、下腹部のあたりがじんじんする。思わず喉がゴクリと鳴った。

陛下を見ると、自分の反応を面白がるように笑みを浮かべていた。

「えー、こほん。では少し冷たいかもしれませんが……」

恥ずかしさを取り繕うように咳《せき》払いをすると、銀の聴診器を胸元から取り出した。

本当はポケットがあればよかったのだが、このドレスにはポケットがない。だから聴診器を胸元に入れて、患者が銀の冷たさに驚かないよう人肌で温めていたのだ。

「なぜそれを胸元に？」

陛下も気がついたようだ。

「こうして胸元に入れておくと、患者さんにあてがった時に冷たくありませんので」

ともすれば震えてしまいそうな声を、あくまでも医者らしく毅然《きぜん》と聞こえるように作ると、聴診器を陛下の首の付け根に当てる。陛下は喉仏も大きくてとても男らしい。

ジュリアンナは、左右対称に聴診器を動かして、ゆっくりと下に移動した。

どうしよう、手元が緊張で震えてしまう。

心臓よ、お願い、鎮まって……！

もちろん、陛下の心臓ではない。耳から聞こえてくる陛下の鼓動は、とても規則的だ。なのに陛下より自分の胸の方が早鐘を打っていて、これでは、まるで私の方が心臓に問題を抱える患者のようだ。

心を落ち着かせようとジュリアンナは、深く息を吸った。なんとか陛下の鼓動に意識を集中し、順に聴診を進めていく。

どきどきしながらも、最後に聴診器をあのベルベットのような乳首のすぐ下側にあてると、陛下の盛り上がった胸の筋肉がピクリと動いた。

「きゃっ」

あまりに緊張していたため、びっくりして聴診器を取り落としてしまう。すると陛下が声を上げて笑った。

「ジュリアンナ、手元が震えているよ。いつもこうなのかな？　患者の診察に慣れていないのだね」

「い、いいえっ！　そんなことはありません。いつもはもっとスムーズです。普段は子供の患者が多いからちょっと感覚が狂っただけです」

そう言い返すと、陛下はまたしてもにやりとした笑みを浮かべた。

そのバカにしたような笑みにムッとする。

私は医者なのだ。患者の裸ごときに、なにをドギマギしているの。

咳払いをし、いかにも経験のある医者のようにもったいぶった動作で聴診を終えると、父の形見の聴診器をカバンに戻した。

「それで？　私の心臓の音はなにか不具合《おかし》かったかな？」

「いいえ、心臓の音はいたって正常でした。今度は脈を計らせてください。どちらかの腕を私の方に出していただけますか？」

陛下は頭の下で組んでいた腕を外すと片方をジュリアンナに差し出した。

ジュリアンナは診察カバンから懐中時計を取り出し、陛下の逞しい腕をとる。

手のひらはジュリアンナの手を包み込んでも余るほど大きかった。男らしく節くれだっているが、すらりと長い親指の下のあたり、手首の付け根に自分の指をそっと押し当てた。

——おかしい。

いや、脈がおかしいのではない。

1分ほど測ってみるが脈も全く正常だ。陛下のご病気は、どうやら心臓の病ではなさそうだ。

では、いったい陛下は何処がお悪いのだろう。

ジュリアンナは眉根を寄せると、念のため、顎の付け根や首すじに指を当てて腫れがないか、足にもむくみがないか何度も確認した。

——やっぱり。

心臓も脈も正常で、熱もむくみもない。

体の中に炎症を起こすと首の付け根が腫れたりするのだが、首の付け根も全く腫れていない。

あとは、陛下にどこが悪いか症状を聞く問診しか方法がない……。

「皇帝陛下、脈も問題ありませんでした。顔色も良さそうですし、お熱もありません。外見からはご健康そのものに見えます。私には何の病気かさっぱり検討がつきません」

クラウスは、ジュリアンナが顔を赤くしたり青くしたりして自分を診察するのを面白がって眺めていた。

それにしても胸元からあたためた聴診器を取り出すとは驚いた。ジュリアンナの乳房で温められた聴診器の銀のベルが自分の肌に触れると思うと、それだけで欲望がこみ上げてきた。

さらには、心音をよく聞くために胸に耳を寄せてくる。

上から眺めるとジュリアンナが自分の胸に顔を埋めて口づけしているようにも見えた。リボンでまとめた金色の髪が一房、はらりとこぼれ、彼の胸の上を掠めると、えも言われぬ快感が走る。

少し眉間にシワを寄せて真剣に心臓の音を聞く様子は、なんとも言えず可愛らしい。

さぁ、いよいよこれから、この無垢な乙女に私の秘密を明かすのだ。

さて、この可愛い女医はどんな反応をするのか。クラウスは口端を片方だけ、引き上げた。

「見事な診察だね。感心したよ、ジュリアンナ。君の診立ての通り、私は全く健康だ。ある部分を除いては」

おもむろに上半身を起こすと、含みを孕《はら》んだ声で言った。

「ある部分？　と言いますと……」

「可愛いジュリアンナ。この先は君には刺激的すぎる内容かもしれないよ。特に君のような小娘には」

ジュリアンナはまた小娘と言われ、はなから自分をバカにしているような皇帝陛下の物言いに、また反発心がこみ上げて言い返した。

「こ、小娘でも、医者は医者です。お話を伺います。それが病気であるならば」

「まぁ、病気には違いないのだろうな。勃《た》たないのだから」

陛下はどさりと横になると、頬杖《ほおづえ》をついてニヤリと笑ってジュリアンナを見た。

「……立たない？　たたないって、なにがです？」

「ふふ、ジュリアンナ。そのナニが、だよ。つまり、私の男性器が勃たないのだ」

「だ、だんせいき……」

一瞬、ジュリアンナは、なんのことを言われたのかわからず、まるでそれが異国の言葉のように耳に響いた。

ダンセイキ、だんせいき、男性……器……♂!?

「ほら、君のような小娘には刺激が強いだろう。ジュリアンナ、動物の交尾は見たことがあるか」

ショックで半ば放心状態のジュリアンナは陛下の問いに、ただ目を見開いてこくこくと頷《うなず》くことしかできない。

見たことはある。王都ならいざ知らず、田舎で育ったのだ。

犬や猫や、馬や……。オスとメスが大事な部分を、その、繋《つな》げるのだ。

もちろん、人間だって同じ。男性が女性の中に突き出た男性器を挿れるのだ。

それも医学学校でひととおり、習ってはいる……。

習ってはいるのだが、ここの部分は、各自、本で読んでおくようにと言われただけだ。

男性器の挿絵入りのそのページをジュリアンナは直視することができず、チラ見しただけですぐに閉じてしまったのだ。いまもってそのページは封印されている。幸い、その部分が試験に出ることもなかった。

「医者であれば、どのようにして子作りするかわかるであろう。性欲が高まれば男の男根が固く槍《やり》のようにそそり勃つ。それを女性の中に埋めるんだ。ああ、女性は蜜が溢れるんだよ。いわば潤滑油だね。男は女性の中で動くことで、限界まで欲望が高まると、一気に子種を注ぐのだよ」

ジュリアンナは、顔全体が火事にでもあったかのように、かぁーっと火照りだした。

陛下は、まるで今日食べた食事について事細かく報告しているように、それが日常のなんでもないことのように、その、子作りの方法について話している。

ジュリアンナはあまりの衝撃に、その場で石のように固まってしまった。

「ふっ、やはり小娘には刺激が強いようだね。所詮、女医には無理なことなのだ。悪いことは言わない、田舎に帰ったほうがいい」

鼻をふんと鳴らしながら嘲るような言葉にハッとして我に返ると、また負けん気が込み上げてきた。

これまで、医学学校でさんざん女だてらに医者など無理だといわれ、嘲笑うしか能のない男子学生を見返すために必死に勉強して、常にトップの成績を保ってきたのだ。

「いいえ、陛下。それは立派な病気です！　その状態では子供が作れないのですから。できうる限りのことはします」

病気に立派もなにもないのだが、ジュリアンナは断言した。

すでに自分が何を言っているのか正常な判断ができなくなっている。

「……ほう。ほかの医者は、みな匙を投げたというのに勇ましいね。では、さっそく、治療を開始してもらおうじゃないか」

クラウスは獰猛《どうもう》な獣のような目でジュリアンナを捉えると、ゆっくりと口元を綻ばせた。

「ち、治療を？　そ、それは、いったいどんな？」

いきなり治療をしろと言われ、困惑したジュリアンナは、患者に治療法を聴くという医者にあるまじき発言をしてしまった。

「もちろん、男性器を勃起させるための治療に決まっているじゃないか」

クラウスが、男の体のことを何も知らないジュリアンナを見て目を細めた。それに相反してジュリアンナは悲壮な表情になっていた。

ダンセイキ　ヲ　ボッキサセルタメノ　チリョウ
それは、医学学校であらゆる病気とその治療法を学んだと自負していたジュリアンナの辞書にはない言葉だった。

男性器が勃たないなんて病気があることさえも知らなかったし、ましてやどんなふうに治療したらいいのか、どんな薬を調合したら良いのかわからない。

そういえば医学学校では、なぜか男子学生だけ別の教室で特別授業があった。もしかしたら、あの時、男子学生だけが習ったのかもしれない。

「でもどんな治療を試したらいいのかしら……」

つい、独り言を漏らしてしまう。

男性器を、ぼ、勃起させるためには、どうしたらいいの？

男性は、どうしたら、そこが勃つのだろう。

そもそも、勃起って、どういう状態なの？

見たこともなければ、触ったこともない。

男性が勃起した、その様相さえもわからない。

ジュリアンナの頭の中は、絡まって動かなくなった糸巻き車のように悲惨な状態になっていた。

「ふ、勃起させるためには、男の快感を高めることが必要だよ」

「かいかん？」

「ジュリ、君はなにも知らないいんだな。男がどうしたら快感を感じて興奮するかかわかっていないね」

クラウスは寝台から上半身を起こすと、ジュリアンナのほっそりとした手にごつごつとした手を重ねた。

「こうするんだよ」

「あっ……！」

重ねられた手をぐっと引き寄せられ、陛下の胸の中に飛び込むような形になった。

そのままくるりと体勢を変えられ寝台に沈まされる。

二人の重みに、ぎしりと寝台が軋《きし》んだ。

気づけば、吐息がかかるほど近くで、陛下の瞳に射抜かれるように見つめられていた。その瞳がゆらりと妖しく揺らめく。

まるでこれからジュリアンナを捕食するように、両の手首を頭の上で縫い止められ組み敷かれた。陛下の緩んだガウンの胸元から、強烈な麝香《じゃこう》の香りが漂ってくる。寝台のすぐ脇に置かれている燭台《しょくだい》の蜜蠟《みつろう》の焦れた香りと混じり合い、艶然《えんぜん》とした男の香りに圧倒される。

ジュリアンナは急に息が苦しくなり、新鮮な空気を求めて喘《あえ》いだ。

「ジュリアンナ、これまでに男に触れられたことは？　もしくは、自分で胸を弄んだことは？」

「そ、そんなこと、ありません！」

弄ぶ、という言葉がひどく淫らに聞こえて、ジュリアンナは強く言い返した。胸を触るのは入浴の時に石鹸《せっけん》と海綿をつかって洗う時だけだ。今、陛下が言った「弄ぶ」とは、なぜかいけないことのような気がする。

「医者のくせに、快感を知らないのだね。本の受け売りだけなのか？　快感がどんなものか知らなければ治療もできないだろう。ならば私が君に悦びを教えてやろう。それを知らないことには私の治療はできないよ」

そういうと、ジュリアンナの胸元すれすれに深く開いたドレスの布に沿って、指先をつぅと滑らせた。

「んっ……」

ジュリアンナは、思わず漏れ出た甘い声に恥ずかしさを覚え、顔を横に背けてぎゅうと目を閉じた。

シルクの布と肌の境目を骨ばった長い指が、ゆっくりと胸の膨らみをなぞるように撫《な》でていく。

それだけで、甘い疼《うず》きが胸の奥からぞくぞくと湧き上がるのを抑えきれない。

「今度は、私が胸をはだけさせてもらうよ。だが君のように、ちまちまとはだけることはしない」

「ひゃぁ！　ぁん……」

いうが早いか、ジュリアンナのドレスの胸元から指を差し込むとぐっと布地を引き下し、あっという間に乳房を露わにした。白くて丸みのある乳房がぷるんとこぼれ出る。

もう一つの胸も同じように露わにすると、陛下の手が二つの膨らみを包み込むように触れた。

「んあっ……」

その手の熱さに、思わず息を呑《の》む。

ジュリアンナは自分を包んでいた鎧《よろい》がなくなり、皮を剝《む》かれた果実のようにいきなり無防備になった気がした。

膨らみを大きな手に覆われると、すべてを搾り取られてしまいそうな感覚になる。

「ああ、思っていた通り美しくて手触りが良い。極上の白桃のようだ」

「は、白桃!?」

陛下の吐息が胸の先を撫でると、ひくんと体が跳ねた。

身を捩《よじ》って逃れようとすると、ジュリアンナを跨《また》ぐように覆っていたクラウスの硬い筋肉質の足がぎゅっとジュリアンナをその中に閉じ込める。

「ジュリ、医者だったらなんでも知っておかないといけないよ。男がどうしたら興奮すると思う？」

「そ、そそんなの、知りません！　へいか、やめっっ――」

「じゃあ、教えてあげよう」

「ひゃぁ……っ！」

陛下がこぼれ出たまろみのある乳房をぎゅっと摑んで掬い上げ、その柔らかさと質量を楽しむように揉《も》みしだく。親指の腹が胸の頂の先にある、薄桃色に色づいた先端に触れた。

「弄ぶとは、こういうことをいうんだよ」

こりっ……と、いつの間にか驚くほど硬さを増し、つんと尖《とが》った乳頭を親指で捏《こ》ねられた。

びりりとした衝撃にたまらず背中が仰け反り、陛下に向かって乳房を差し出してしまう格好になる。

「はぁうっ……ん」

「ジュリ、君のここは、勃ちあがっているね。可愛くつんと尖っている」

乳房をしなやかな手で柔らかく揉みしだかれ、乳首をこりこりと何度か指で摘まれると、足の付け根がじんじんと疼くことこの上ない。

時折、突起をきゅっと捏ねられると、痺《しび》れるような甘い快感が湧き出てて全身を包みこむ。

「あ、あっ……あっ……、ん……」

な、なんで？　どうして？

あまりの心地よさに身体が震えてしまう。

陛下以外だって、男の目の前に乳房をさらしたことも、ましてや触られた経験もジュリアンナにはない。

初めて感じる甘い疼きに戸惑い、触れられるたび、鼻を抜けるような喘ぎ声が思わず漏れてしまう。

次から次に溢れ出る未知なる甘い疼きに、どうにかなってしまいそうだ。

こ、これが、快感なの？

陛下が親指で乳首を弄《もてあそ》ぶたびに、身体がぴくぴくと跳ね上がる。

幾度も責め立てられるように捏ねられて、理性では抗おうとするのに、身体が勝手に仰け反り、陛下の手から生み出される甘い疼きを求めてしまう。

「は、へい、か、やっ……ぁああっん……」

「気持ちが良いだろう？　乳首が濃い桃色に色づいて乳輪もぷっくりと膨らんできた。だが、もっと悦くしてあげよう」

や、だめ……。

私はどうなってしまうの――？

つんと勃ち上がった乳首から名残惜しそうに陛下の指が離れた。

ジュリアンナがほぅっと息を吐いたのも束の間、柔らかな乳房をぎゅっと掬い上げられた。そのせいで乳首がはちきれそうに凝《しこ》る。

すると、ぬるり、とした熱い塊が親指に取って代わってジュリアンナの鋭敏になった乳首に絡みついた。

「あ……、やぁ……」

なに、この熱いものは？

肉厚なざらりとしたものが、ジュリアンナの乳首をねっとりと根元から撫で上げた。

「はぁ……んっ……」

まさか、そんな……!?

うそでしょう……？

ジュリアンナが見ると、陛下が覆いかぶさって、鷲掴《わしづか》みにした乳房に顔を埋めている。

あろうことか、色づいた突起を自身の舌でしゃぶっているのだ。

そ、そこは赤子がお乳を吸うところでは!?

陛下が自分の乳首を躊躇なく、ご馳走《ちそう》を味わう野生の獣のように舐《な》めしゃぶっている。

そのひどく淫らな光景にぞくぞくとした罪深さと、疼くような快感が込み上げる。

あまつさえ、舌の動きに翻弄され、自分のものとは思えない嬌声《きょうせい》が漏れてしまう。

「――あっ！　ああっ……ん。そこ、やっ……」

舌先で嬲《なぶ》るだけでなく、乳輪ごとじゅ、と口内に含まれるとジュリアンナの下腹部がじんと痺れて何かがとろりと溢れた。

乳首がさらにひくひくと震え硬さを増す。ざらりとした舌先が突起に絡みついて、クリクリと執拗に舐め回される。

下腹の奥にじわじわと疼くような熱が溜《たま》って、どうしていいかわからない。

ジュリアンナの乳首は、こんなに硬くなるのかと思うほど凝り、赤く色づきを増して陛下の舌先にただ、弄ばれている。

「うんぅ……、や……っ、へ、へいっ……、だ、だめ……」

「ジュリアンナ、だめ、じゃないだろう？　感じている時は、悦《い》い、と言うんだ。自分を抑えつけては快感を得られないよ。さぁ、悦い、と言ってごらん」

陛下はより力を込めて乳房を掴むと、口腔《こうくう》に含んだ乳頭を淫らな水音を立てながら舐め転がした。

熱い吐息とともに、ちゅくちゅくと激しい水音を立てさせながら唾液で乳房を濡《ぬ》らし、繰り返し舐めては吸い上げる。

もう片方の乳首は指で捏ね回され、ジュリアンナは駆け上る快感にのまれ、波打際に打ち上げられた魚のようにひくひくと跳ねた。

「んぁっ……、はぁん……」

か……、身体がおかしい。考えることはおろか、呼吸も満足にできない。

自分の胸の頂が、こんなに敏感に感じてしまうなんて、私はなにかの病気なのかもしれない。

触られただけでそこがきゅんと甘く凝る。

さらには下腹部の恥ずかしい場所が、弄ばれるたびに疼き出して、何かが溢れてぐっしょりと濡れてしまっている。

はっと気づくと陛下の片方の手がドロワーズの中に忍び込んでいた。

柔毛をかき分けて、濡れそぼった中心に指先を伸ばされると、くちゅり、という聞くに堪えない淫らな音がした。思ってもみなかった場所に触れられ、驚きで頭が真っ白になる。

「よく濡れてるよ。それにここも膨らんでいる」

「やっ、へい、か……、そこは、おねがい……あぁっ……！」

「可愛いジュリ、君の願いならなんだってきこう」

にゅるん、と蜜を纏わせながら滑らかになぞり上げる指を秘裂に感じ、耳元で低く囁く陛下の声に、甘い戦慄《せんりつ》が奔《はし》る。

組み敷かれたままの身体が痺れたようになり、下肢から力が抜けてしまう。

初めて感じるあまりの心地よさに息が止まりそうだ。媚肉《びにく》を探る陛下の指から逃れたいのに、ただ淫らに腰を揺らめかせてしまった。

それが逆に陛下の興奮を煽《あお》り立てているとは知らずに。

「へいっ、ちが……、おねが……ふぁ……！」

蜜の溢れる泉をくちゅりと撫でられ、溜まらず声を上げると、そのまま思考が停止してしまった。

なにを言おうとしたのか、全身の感覚が甘く痺れるような疼きに取って代わってしまい、言葉を続けることさえできない。

感じるのは、胸の頂をまさぐる陛下の温かく肉厚な舌。

蜜を纏わせながら秘めやかな場所を撫でさする指先。

時折漏れる熱い吐息。

そして、日に灼《や》けた肌から漂う媚薬のような麝香の香り。

全身の感覚という感覚が研ぎ澄まされ、五感すべてが陛下で包まれてしまったようだ。

「ひぁっ……あふっ、ぁんっ……」

どんどん身体が昂《たかぶ》りを増していき、行き場のない熱が頭にまでのぼってくる。

この熱を逃したいのに、自分ではどうしていいかわからない。

「ジュリアンナ、蜜がどんどん溢れ出して、私の指に絡みついてくる。もどかしいのだろう？　これから絶頂を味わわせてあげるよ」

「ぜ、ぜっちょう？」

陛下はニヤリと含み笑うと、ジュリアンナの淫唇を柔らかく拓きながらなぞり上げた。

花弁が意思に反してぴくぴくと震え、またもや陛下の指の動き以外何も考えられなくなる。

これからいったい私はどうなってしまうの――？

陛下の手が恥ずべき部分にあてがわれ、さらにはそこから生まれる愉悦の波に呑み込まれてしまう。こんなふうに、男の人が女性の秘めやかな場所を触るなんて思ってもみなかった。

さらには、そこが淫らにも感じてしまうことも。

今でさえ気持ちよくてどうにかなってしまうそうなのに、この先に、まだ何かあるというの？

ジュリアンナは、熱心に淫唇を撫でさする陛下の指に、なす術もなく自分がさらなる高みへと押し上げられるような感覚に陥った。


クラウスは、自分の下で可愛く身悶《みもだ》えるジュリアンナに久しぶりに欲情していた。

生真面目なジュリアンナが、こんなに初心《うぶ》で感じやすいとは！

この無垢な乙女に、これから初めての快感を味わわせるのだ。その蜂蜜のように蕩けた顔が見たい。

「んっ……」

クラウスは手慣れた手つきでジュリアンナのドロワーズをするりと剥いだ。

陶然としているジュリアンナは何が起こっているかわからないようだ。

「ああ、可愛い、ジュリ。男はこうすると興奮するんだよ……」

蜜口をくちゅくちゅと掻《か》き回していたクラウスの指先が、意志を持って誰も分け入ったことのない割れ目の奥に侵入し、秘玉を求めて何かを妖しく探る。

陛下の指が何を求めているのか、そして何をもたらすのか、無垢なジュリアンナにはわかっていなかった。

ジュリアンナは荒い息を吐きながら、今度こそ陛下の指から逃れるように腰を捩《よじ》った。

がしかし、陛下は余裕のある仕草で、一旦、濡れそぼった秘めやかな泉から指を抜いて絡み付いた蜜をぺろりと舐めた。

「ああ、なんて甘さだ。ジュリアンナ、君の蜜はとても稀少《きしょう》で極上の蜂蜜のようだ」

そう呟《つぶや》くと、ジュリアンナをなんなく引き戻し、閉じた脚をいとも簡単に押し開いた。

白磁のように滑らかな腿を弄《まさぐ》りながら、剣で節くれだった指をゆっくりと秘密の花園に近づける。

それはジュリアンナにとって一番、男の人に触れてほしくない場所。

自分でさえ、入浴の時以外、そんなところを触るなんて信じがたい、禁断の泉。

「へい、かっ……。待って、待ってください！　そんなところに触ったら手が、手が汚れます……！」

「ふふ、可愛いことを言う。では、手で触らなければいいのだな？」

また揶揄《からか》うような声音で言われ、いきなりぐい、と脚を大きく開かされた。

「やっ、な、なにを……」

「ジュリアンナ、男がどうすると興奮するか、覚えておくことだ」

ジュリアンナは、濡れそぼった淫唇を露わにされ、両脚をありえないほどぱっくりと開らかされるという恥ずべき格好にパニックになった。

目を細めながら見下ろす陛下の頭がふいに沈んだかと思うと、ふう、という熱い吐息が中心にかかり、ひゅうっと息を呑む。

「ジュリアンナ、こんなにとろとろに蜜を滴らせて、まるで金色の熟れた果実のようだね。舐めたらどんな味がするのかな」

「な、舐める？　舐めるって、なな、なにを？」

その言葉に、なぜだか嫌な予感がして腰をずりあげようとした。が、またもや陛下にぐぃっと引き戻されてしまう。

「ジュリアンナ、覚えておくといい。男は女性から溢れ出る蜜を舐めると興奮するんだよ」

「ま、まさか、うそでしょう？」

「嘘なもんか」

その言葉に狼狽《ろうばい》する間もなく、抑えつけられた脚の中心に陛下の唇が近づいてくる。

熱をもった唇が、蜜が溢れる泉に触れたかと思うと、じゅ、と音を立てて啜《すす》りあげた。

自分の身体の水分が一滴残らず、ずるずると吸い出されるような痺れを感じ、それだけで頭が真っ白になった。

「あ、あ……、そんな、そこ、いやぁ、あんっ……」

秘部の奥に眠っている芯のようなものがひくりと震えた気がした。

陛下は、蜜を吸うだけでは飽き足らず、愛蜜に濡《まみ》れた淫唇に生温かい舌を差し込み、ぬちゅぬちゅといやらしく嬲《なぶ》りはじめた。

「ひゃぁっ、やっ……やめ、へぃ、っ……んぁ……！」

その感覚に耐え切れず悶絶《もんぜつ》してしまう。

大きく開いた太腿《ふともも》を両手で押さえつけられ、逃げようと思っても逃げられない。

別の生き物のように蠢《うごめ》く舌が蜜を絡めながら、襞《ひだ》に沿ってゆっくりと這《は》い上る。その感覚にわなわなと腰が震えて、仰け反ってしまう。

こんなっ……。

男の人が、こんなことをするなんて、ありえない――。

こんなところを舐めて興奮するなんて、うそでしょう――？

「ジュリアンナ、女性が感じて身悶えているのを見ると男はさらに興奮する」

襞と襞の谷間を丁寧に舐められ、それだけで耐えられないほどの愉悦がこみ上げる。

ざらりとした熱い舌が、くぷり、と蜜口に沈んだかと思うと、襞の中で尖《とが》り、左右にふるふるといやらしく躍《おど》りながら割れ目に沿って抉《えぐ》るように舐めあげていく。

その瞬間、ぞくぞくとした快感が迸《ほとばし》りジュリアンナの体を駆け巡った。

こんなふうに感じてはいけないと思えば思うほど、陛下の巧みな舌の動きに腰が勝手に揺れてしまう。

「はぁ、ぁん……、ああっ、だめ、だめ……、へい、かっ……」

「ジュリアンナ、さっきも言っただろう。だめ、じゃない、悦い、だろう？」

「やぁ、そんな、はしたないこと、いえな……」

「感じているくせに、悦い、と言わないとは、なかなか強情だね」

くすっと小さな声が漏れると同時に、両手の親指で肉びらをそっと拓《ひら》かれた。その行為にまたもや、ひぅ、と声が漏れる。

そんなところを露わにしてどうするのか。陛下の想像もつかない行動に当惑する。

生まれて初めて解放された密やかな場所が外の空気に触れ、なにかがヒクヒクと蠢めいた。

「ああ、綺麗《きれい》な色だ。食べごろの苺《いちご》のように色づいている。ここは物欲しそうにひくついているよ。

ジュリ、もっと良いことを教えてあげよう。君が素直に悦い、と言えるように」

くん、と香りを嗅ぎ、花の蜜を求める蜜蜂のように濡れた唇を彷徨《さまよ》わせたかと思うと、じゅ、と口付けた。

「ひやぁ、あぁぁ――――ッ」

じん、とした鋭い快感が一瞬で突き抜ける。

淫芯への濃密な口づけにがくがくと腰が震え、快楽の渦に引きずり込まれていく。

ジュリアンナは、溺れまいとするように息を喘《あえ》がせた。

こんなの私は知らない。習ってない。

医学書には、女性の身体の奥にこんなに感じる部分があるなんて書いてない――。

熱い舌が、甘く疼《うず》く花芯を剝《む》き出しにして舐め回してくる。トロトロと溢れる淫蜜を一滴も零すまいとでもするように、卑猥《ひわい》な音を立てて啜《すす》られた。

「ジュリアンナ、君の蜜は、想像以上に甘い」

陛下が手の甲で濡れた唇を拭うと、またもやジュリアンナの秘所に顔を埋める。

ねっとりと淫芯を舐め溶かされ、甘美な刺激にただ身悶えることしかできない。

こんなのいけないと思うのに、心とは裏腹に、はしたないほど腰をビクンビクンと揺らしてしまう。

「可愛いな、ジュリ。君が感じていると、私も久しぶりに興奮する」

「そんな、っ――、あぁっ……！」

――だめ、やめて、そんなところ、舐めないでっ……。

このままでは、おかしくなってしまう――。

膨らんで鋭敏になった突起に息が吹きかかると、花弁がぴくぴくと震えた。

肉厚な唇の中に淫芯ごと含まれ、舌がぬるりと絡みつくとあまりの気持ちよさに眩暈《めまい》を覚える。

「そろそろ達《い》かせてあげようか」

陛下の唾液でたっぷりと濡れ、ぷっくりと膨らんだ小さな肉粒を強く吸われた瞬間、鮮烈な快楽が走り抜け、ジュリアンナは官能の大波に飲み込まれた。

身体中に溜まっていた熱が、一瞬で弾けて頭が真っ白に染まり、腰はおろか、全身がびくびくと痙攣《けいれん》する。

あまりの快楽に意識が薄れそうになった時、陛下の甘い麝香の香りに包まれた。

絶頂にうち震えるジュリアンナを宥《なだ》め、その波を抑えるかのように、陛下はそっとジュリアンナに腕を回した。

「へ、陛下……」

さっきまで、ひどく息苦しく感じた陛下の香りが、なぜかばくばくと暴走している心臓を落ち着かせる。その香りを嗅いでいると、大きな波が引いていくように、ゆっくりと平静を取り戻していくのを感じた。

「ジュリ、これが絶頂だよ。さすがに医学書にはのっていないだろう？」

愛おしげに抱きしめたかと思いきや、陛下が面白がるような瞳でジュリアンナを覗《のぞ》き込んだ。

その声にはっと我に返り、つい今しがた自分に起こった圧倒的な感覚に驚愕《きょうがく》する。

――こんな快楽が、あるなんて。

悦びというのは、嬉《うれ》しい、という感覚しかないと思っていた。

でも、それとは全く違う悦びを感じていた。

悔しいことに、心では感じてはいけないと思うのに、身体は快感に身を任せてしまった。

いまだに陛下に舐められたところが、じくじくと熱を持ち、甘い疼きを抱えている。

陛下のしっとりと濡れた唇が目の前にある。この唇が自分のもっとも秘めやかな場所を艶《なま》めかしく這ったのだと思うと身体中がかぁっと火照る。

あろうことか我が国の皇帝陛下に、恥ずべき部分を露わにされ、舐められて絶頂に達してしまうなんて……。

考えれば、考えるほど混乱してしまう。

しかも陛下は、舐められて身悶える私の反応を面白がって、さらに煽っていた。

私が男女のことを何も知らない初心《うぶ》な小娘だと思って。

実際、男女の睦事《むつごと》は何も知らなかったのだが、医者であるジュリアンナは無知な娘のように扱われたことに、プライドが傷つけられ抗議しようとした。

治療と称して、自分にこんなにも淫らなことをしたのだから。

「へい――」

「今ので、たいていの男なら勃起する。確実に。痛いほどに」

自嘲を含んだ声が耳に響いた。

見上げると、その瞳が、どこか悩ましげに翳《かげ》っている。時に病気に苦しむ患者は、苦悩を隠し虚勢を張るという。

今の陛下がそんなふうに見えて、ジュリアンナは抗議の言葉を飲み込んだ。

「ジュリ、今宵はここまでだ。もう戻れ。クロティルデに迎えに来させる」

陛下は寝台の脇においてある呼び鈴を鳴らすと、しどけなく横たわったままのジュリアンナの背中に、逞しい手を差し込んで引き上げた。

自分の乳房がはだけられたままなのに気づき、手遅れだとは思いつつも慌てて両手できゅっと覆い隠す。

陛下がふっと目を細めてジュリアンナの乱れたドレスを優しい手つきで直した。その親密な恋人同士のような仕草にどきりとする。

「ジュリアンナ様、お迎えにあがりました」

ちょうどその時、扉の外からクロティルデの声が響いた。その声にジュリアンナの身体が、ビクンと震えた。刹那、恥じらって火照っていた顔が青ざめ、ジュリアンナは何も言わずに、急いで寝台から飛び降りると、バタバタと扉まで駆けていき部屋から飛び出した。

クラウスは、ジュリアンナが取り乱したようすで出て行くのを目で追うと、ため息をついた。

生まれて初めての絶頂を感じ、真っ赤になって恥らっているジュリアンナを本当は帰したくなかった。

本来であれば、自分の雄はとっくに勃ちあがり、さらなる快楽をジュリアンナに与えていたはずだ。男として彼女を悦ばせ、熱い迸《ほとばし》りを彼女の中に注ぐこともできたはずだ。

——くそっ。

クラウスに、このまま一生不能で終わるのではないかという恐怖がよぎった。

ジュリアンナほど欲情を掻《か》き立てる女性をもってしてもダメなのだ。

だが、たとえこの忌まわしい病が治らなくても、あの叔父に帝位など譲るものか……。

ふつふつと怒りを滾《たぎ》らせるクラウスの目の前に、ジュリアンナの小さな使い古した診療カバンが目に入った。それをみると、ふっと心が和む。

先ほどのジュリアンナはとても可愛らしかった。

零れでた白桃のようにみずみずしい乳房。桃色に色づく頂に触れた時に身悶《みもだ》えて漏れ出す可愛い声。

舌で愛撫するたびに柔らかく蕩《とろ》けて、ゆるゆると綻《ほころ》ぶ花びら。溢れかえる透明な蜜。

そしてなんといっても、舐め啜った時のえも言われぬ味。

それは今までに味わったことのない、極上の貴腐ワインのような甘い蜜。

彼女はなぜか特別な味がする。

ジュリアンナの甘美な蜜の味を思い出していると、クラウスは、ふと下半身に違和感を覚えた。

いつのまにか、ガウンの下から突き出るようにせり上がってくる、その物体。

まさか……！

クラウスは急いで腰紐《ひも》を解くと、それは、存在を主張するかのごとく、天を望むようにゆっくりと勃《た》ちあがる。

見まごうことなき、自分の浅黒い男根——。

太く長い肉竿《さお》が脈動しながら張り詰め、みるみるうちに硬さを増していく。

弓のように反り返り、臍《へそ》の上まで勃ち上がった瞬間、精気を取り戻したようにビクンと震え、亀頭から透明な雫《しずく》がつぅっと溢れ出た。

「なっ……！　いったい、これは……」

ほぼ一年ぶりに見たその光景に、クラウスは驚きに目を瞠《みは》った。

おそるおそる右手を竿に添えると、その刺激に応えるようにさらにビクビクっと脈動した。

「っ……あぁ！」

身体中の血液が沸騰したように肉棒に集まる感覚は久しぶりで、痛いほど硬く漲《みなぎ》ってきた。

付け根から雄々しく脈が浮かび上がり、亀頭に向かって走りだす。

今にも爆ぜそうな熱い滾りが肉竿の根元から押し寄せ、もうひと撫でしただけで己の精液が、噴出してしまいそうだった。

クラウスの鼓動はどくどくと早まり、肉棒を突き出したい衝動にかられた。

――ああ、狂った獣のように激しく腰を揮いたい。すべての情欲を吐き出せれば……。

クラウスは期待を込めて、もう一度、これ以上ないくらいに硬く張り詰めた雄茎に手を添えようとした。

己の手で激しく扱きあげ、一年ぶりに欲望が弾ける射精感を味わいたかった。

すると滾っていた肉棒が、クラウスの期待とは裏腹に、唐突に、ふにゃり、としぼんでいった。

同時にクラウスの口の端から、しゅう、という音が漏れる。天国から地獄に突き落とされたかのような、急激な身体の変化に茫然とする。

「はっ……っ……」

クラウスは行き場の無くなった高揚感を持て余し、思わず身体がぶるっと震えた。

爆ぜることのできなかった欲望を紛らわすように髪をかきあげ、荒い息が静まるまで待った。

すると、驚きがとってかわる。

ああ、なんてことだ。

夢……ではない。確かに、今、勃起した。

どの医者も、どんな薬や呪《まじな》いでさえも、ピクリともしなかった男根が。

一瞬ではあるが、一年ぶりに勃ったのだ。

なぜだ？
ジュリアンナ、いったい君は私になにをしたのだ……？

第4章
キスは甘い蜜の味

「ジュリアンナさん、いったい、何をなさっているのです？」

翌朝、女官のクロティルデが、荷造りしているジュリアンナを見て顔を青くした。

クロティルデの言葉に一瞬手が止まったものの、声を出せば泣き出しそうで、ジュリアンナはなにも答えず黙々と荷造りを続けた。

父の形見の聴診器と愛用の診察カバンを陛下の寝室に置いてきてしまったが、いまさら取りになど行けるはずもない。

夕べの陛下の寝室での痴態を思いだすと、たちまちいたたまれなくなる。

私は、なんて愚かだったのかしら。

どうして、拒むことができなかったの？

陛下の熱のこもった瞳に搦め取られ、なす術もなく力を奪われてしまった。

それだけではない。

愛撫に蕩かされ、生まれて初めての快感に翻弄されてしまったのだ。

溢れくる愉悦に満たされて頭の中が真っ白になり、息をすることさえ儘《まま》ならなかった。ああ、なんて恥ずかしい……。

悔しいことに、陛下があやすように抱きしめてくれなければ、そのまま失神してしまったかもしれない。

一番恥ずべきは、自分から腰を揺らめかせてしまったことだ。

もっと、熱い吐息を、熱い舌を感じたくて……。

――ああ、やめて。もうだめ！　考えちゃだめ！

ジュリアンナは呻《うめ》き声を漏らしながらかぶりを振った。

「クロティルデ様、私には無理です。できません……！　これ以上、陛下の治療はできません。屋敷に、私の領地に帰ります」

涙声で言うと、クロティルデがそばに寄ってジュリアンナの震える肩を優しく抱いた。

「昨夜は、様子がおかしいと思いましたが、何かあったのですね。陛下にご無体なことをされたのですか？」

「……いいえ、無体なことでは。ただ、無理なんです。私にはできません。お願いです。帰りの馬車を用意してくださいませんか」

何も知らない女官のクロティルデには、昨夜のことは話せない。

淫らな治療で感じてしまったなど、話したくない……！

「そんな、ジュリアンナさん！　お願いです。考え直してくださいませんか」

「……ごめんなさい」

クロティルデはジュリアンナの断固とした様子にしばし考え込んでいたが、ふいと部屋を出て行った。

譲らない自分に立腹したのだろうか。でも、それでも構わない。

馬車ならなんとかなる。乗合馬車を乗り継いで行けばいいのだ。幸い領地までの馬車賃くらいはある。もちろん、ハヴァストーン公爵家の馬車ような乗り心地の良いものとは全く違うけれど。

ジュリアンナは、ふとハヴァストーン公爵のことを思い出した。

昨夜の出来事に頭が支配され、クラウス様のことをすっかり忘れてしまっていた。

クラウス様は、陛下のご病気を知っていたのだろうか。

だから事前に何も教えてくれなかったの？

あんな淫らな治療をされることを知っていたの？

その可能性を考えると、ジュリアンナは激しい怒りがふつふつとこみ上げた。

そうよ、クロティルデ様が陛下とクラウス様は縁戚だと言っていた。

彼らは、きっとグルなのよ！　二人は結託して社交界の評判を気にする必要もない、田舎の女医を連れてきたんだわ！

ジュリアンナはそう考えると勢いよくバタンとトランクの蓋を閉めた。

荷造りを終え公爵と陛下への怒りを抑えきれぬまま腰を上げると、カチャリ、と部屋の扉が開いた。

「クロティルデ様、何度言っても、私は――」

振り返ると、入り口には年配の美しい夫人が佇んでいた。

漆黒の髪を緩やかに結い上げ、深い青い瞳がその夫人の性格を表しているように静かな色を湛《たた》えている。

どことなく、クラウヴェルト皇帝陛下にも似ているような……。

「ジュリアンナ様、勝手に押しかけてごめんなさい。それにせっかく王宮にいらしてくださったというのに挨拶も儘《まま》ならず申し訳ありません」

品のある声で、その夫人がジュリアンナをじっと見つめながら言った。

「あの、あなたは？」

「私は、リーゼロッテと申します」

「リーゼロッテ様……」

その名前は、国民なら誰もが知っている。

陛下の、クラウヴェルト皇帝陛下の母君、リーゼロッテ皇后陛下だ！

ジュリアンナは高貴な方の突然の訪問に、慌てて礼をとった。

でも、なぜクラウヴェルト陛下のお母君が、私などの部屋に……？

「先ほど、クロティルデから聞きました。あなたがクラウヴェルトの治療を辞してお帰りになると。きっとクラウヴェルトがあなたに気分を害することを言ったのでしょうね……。あの子が尊大で不躾《ぶしつけ》なのは謝ります。でもジュリアンナ様、どうかここに残ってクラウヴェルトの治療を続けていただけませんか？　あなたの不思議な力の噂を耳にして、城に呼んで欲しいと言い出したのは私です。藁《わら》にも縋《すが》る思いでハヴァストーンに頼んで、あなたを連れてきてもらったのです」

ジュリアンナは皇太后の言葉に、なるほど、と納得した。

そんな経緯があったのだ。皇太后様に頼まれたから、ハヴァストーン公爵が辺境の田舎までわざわざ出向いたのだ。

「リーゼロッテ皇后様、私には不思議な力などありません。陛下のご病気を治す力などないのです。治療を続けるなど、到底無理です」

「ああ、ジュリアンナ様、すでにあらゆる治療は試したのです。どうか、辞めないで……。お願い、あなたにしかお縋りできないの。もし、このまま治らなければ、あの子は帝位を奪われてしまいます」

「え？　帝位を……？」

「ええ、まだ世継ぎのないクラウヴェルトの帝位継承者は、あの子の叔父、前皇帝の弟のアルベリヒ大公です。もしこの病を理由にクラウヴェルトを廃位して、彼が帝位を継いだら、国はあらゆる腐敗に乱れるでしょう。でもクラウヴェルトは国民を第一に思っています。自分の息子ながらクラウヴェルトは公明正大な人柄で、もっとも皇帝に相応しい人物です。それに……」

そこまで言うと、リーゼロッテ皇后様は、声を潜めた。

「このことは、私たち家族しか知り得ませんが、私の夫、前皇帝は病死ではありません。アルベリヒ大公に殺されたのです。詳しいことは言えませんが、もしアルベリヒ大公が皇帝になれば、真っ先にクラウヴェルトはその命を狙われるでしょう。生かしておいてはアルベリヒ自身の地位が危ないですから」

「まさか、そんなこと――」

ジュリアンナは大きな声をあげそうになり、慌てて口に手を当てて言葉を呑み込んだ。

「アルベリヒは実の兄さえ殺す男です。今は密かにクラウヴェルトの帝位を廃する時期を狙っているに過ぎないのです。甥を殺すことなど、なんとも思っていません。だから私は、どんなことをしてもクラウヴェルトの病気を治したいのです。無関係なあなたにこんなお願いをして、厚かましいのは承知の上です。どうか、ジュリアンナ様、私たちをお見捨てにならないで……」

それまで気丈に話していた皇太后は、そう言うと、その場に泣き崩れてしまった。

＊　＊　＊　＊　＊　＊　＊　＊　＊　＊　＊

ジュリアンナは外出着から普段着に着替え、王宮の美しい庭園を一人当てもなく散歩をしていた。結局、泣き崩れる皇太后様に懇願されて、断りきれずに治療を引き受けしてしまったのだ。

それにしても先ほどの話は衝撃的だった。陛下の血の繋《つな》がった叔父であるアルベリヒ大公が前皇帝を弑《しい》したなど、俄《にわ》かには信じがたい。そして万が一、帝位を廃されたらクラウヴェルト陛下までも命を狙われてしまうなど……。

ジュリアンナは皇太后から聞いた話が、どこか絵空事のような気がした。

もちろん帝国の歴史は習った。これまでも歴史上の人物は戦や暗殺などで王冠を奪い合ってきた。だけどそれは何百年も前のことで、今のような平和な時代に、ましてや平和なこの国の王宮に皇太后が話していた陰謀などがあるのだろうか。

でも皇太后が嘘を言っているとは思えなかった。

だけど……。どちらにしても、あの夜のような治療は無理だわ。

昨夜のように男性を興奮させるために、快感を高めるという治療はかなりの親密さを必要とするものだ。医者が行う類《たぐい》のものではない……。

皇帝陛下には愛妾《あいしょう》もいらっしゃると聞く。

愛妾であれば陛下の病気も受け入れ、きっとどんな治療も行ってくださるに違いない。

私にできることは医者として、あらゆる文献を探して、効力のある薬草を調合することだ。

ジュリアンナは、そう考えると気持ちが楽になった。

もし今宵、陛下のお召しがあれば毅然《きぜん》と断るのよ。

そうよ、私は小娘なんかじゃない。医者なのだから。

気づくとジュリアンナは、いつのまにか人気のない庭園の奥まで来てしまっていた。

ふと目の前を見ると、うっそうと木の生い茂った奥に美しい黄金色の花がひっそりと咲いているのが見えた。

見たこともない珍しい花の色に誘われるように歩を進めて、眩《まばゆ》い輝きを放つ花びらにそっと触れる。顔を近づけてその匂いを嗅ぐと、濃厚なヴァニラのような香りにうっとりとして目を閉じた。

「驚いたな、ジュリ。まるで花の精霊かと思ったよ」

突然の声にはっとして振り向くと、陛下が乗馬服姿ですぐ傍に立って微笑んでいた。

「へ、陛下……！」

ジュリアンナに近づくと、黄金色の花が咲く木の枝に手をかけた。

「珍しい花だろう？　この木には古い言い伝えがあってね。数十年、いや百年に一度、黄金の実がなると言われている。なんでもその実がなると木全体が黄金色に輝くそうだよ」

ジュリアンナは驚きに目を丸くした。

まさか、この美しい花があの奇跡の実の花なのだろうか……？

こんなところに、この王宮にもあったというの？

「まぁ、昔の言い伝えだよ。いまだかつてこの花が実を結んだことは一度もない。だからそういうふうに言われるのだろうね。でも香りがとっても良いだろう？」

陛下は花が咲いている木の枝をそっとジュリアンナに近づけた。ジュリアンナは香りに惹かれて再び顔を寄せると、陛下も一緒に顔を寄せてきた。

間近に迫った陛下の澄んだ青い瞳にドキッとする。

「よい、香りがする」

瞼をゆっくりと閉じて甘い香りを楽しむ落ち着き払ったその様子に、なぜか胸がきゅんとした。

——陛下はずるい。

私は、夕べは一睡もできなかったというのに。それとも殿方は皆、こんなものなのだろうか。

女性に淫らなことをした後も、平然としていられるの？

乗馬を楽しんだり、いつもと変わらない日課をこなして。


戸惑いを隠せないジュリアンナに、陛下は穏やかな目を向けた。

その眼差しは昨夜のことなどなにも覚えていないと言っているようだ。二人が親密な時間を過ごしたことが陛下にとっては取るに足らないものだった気がして、なぜか切ない気持ちになった。

甘い香りのする花とは違いクラウヴェルト皇帝陛下からは、かすかに草原の香りが漂ってくる。

馬で草原を駆けてきたばかりなのだろうか。

陛下と会ったのは二度とも夜の診察の時だ。こんなふうに陽の光の中でお姿を見ると印象が全く違う。昨晩のまるで捕食動物のような陛下とは違って、今日は清廉でとても素敵な貴公子そのものだ。背丈はハヴァストーン公爵と同じくらい高い。

夜着の胸元のはだけたガウン一枚のしどけない姿とは打って変わり、均整のとれた体軀にぴったりとした乗馬服を身につけていた。

引き締まった腰にすらりと伸びた長い足。そういえば、ハヴァストーン公爵もこんなふうに長い足をしていた。

乗馬ズボンには、男性の足を長く見せる劇的な効果があるのだろうか。

ジュリアンナは、しばし陛下の眩しいくらい精悍《せいかん》な立ち姿にぼうっと見惚《みと》れてしまった。

男性の乗馬服は、どうしてこんなに身体にぴったりとできているのかしら？

よく鞣《なめ》された鹿革の乗馬ズボンは、まるで皮膚の一部のように太腿にぴったり張り付いて、逞しい筋肉の盛り上がりを余すことなく浮かび上がらせている。

そして自然とその足の付け根に目が吸い寄せられた。

陛下の足の付け根は、そこだけ幾分か盛り上がり、危険な魅力を醸し出している。

心臓が途端にとくとくと音を立てる。

もちろん医者でもあるジュリアンナは、当然、そこに何が潜んでいるかは知っている。

それこそが、私が王都に呼ばれた理由。

陛下の、男性器だ。

ジュリアンナは、そう思った途端、耳たぶまでかぁっと血が上った。

リーゼロッテ皇后様の懇願で陛下の治療を了承した後、学生時代の医学書を引っ張り出してみた。これまで敢《あ》えて読むことのなかった頁《ぺーじ》をおそるおそる開き、はじめて男性器に関する部分を読んでみた。

そしてありえないほどの衝撃を受けた。その頁にはひどく獰猛《どうもう》な様相で勃起した状態の男性器の挿絵が描かれていたのだ。

それは下腹部から不自然なほど唐突に、ずず、ずいっと垂直に、こんなに存在を主張しなくてもいいのではないかというぐらい、びんと突き出していた。

そう、例えば草原の真ん中にいきなり聳《そび》え立つ高い塔のように。

単に突き出していただけではない。その先端は悪魔払いの呪術道具のように、さらに怪しげな形をしていた。

あれが、勃起した男性器……。

その挿絵が目に飛び込んでくるなり、ひぃっ！　という声が漏れ、目が釘《くぎ》付けになった。

そう、目を逸らせなかった。

世の男性が、あそこに、あんな禍々しいものを隠し持っているなんて……！

どうりで医学学校では、男子学生だけに別室で特別授業を受けさせたわけだ。

当時19歳だった自分が見たらその場で失神していただろう。

でも、不可解なこともある。

この乗馬服のままで、そういう状態になったらいったいどうなるの？

こんなにぴったりとしたズボンに、あんなふうに禍々しく勃起できるようなスペースはない。

きっとひどく痛みを感じるんじゃないかしら？

すると陛下が黙り込んだままのジュリアンナを見て、怪訝《けげん》そうな目を向けた。

「ジュリ？」

「ひ、ひゃいっ！」

喉の奥から素っ頓狂な声が漏れ、くすりと微笑む陛下と目が合うと恥ずかしさに目が泳いでしまう。

わわ、私ったら何てことを考えてるの？

王宮に来てからというもの、衝撃に次ぐ衝撃で、自分の思考回路が混乱している。

ああ、また息も荒くなってくる。

ジュリアンナ、オチツイテ、おちついて……落ち着くの。

平静さを失ったジュリアンナを見て、陛下の瞳が面白がるように揺らめいた。

徐《おもむろ》に乗馬用の鞭《むち》を小脇にはさみ、優雅な仕草で革手袋を外すと、ごつごつと骨ばった長い指が現れた。

（ジュリアンナ、弄ぶとはこうするんだよ）

男らしい指に見とれてしまい、昨夜の陛下の囁《ささや》きが生々しく蘇ってくる。

あの指が私の胸の頂を弄んだのだ。

ドロワーズの中にあの手が、指が挿入《はい》ってきて……。

突如、じわりとした熱が身の内から湧き上がり、ジュリアンナの体は火照りを増した。


「ジュリ？　どうかしたの？　具合でも？」

ジュリアンナは、はっと身じろいだ。先ほどから変な妄想ばかりして、赤くなったり青くなったりしている自分を陛下が気遣わしげな眼差しで見つめ返している。

深い青の瞳に、何を考えていたか見透かされているようで、いそいで目を伏せた。

わたしったら、本当にどうかしている……！

「いいえ、全然。私なら正気です（たぶん）」

「そう？　じゃあ、ジュリ。少し庭園を歩かないか？」

挙動不審な様子を問い詰められるかと思ったのに、陛下は意外にも真剣な声でジュリアンナを散歩に誘った。

心なしか慎重に言葉を選んでいるようにも見える。

もしかしたら、陛下も昨夜のことを後悔しているのでは？

今日の陛下は、昨夜の陛下と違ってとても道徳的だ。

見上げると、作法通りジュリアンナから了承を得られるのを待っている。

躊躇《ためら》いながらもこくりと頷《うなず》くと、陛下は安堵《あんど》したような表情を浮かべ、エスコートするためにジュリアンナに腕を差し出した。その仕草は高潔な紳士そのものだ。

やはり昨夜私にしたことを後悔しているんだわ。

きっともう、あんな（淫らな）ことはしてこないだろう。

ジュリアンナは、陛下の態度にほっとして、誘われるまま庭園の小径を進んだ。

もうすぐ夕暮れになろうとする庭園には柔らかな西日が降り注ぎ、優しい風が頬をすり抜けていく。奥庭にある入り組んだ場所まで来ると、陛下がつと足を止めた。

ジュリアンナの両手を掬い取ると骨ばった大きな手できゅっと包む。それだけで心臓がとくりと震えて息が止まりそうになる。

「ジュリ、昨夜は無垢な君を弄んですまなかった。母から君が領地に帰ろうとしたのを考え直して治療を続けてくれると聞いたよ」

これ以上ないくらい優しげな声で言うと、陛下は握りしめたジュリアンナの手をそっと撫でた。

「あ、あの、治療は……診察は続けます。でも、昨夜のような治療は私には無理です。へ、陛下には愛妾がいらっしゃると聞きました。その方にお願いしてはいかがでしょうか。その方がきっと効果もあるかもしれません」

そう言いながらも、陛下がほかの女性にも甘い愛撫《あいぶ》を与えるのだと思うと、なぜか心がモヤモヤとした。

「ジュリ、ひどい誤解をしているようだから言うが、私には愛妾はいない。私の愛妾だと噂されている女性は父陛下の愛妾だ。だが父が急逝したため、喪が明けるまで後宮に身を置いているだけだ。私は愛妾を持つ気はないからね」

「まぁ……」

ジュリアンナは、なぜか胸に嬉しさが込み上げた。女官らが噂《うわさ》していた女性は、前皇帝の愛妾だったのだ。

「それに経験豊富な女性ともとっくに試してみたんだよ。この病を治すために、そちらの道に長けているという娼婦《しょうふ》のところにも、お忍びで出かけて試したが全くダメだったのだよ」

陛下は、ふ、と自嘲気味に笑った。

「ダメ……？」

「ああ、ピクリともしなかった」

ピクリともしないというのは、きっと男性器のことだ。

頬がじわりと熱くなる。それは顔に当たる柔らかな夕日のせいだけではない。

「だが、ジュリ、昨夜は違った。不思議なことが起こったんだ。君が出て行った後、私の男性器《ファルス》が一時《いっとき》ではあるが、固く反り返ったのだよ」

「……え？」

「ふ、ジュリアンナ。君は何か魔法でも使ったのか？　あるいは呪《まじな》いでも。ここ一年ずっと萎えたままだった私の男性器《ファルス》が熱く滾って硬く勃起したのだよ。まぁ、すぐに元に戻ってしまったけれどね」

「そんな、まさか!?　でも私は何も……。私には、そんな力はありません」

「私にもなぜそうなったのかわからないのだ。だからジュリ、確かめたい。私に夜の治療を続けてもらえないだろうか」

「でも……」

いくら陛下だからと言っても、このようなお願いに素直に「御意」とは言えるはずもない。

でも、崖っぷちに立たされている陛下の気持ちもわかる。

ましてや、こんなふうに真剣な目で見つめられては……。

「ジュリアンナ、君に無理強いはしたくない。ただ夕べ、私の愛撫で感じている君はとても可愛かった。それに君の蜜の味は、たとえようもなく甘美だった。もう一度、何度でも味わいたいと思うほどにね」

陛下は、つ……と身を乗り出してジュリアンナの頬を撫でた。

指先が頬に触れた途端、胸の鼓動がとくんと大きく鳴った。

「へ、陛下……？」

ゆらり、と揺らめく影に夕日が遮られた。ふいに吐息とともに唇を柔らかな感触に覆われる。

「んっ……」

体が震えて全身がきゅっとすぼんだような気がした。

逃れようと身じろぎすると、逆に逞しい腕に抱え込まれてしまう。

「外では下の蜜は味わえないからね。ジュリ。上の蜜をたくさん味わわせてもらうよ」

「う、上の蜜って、……んんっぅ……！」

まるでジュリアンナの反応を愉しむように口元を綻ばせると、陛下はいきなり唇に吸い付いた。

なっ……、なんてこと！

陛下が反省していると思ったのに大間違いだった。

清廉な乗馬服姿は仮の姿で、その中には昨日と変わらない捕食動物が潜んでいる。

ジュリアンナが抗議しようと唇を開いた瞬間を逃さずに、陛下の熱い舌がぬるりと口腔に侵入してきた。

やめてほしいと思うのに、押し入ってきた舌がジュリアンナの舌先に合わさると、えも言われぬ快感が背筋を伝った。

舌先をくすぐったかと思うと、さらに奥深くに入り込み濃厚に絡みついてくる。

「……ふ、ぅ……んっ……」

はぁ、と陛下の熱い息が吹き込まれた。

欲望が剝き出しになったような男の息づかいに、身体がぞくりと震え、足元から力が抜けていく。口内に溢れた唾液を、まるで糖蜜を舐め取るようにじゅるりと吸い上げると、陛下はごくっと喉を鳴らして呑み込んだ。

「ああ、ジュリ。やっぱり君は甘い……」

陛下は大きな手でジュリアンナの後頭部を支えると、さらに角度を変えながらキスを深めてきた。

「あ……。へいっ……ん……」

「まるで蜜を滴らせる花のようだな」

一滴もこぼすまいとジュリアンナの唾液を貪るように舐《な》め啜《すす》ってくる。

舌と舌を絡めあうキスは、とても親密で背徳的な行為に感じた。

これは、まるで想いあう男女がするような情熱的なキス……。

どうしてこんなキスをするの？

私はただの女医に過ぎないはず。

どうして私はこんなにも陛下のキスに甘く蕩けてしまうの？

ジュリアンナの中で困惑と快感が入り交じる。

「んっ……はぁ……ん……、んくっ……」

「ああ、ジュリ、可愛い……」

あらゆる角度から口内をねっとりと舐め上げられ、二人の唇が互いの蜜に濡れて、ぴちゃぴちゃと卑猥《ひわい》な音が立ちあがる。

陛下は一つに溶け合おうとするかのように、ジュリアンナをきつく抱きしめた。

うなじに添えられた手が背中を伝って腰に下りる。陛下が腰をぐいと引き寄せると、二人の下腹部がぴったりと密着した。その刹那、陛下の下半身にある熱く硬いものがビクビクッと蠢いた。

「ぐっ――！」

陛下がいきなり唇を離して苦しげな呻《うめ》き声を漏らし、ジュリアンナを胸に掻き抱いた。

肩口に顔を埋め、はぁはぁと荒い息を漏らしている。

ジュリアンナは何が起こったのかがわからなかった。

たった今、自分の下腹部に押し付けられ、熱く蠢《うごめ》いたもの。

「まさか……」

二人とも驚きを隠せずに、陛下の股間を凝視する。

ありえないものがぴったりとした乗馬ズボンをなんなく押し上げ、その存在を主張していた。

「ジュリ、また私のものが勃起している……!!」

ジュリアンナは陛下につられて思わず下半身に目をやった。

初めて見る男の欲望の証に、今まで口づけされていたことも忘れ息を呑んだ。

その肉茎は想像以上に太く、長く、陛下の片方の太ももに沿ってくっきりと膨らんでいる。

医学書で見た挿絵が単なる子供だましのように思えるほど、立体的でとてつない存在感だ。

太くて長い雄幹には硬そうな筋が浮かびあがり、先端にある亀頭の括れまでも、その淫らな造形がくっきりと浮かびあがっている。

これが、これが陛下の男根……。

その禍々しくも猛々しい情欲の証に、下腹部にじんとした熱い疼きが走る。

陛下は端正な顔を歪《ゆが》め、苦しげに息を継いでいた。

「ああ、ジュリ、お願いだ。触れて、私に……。本当の私に触れてほしい」

陛下がジュリアンナの手をそっととり、くっきりと浮かび上がる自身の肉芯に導くと、その雄幹は違う生き物のようにびくりと脈動した。

なんて、熱くて硬いの……。

初めて触れる肉茎の感触に全身がどくどくと脈打つ。

この雄々しいものが、女性の秘めやかな部分にあてがわれ、その長い肉竿を埋めるのだ。

身体から妙な熱が沸き上がったかと思ったら、下腹部におりてじんと溜《た》まる。

陛下はさらに強くジュリアンナの手を握り、その塊に這わせようとした。

「うっ……ぐっ……」

陛下の口から何かを我慢するような、呻《うめ》き声が漏れる。

額には玉のような汗が浮かんでいた。

昂りに強く触れた瞬間、肉棒がビクビクっと大きく脈動したかと思ったのも束の間、またしゅぅと音を立てるように元の大きさに戻ってしまった。

掠《かす》れた呻き声とともに陛下から肩の力が抜けた。頬に吹きかかる艶めいた溜息にどきんとする。

一瞬ではあるが陛下に導かれるまま、生まれて初めて男性の昂りに触れてしまった。

その感触はまるで鋼《はがね》の楔《くさび》のように、硬くて熱い。

「あっ……」

ジュリアンナは唐突に引き寄せられると、ぎゅっと抱きすくめられた。

陛下は心なしか震えているようだった。

「ああ、ジュリ、すまない。私の勃起した男性器《ファルス》を女性に触れてもらったのは一年ぶりだったんだ。……ありがとう」

陛下はジュリアンナの耳元で悩まし気に声を震わせていた。

ほんの一瞬、乗馬ズボンの上からではあるが、確かに陛下の昂りに触れることができた。だけれど改めてお礼を言われると戸惑いを隠せない。でも殿方にとって、男性の象徴が機能しないというのは、心に大きな痛手を与えることだろう。もし自分が病気のために子供ができなくなったら、きっと絶望してしまう。

陛下のように後継ぎが必要な男性であればなおさら……。

ジュリアンナは、陛下の広い背中にそっと手を回した。

落ち着きを取り戻した陛下はジュリアンナの顎を摘むと、そいっと上に向けた。

しっとりとした唇に覆われると、ちゅ、ちゅ、という秘めやかな水音が零れた。

しばし唇を軽く触れ合わせた後、ちゅっというひときわ大きな音とともにゆっくりと唇を離すと陛下は、その瞳を愛おし気に細めた。

暮れゆく空のような紫がかった青。不思議な色合いをした陛下の瞳に、魅入られてしまいそうだ。

「ジュリ、約束だよ。今夜も待っている……」

熱を帯びた瞳で覗き込んで言うと、陛下は踵《きびす》を返して厩舎《きゅうしゃ》の方に向かって立ち去った。

第5章
初めての味はほろ苦く

皇帝が去ってからしばらくぼうっとしていたジュリアンナは、夕刻を告げる城の鐘の音にはっと我に返った。

どくどくと高鳴りを打ち続ける胸を抑えきれぬまま、広い王宮の回廊を足早に通り抜けて自室に戻る。部屋に入るなり寝台に思い切り身を投げると、羽根布団がぱふんと波打った。

「ん〜、ばかばかばか！　わたしのばかっ！」

ああ、どうしよう。どうしたらいいの？

陛下の男性器に触れてしまった……！

導かれるまま、生まれて初めて、男の人の性器に触れてしまったのだ。

そんなことをしてしまった自分に、たまらない気持ちになる。

でも、不思議と嫌な気持ちはしなかった。それどころか、自分から惹き寄せられるように手を差し出してしまった。純粋に触れてみたい、と思ったのだ。

ジュリアンナは、先ほど陛下の男根に触れた手をぎゅっと握りしめ、小刻みに震える指先を押さえつけた。

まるで指先に火がついたように熱い……。

指先だけではない。全身に妙な熱がじわじわと湧き上がってきて収まりが付かない。

陛下のぴっちりした乗馬ズボンをなんなく押し上げ、太ももを這うように隆起していたものが、目にしっかりと焼き付いている。それは逞しい太腿の半ばほどまで達していた。

男性器は勃起すると皆、あれほど太く大きくなるものなの？

肉茎の先端は括れていて、医学書で見たようなひどく淫らな形をしていたけれど、怖いもの見たさだろうか、その部分から目が離せなかった。指先で触れるとほんの一瞬ではあるが、強張っていたものが意志を持ったようにびくんと雄々しく脈打ったのだ。

はち切れんばかりに硬く張りつめていた感触が生々しく蘇《よみがえ》る。

もっと触れたら男性器はどんなふうになったのかしら……？

そこまで考えてはっとする。

ああ、ダメ！　何てことを考えているの？

忘れて！　わすれて、ワスレルのよ、ジュリアンナ！

ジュリアンナは枕に頬を擦り付けてふるふると頭《かぶり》を振りながら顔を埋めた。

問題は今夜だ。いったいどうしたらいいのだろう？

ジュリアンナは先ほど陛下が別れ際に言った言葉を思い出す。

（ジュリ、約束だよ。今夜も待っている……）

懇願するような陛下の囁き声が蘇り、胸がまたとくんと鳴る。

そして思い出してしまう。

庭園でキスされた時に湧き上がった甘い疼きを。

引き寄せられた逞しい腕に、ぎゅっと包み込まれた感触を。

乗馬の後の仄《ほの》かな汗の匂いと、干し草の香りを……。

そう、悔しいけれど陛下は男としての魅力に溢れている。

陛下のことを思うと、途端に胸がドキドキして切ないような気持になる。

――ああ、ジュリアンナ！　勘違いしてはダメ。あのキスもなにもかも治療の一環なのだ。

陛下にとっては、夕べのことも庭園でのキスも、性的に官能を高めて興奮するための、ただの治療のひとつに過ぎないのだ。

私が田舎者で男性に対して免疫が全くないから、こんなふうに心が掻《か》き乱されてしまうだけ。今日の乗馬服姿の陛下がとても素敵だったから、胸の高鳴りを抑えることができないだけだ……。

これは特別な感情なんかじゃない。勘違いしてはいけない！

ジュリアンナはそう自分に言い聞かせた。これ以上、自分の心を揺さぶられたくない。

あくまでも、医者として冷静に陛下に接しなければならないと思う。

そうは思うものの、ジュリアンナの唇から、はぅ、という吐息が漏れた。

蠱惑的な瞳で見つめられ、低く甘い声で囁かれると、いつもの理性的な判断ができなくなってしまう。それに陛下は夜の治療を続けてほしいと言っていた。

「夜の治療」というのは、もちろん昨夜の淫らな治療のことだろう。

今夜は、いったいどんな治療が待っているというのだろう？

こんなふうに病の治療に思い悩むなんて、これでは、どちらが医者なのかわからない。

まるで自分の方が、次の治療を落ち着かない気持ちで待つ患者のように思えてくる。

「ああっ、もう！　こんなんじゃダメ！」

ジュリアンナは、がばりと起き上がると、部屋の中にある本棚に向かった。

一人ベッドの上で悶々《もんもん》としていても埒《らち》があかない。王宮の図書館に行った時に、医学書をいっぱい借りてきたのだ。

男性機能の能力を高めるという方法が書かれた古い書物をいくつか見つけていた。それらに目を通し、薬草を調合して飲み薬を作ってみよう。それが医者の本来の治療方法なのだから。

ジュリアンナは医学書で溢れている備え付けの本棚から、お目当ての本を見つけて引き抜いた。

かなり古い本で、表紙と裏表紙の装丁は薄いクルミ材の木の板でできており、精巧な模様が彫刻されていた。ずっしりと重みのある本を持って書き物机に腰を下ろす。

表紙を開いて目次らしきページを探すと、古い本なので医学学校で習ったような医学用語では書かれていない。

指先で目次を追っていくと、《剣の鍛え方》という章で指をとめた。

その下には、『短い剣を長くする』、『剣を固くする』、『傷んだ剣を復活させる』と書いてあった。

もちろん、この書物は人体や薬草に関する本で、鍛冶屋の指南書ではない。

ということは、タイトルから察するに、この剣というのは男性のあの部分をたとえているのではないかと思う。

ジュリアンナは、頬をほんのり赤く染めながら『剣を固くする』というページをめくってみる。

すると書かれている薬草を煎じて飲めば、柔らかな剣も徐々に固くなる、とあった。

効能があるという薬草は、ええと……ルッコラ、オルキスの球根、イラクサの種、ドラゴンティウム……。ジュリアンナは、ほっと胸をなでおろした。

ここに書かれている薬草なら自分も常備しているから、すぐにでも煎じ薬を作ることができる。

ぱらりとページをめくると今度は『傷んだ剣を復活させる』と書いてあった。

『傷んだ剣』というのは、どういう状態なのだろう？

その章を読むと、『一年以上傷んだままの使い物にならないお飾りの剣には、治療薬はない』とあった。

……嫌な予感がする。

これはもしかして、陛下のような状態にある剣なのだろうか。

陛下も、その、勃起したのは一年ぶりだと言っていた。

ということは、この本によると『傷んだまま』という状態になるのだろうか。

なんとも思いやりのない酷い言いようの本である。

気休めでも効果がありそうな薬草の一つでも書いてくれればいいのに……。

その次の頁をめくると見覚えのある形をした実の挿絵が書かれていた。

傷んだ剣を復活させる唯一の方法、それには『奇跡の実』が有用、と書いてある。

「うそ、まさか……」

その説明書きには、奇跡の実にはすべての病を完治させる作用がある、と書かれていた。

傷んだ剣の持ち主に奇跡の実の蜜を飲ませると、たちまち以前の輝きを取り戻すだろうと。

ジュリアンナは、その記述を見て驚きに目を瞠《みは》る。

もしかして、私がキスをすると病が良くなるのは、私が昔、奇跡の実を食べたから？

そんな思いが頭を掠《かす》めたがジュリアンナは首を横に小さく振って、ふふっと笑った。

こんなの馬鹿げている。私は呪《まじな》いに憑《と》りつかれてしまった父とは違うのだ。

そもそも黄金に近い黄色い果物なんていくらでもある。

父が探し求めていた『奇跡の実』なんて実際はありえない、単なる空想上の実に過ぎないのだ。

王宮の庭園に生えていたあの古い言い伝えのある木と同じよ。

私は呪《まじな》いより、医学書に基づいた治療法を選ぶ。

ジュリアンナは本をパタンと閉じて本棚にしまうと、先ほどの効果があると書かれていた薬草を使って煎じ薬を作り始めた。

今夜の陛下の治療は、この煎じ薬を飲んでもらえればそれで終わり。

あとは毎日届けてお身体の様子だけ見ればいい。

ほかにも効果がありそうな膏薬《こうやく》なども調べて作り、陛下にご自分で塗っていただければいいのだ。

ちょうどジュリアンナが煎じ薬を作り終えた時、クロティルデが呼びに来た。

夜更けというには少し早いが、今夜は陛下の公務が早く終わったという。

ジュリアンナはできたてほやほやの少し生温い煎じ薬を小瓶に詰めると、クロティルデの後をついて陛下の寝室に向かった。

廊下に面した精緻な彫刻の施された扉の両脇には、近衛騎士が出入りをチェックしている。クロティルデが近衛に軽く頷くと、扉がゆっくりと開かれ、寝室の手前にある取次用の小部屋に入った。

その奥の寝室に繋《つな》がる扉をクロティルデがノックもなくすっと開ける。

「どうぞ、お入りください。私はまた後でお迎えに参ります」

目で促され部屋の中に入ると、陛下は少し胸元のはだけた長衣姿のまま足を組み、くつろいだ様子で長椅子にゆったりと腰をかけて書物を読んでいた。

すでに湯浴みを終えたようで黒髪がしっとりと濡れている。

ゆるくクセのある黒髪が濡れて乱れた風情がなんとも言えず、艶めいた色気を醸し出している。

ただ自室で寛いでいるだけだというのに、陛下のしどけない姿を見ただけで魂が射抜かれたようになり、勝手に心臓が早鐘を打ち出した。扉を入ったところで足を動かすことができないまま、その姿に見惚《みと》れてしまう。

――やっぱり私が特別なんかじゃない。

女性なら誰だって、陛下のこんな色香溢れる姿を見たら胸がときめかずにはいられないだろう。

気づいた陛下が顔を上げてジュリアンナを見ると、口の端を緩やかに上げて微笑んだ。

「ジュリ、来てくれてありがとう。こっちにおいで」

低く落ち着きのある声がジュリアンナの耳から体の奥に浸透していく。

その甘く響く声を聞くだけで、胸の奥がきゅんと疼いた。

内心の動揺を隠してジュリアンナは、陛下に近づいた。

「あ、あの、陛下。今夜はお薬を作ってまいりました。それをお飲みくだされば、もう今夜はすることがありませんので、私は部屋に戻ります」

陛下は眉根を寄せて、ジュリアンナが大切そうに抱えている小さな瓶に目を留めた。

「それは……飲み薬？」

「はい、煎《せん》じ薬なんです。その、男性のものを、硬くする効果のある薬草を煎じたものです」

陛下はあからさまに嫌そうな顔をして、読んでいた書物をパタンと閉じた。

「ジュリアンナ、そういった類《たぐい》の薬草は、これまでクロティルデに散々飲まされて酷い目にあっている。ニンニクや唐辛子とか、乾いた虫かトカゲの粉だろう？　ほかには蛇の心臓とか」

ジュリアンナは目を丸くした。

――そんなものをクロティルデに飲まされたの？

ジュリアンナはその様子を思い浮かべると、可笑しくてつい、クスクスと笑った。

「いいえ、これは違います。れっきとした薬草です。虫やトカゲは入っていません。……蛇の心臓も。何が使われているかお知りになりたければ言いますが、ルッコラの葉にイラクサの種、オルキスの球根を砕いたものに……」

「いや、いい。ジュリアンナ。たとえそれがまっとうな薬草だとしても、煎じ薬はこりごりだ。ひどく不味《まず》いに決まっている」

「良薬は口に苦し、です」

「経験からいうと良薬でなくとも、苦い」

陛下はクロティルデに飲まされた薬の味を思い出したのか、思い切り顔をしかめた。

ジュリアンナは陛下に近づくと、テーブルの上にある杯に持って来た煎じ薬を注ぎ入れ、置いてあった蜂蜜酒を混ぜた。

「蜂蜜酒を入れましたから、少しは飲みやすいと思います。陛下、飲んでみていただけませんか。お願いです」

ジュリアンナが杯をそっと差し出した。

まるで薬を嫌がる子供のように煎じ薬から顔を背けていた陛下が、その杯にちらりと目を止める。

「ジュリ、君は意地悪な魔女のようだね。だが、その可愛らしい口から出る『お願い』には弱いんだよ」

陛下は諦めたようにジュリアンナの差し出した杯を凝視すると、はぁと溜息を吐いた。

「では、交換条件といこう。君の願いを聞いてそれ飲んだら、ジュリ、君も私の願いを聞く。それでどう？」

「え？　陛下のお願い？」

ジュリアンナはドキリとした。まさか昨夜のような淫らな治療のお願いではないのかしら……？

「そんな深刻な顔をしないで。今夜はちょっと試してみたい治療があるんだ。それに付き合ってほしい」

「試してみたい、治療、ですか？　でも……」

「その苦い薬を飲むんだ。口直しにジュリ、君のキスが欲しいだけだよ」

「キス？　キスだけ？　本当に？　ほかに何も……しませんか？」

「疑り深いな。今夜はキス以外、僕からは君に触れないよ。これでどう？」

ジュリアンナは、ほっと溜息をついた。キスだけなら……まだいい。

昼間されたような蕩けるようなキスでも、昨夜のように恥ずかしい部分を露わにされ、舐められたりするよりはずっといい。

子供におまじないのキスをしていると思えばいいのだ。

ただし子供はあんなふうに貪るように、キスを返してはこないけれど……。

「わかりました。では、煎じ薬を飲んでください」

ジュリアンナは、茶色の煎じ薬と蜂蜜酒の混じった杯を陛下にくいっと差し出した。

それを受け取った途端、陛下は鼻をひくつかせた。

「これは……今までで最強だな。くさった溝《どぶ》の匂いがする」

その言葉にジュリアンナもとうとう吹きして、苦笑しながら同意した。

確かに溝のような匂いはするが、これはちゃんと薬効の証明されている薬草なのだ。

陛下を少しだけ可哀想に思いながらも先を急がせた。

「毎日飲めば、きっと慣れますよ」

「ま、毎日!?　ジュリ、それは約束違反だ。毎日飲むなんて聞いてない」

ぎょっとしたような声を出して唸った。

「お薬ですもの。毎日、夜寝る前に飲んでください」

いつもは余裕たっぷりの陛下が、まるで子供のように煎じ薬に及び腰になっているのが可笑しくて口元が綻んでしまった。

クラウスは、愉しげな様子のジュリアンナを恨めしそうに見た。

「よし。私も男だから潔く飲もう。だが、その代わり口直しのキスも毎晩だよ」

そういうとクラウスは目を瞑《つむ》ってゴクゴクと煎じ薬を飲み干し、空のグラスをテーブルの上にタン！　と置いた。

「は、くそ、恐ろしく苦いな」

ジュリアンナが笑いを噛《か》み殺しながら、代わりに差し出した水も一息に飲んだ。

「だが、私のために作ってくれたことには感謝している」

水を飲み干すなりクラウスはジュリアンナをひょいと足元から掬い上げた。

「きゃぁ、へ、陛下っ!?　なにを!?　降ろして！」

「なにって、口直しのキスをくれる約束だろう？」

「それは約束しました。でもどこに連れて……、あっ！」

クラウスはジュリアンナを軽々と抱き上げてすたすたと寝台に連れて行った。ククッと喉元で笑いながら広い寝台に組み敷くと、ジュリアンナの身体を足で挟み込むように覆いかぶさった。

「恐ろしく不味かったから、ここでたっぷりと口直しさせてもらう」

「そんなお戯れは……、んっ……」

ごつごつとした指先がそっと頬を撫でるのに、思わず鼻から抜けるような声を出してしまう。

鼻の頭が触れ合いそうになるほど、陛下の精悍《せいかん》な顔がすぐ近くにある。

逞しい体軀から発散される男の熱のようなものを感じて、ジュリアンナの心はどうしようもなく騒めいた。

ああ、きっとキスをするつもりなのだわ……。

嫌、という感情からは程遠い。

これからされるだろう熱い口づけを、自分は期待してしまっている。

心の奥底に眠っていたよくわからない感情が湧き上がってくる。

甘やかでいて、切ないような感情が。これは恋心なのだろうか……。

陛下の青い瞳が湖面のように揺らめき、ふわりと優しく細められたかと思うと、温かな唇がジュリアンナのそれと重なった。

「うふっ……」

唇が合わさった瞬間、甘い痺《しび》れがジュリアンナの全身をさざ波のように伝う。

包み込むような大きな手のひらが首筋からすべやかな頬に向かって這い上がり、ぞわりと肌が粟《あわ》立つ。

思わず喘《あえ》いでしまうと、待ち構えていたように肉厚な舌がジュリアンナの口内に侵入してきた。

「んんっ……、や、にがっ……」

陛下の舌から煎じ薬の味がして、ジュリアンナは思わず顔をしかめた。

よく、こんなに苦いものを一息に飲めたものだと感心する。

「ふふ、だから口直しを欲しいと言ったろう。まっとうな対価だ」

満足そうな笑みを浮かべながら、熱のこもった声でジュリアンナに囁《ささや》いた。

ジュリアンナの手に指を絡めて握りしめると、今度はちゅ、ちゅ、と軽く啄《ついば》むようなキスを次々と落とす。

「ん……んっ……へいっ、か……」

陛下の逞しく、しなやかな体軀に組み敷かされ、頭の中はとうに熱に浮かされたようにぽうっとしている。

軽い触れ合わせるだけのキスは、普段、治療の時に子供たちにしているのと同じ。

なのに、どうして陛下にされると、唇が触れあう度に胸が切なくときめくの？

今まで、男性にキスをしてほしいと思ったことはただの一度もない。

甘く慈しむようなキスを何度も繰り返されるたび、もっともっと奥深くに口付けてほしい渇望が湧き上がり、身体の芯に熱が灯る。

そんな邪《よこしま》な思いを知られるのが恥ずかしくて、陛下のキスから顔を背けようとした。

「ジュリ、まだまだ口直しはこれからだよ。逃げないで」

逃げたいのではない。もっとキスをしてほしい――。

唇が触れ合う感触がとても心地よくて、身体の中からしだいに甘い疼きがせり上がってくる。

心までも陛下のキスを求めてひどく騒めく。

「んっ……、ん……」

クラウスは自分の下で小さく震えるジュリアンナを可愛いと思いながら、そっと触れ合わせるキスを繰り返し、何度も焦らすように口唇を優しく啄んだ。

いつの間にか、ジュリアンナがクラウスの背中に縋《すが》るように両手を回しているのに、心の中でほくそ笑む。

もう何度目かわからないほどの甘い触れ合いのあと、ちゅ……名残り惜しそうにと幾分長いキスを終えたクラウスは、ジュリアンナを自分の腿《もも》の上に跨《また》がらせるように抱き上げげた。

それでもジュリアンナの顔はクラウスの胸のあたりにある。

クラウスの腕の中にすっぽりと収まって、軽いキスだけで蕩けたような表情になったジュリアンナは、なんともいえず愛らしい。

片手で細いうなじを捉え、もう一つの手で頬をそっと撫でた。

「ジュリ、君の甘い蜜をもっと味わいたい」

その言葉に、ジュリアンナが潤んだ瞳でクラウスを見つめる。

ぽうっと頬を染めたジュリアンナに顔を近づけて、唇を重ね合わせた。

ためらいがちな唇を難なく割って、彼女の口内にある小さな舌を絡め取る。まるで蜜を纏《まと》う雌《め》しべのような感触。

クラウスは感嘆に喉を鳴らし、ジュリアンナの豊かな黄金の髪に指を差し入れぐっと引き寄せた。

彼女の体は軽く触れ合わせたキスだけで、柔らかく蕩けている。ジュリアンナの下唇を柔らかく食むと腕の中の身体が小さく震えた。

その乙女らしい初心な反応が可愛くて、もっと自分の口付けで震わせてみたくなる。

だがキスだけでは物足りない。

肌を重ね己の雄で中に入ることができたなら、彼女はどんなふうにうち震え、どんなふうに甘い吐息をあげるのだろうか。

出会ってまだ数日だというのに、ジュリアンナをこんなに欲しく思うことにクラウス自身も驚きを隠せないでいた。

なぜか自分にとってジュリアンナは特別な存在になっている。

成人してからは、身分の重さを考え貴族の女性とは体の関係を持たなかった。

体を重ねた相手といえば、高級娼館の娼婦か、金を出せば男とも寝るという名のある女優や踊り子だった。

こんなふうに無垢な乙女に初めての快感を与えることに、いまだかつてない喜びを感じる。

クラウスは、ジュリアンナの反応が新鮮でもっと乱してみたくなった。

「どんなふうに吸われたい？」

「んっ……はぁ……やっ……ん……」

情欲を煽《あお》るような艶《つや》めかしい声が漏れると、さらに彼女の奥深くに舌を差し込んで、溢れ出る甘い蜜を堪能しつた。男の理性を麻痺《まひ》させ、雄の欲を掻き立てる禁断の果実のような甘美な甘さだ。

「は、ジュリ。口からもこんなに蜜を滴らせて。夕べ味わった下の蜜壺《みつつぼ》から溢れる蜜と同じ味がする」

「や、はぁ、陛下、んっ……、言わないで……」

「なぜ？　恥ずかしがることはない。ああ、下の蜜も吸いたいな。ぷっくりと膨らんだジュリの可愛い蕾《つぼみ》を舐《な》め蕩《と》かしたい……。してもいいだろう？」

「や、だめ……！　だめです。さっきしないって……」

ジュリアンナがふるふると首を横に振った。

「キス以外に私から君に触れないなどと、言わなければよかった」

クラウスがまた舌をきつく絡ませると、さらに喉奥から吐息交じりの色っぽい声が漏れてくる。

ジュリアンナの吐息ごと蜜を飲み込むと、その甘さが欲望となってクラウスの身体を駆け巡った。

今はジュリアンナのことしか考えられない。狂おしいほどジュリが欲しい。

ああ、勃起できればどんなにいいか。萎えて使い物にならない己の弱竿《さお》がなんと恨めしい。

「ジュリ、口をすぼめるんだ」

クラウスはジュリアンナの唇をすぼめさせると、舌を棒のように突き出してジュリアンナの中にぬぷりと差し入れた。

「んぁ……」

「唇を開いちゃだめだよ。きつくすぼめたままでいて」

開きかけた唇をまたすぼめさせ、ジュリアンナの唇の中に、肉棒のように尖《とが》らせた舌を突き入れた。喉奥にまで届くように舌を根元まで差し入れると今度は唇ギリギリまで引き抜く。

クラウスが舌を抜き差しするたび、ジュリアンナの唇はぬちゅぬちゅと淫猥《いんわい》な音を立てはじめた。

「はぁ……、んくっ……へいっ……」

「まだだ」

クラウスは勢いを増しながら濃厚な動きで舌を出し入れする。

このキスはただのキスじゃない。

ジュリアンナはなにもわかっていないが、これは男女の睦み合いの動きと同じ。

自分の舌を男根のように見立てて彼女の小さな口腔《こうくう》に突き入れている。なにしろ、今の自分はセックスをしたくとも交わることができない。だから可愛いジュリアンナとこんなふうに戯れてもバチは当たらないだろう。

クラウスがジュリアンナとの交わりを思い描いているとは露知らず、ジュリアンナはこれまでされたどのキスとも違う、激しくて淫らなキスに陶酔していた。

——こ、これも、キスなの？

たぶん唇と唇を合わせているからキスには違いない。でも、こんなキスがあるなんて知らなかった。

まるで蜜壺《みつつぼ》の奥底に残った蜜を一滴も残らずに絡めとられているようだ。

陛下に舌を奥深くまで差し入れられ、喉奥を味わい尽くすような動きに頭が痺れぼうっとしてしまう。

ああ、キスだけならしてもいいなんて、迂闊《うかつ》にキスを許した自分を呪わずにはいられない……。

「く……、ジュリ……、っ……！」

唐突に、陛下がぶるっと震えて唇を離した。

ジュリアンナの肩口で喉奥から絞り出すような呻き声をあげ、苦しそうに呻いて肩を上下させている。

「へ、へいか……？　だ、大丈夫ですか？　どうかなさったんですか？」

「うっ、ジュリ、まただ。また勃った。勃起した。私の男性器《ファルス》が」

陛下はジュリアンナを自分の腿の上から下ろすと、苦しみを逃すように腰を浮かせて仰《の》け反った。

ジュリアンナは長衣を押し上げているモノの存在感に目を丸くした。

もう恥ずかしいという感情より、ただの驚きの方が勝っていた。昼間見たような身体に密着している乗馬服の中での勃起とは全く違う。今宵の陛下は、しなやかな絹でできた長衣のみしか身に纏っていない。

昂《たか》ぶる陛下を、押さえつけるものは何もない。

なんという大きさなの……。

ジュリアンナはあり得ないほど高く盛り上がっている存在感のあるものに目を瞠《みは》る。

陛下の雄は、除幕式前の彫像のように、絹をぐいっと押し上げて隆起している。

陛下は勃起しているのを目で確認すると、ジュリアンナに構わずに、シュルッとシルクの長衣の紐《ひも》をほどいた。

ジュリアンナがはっとしてその動作に息を呑むのも気に留めず、さらりと絹を捲《めく》りとった。

「ひゃっ！　ひぇいかっ!?　な、なにを……」

「ああ、ジュリ、君は医者だから一緒に見ても構わないだろう？」

鍛え抜かれた腹筋の下にうっすらと生えた下生えが、やがて濃い茂みになっていく。茂みの中ほど、陛下の股間からそそり勃つ、本物の男性器を初めて見てジュリアンナは息が止まりそうになった。

陛下の太茎はうっすらと日に灼けた褐色の肌とは違って赤黒く、まさに悪魔的な色をしている。

肉棒の裏側にはぴんとした太筋が先端の括れに向かって走り、天を突くように真っすぐに太くそそり勃っている。

雄々しい――。

初めて見る陛下の男根はそう思わずにはいられなかった。

その先端は、医学書で見た時よりも立体的で不思議な形をしていた。

書物に書かれていた亀頭という部分は、頭をもたげて燭台の灯りに艶めき、その造形のなんと淫らなことだろう。

神様はどうして、女性の目を虜にしてしまうような、悪魔的で罪深いものをお造りになったのか。

淫らで、雄々しい――。

これが男の人の、陛下の男性器《ファルス》……。

ジュリアンナは口内に溢れた唾を、ごくり喉を鳴らして呑みこむと、陛下の雄茎をただ呆然《ぼうぜん》と見つめていた。

クラウスも不能になって以来、これで三度目となる勃起に目を瞠っていた。昼間よりもさらに力が漲っている。

勢いよくそそり勃つ幹の根元に手をやると、肉竿を左右に振ってその硬さを確認した。さらには、もう片方の手のひらに雄竿をパシパシと打ちつけ硬さを確認する。

「ひゃっ、ひぇいかっ、なっ、それ、ふ、振って……!?」

陛下の予想外の行動にジュリアンナの思考や言語能力は崩壊寸前になった。

だがクラウスもふざけているわけではなく、いたって真剣だ。

「ああ、これはちょっと硬さを確認してたんだ。まだ半勃《だ》ちっぽいようではあるが」

「は、はんだち？」

「うん、完全に勃起《ぼっき》してないってことだよ。半分ぐらいの硬さかな。まだいけそうだ」

半分ぐらい？　これで？

だとすれば陛下が完全に勃起した時は、いったいどんなふうになるの!?

今でさえ、大人の拳三つ分ほどの長さになっている。

陛下が口にした言葉の衝撃に、喉がカラカラになる。

「ジュリ、やっぱり君のおかげだ。なぜかはわからないが君とキスすると私の男性器《ファルス》は勃つみたいだ」

「で、でも、ありえないわ。キスだけでそんな……」

「だが、この一年、何をやってもダメだったものが、君とのキスで目覚めたのだ。だから確かめたい。新しい治療法を」

「あ、新しい治療法？」

「そう、今日は新しい治療法を試したいと言っただろう？　もし勃起したら試してみたかったんだ」

「それは……どんな治療法ですか？」

なんだか、いやな予感がする。それに目のやり場に困る。

陛下の顔を見て話しているものの、ひときわ大きな陛下自身が視界に入り込んでしまう。

はやく、それを隠してもらえないだろうか。

と、陛下の視線が、己の股間に降ろされた。つられてジュリアンナもまたもや、それをしっかりと見てしまう。昼間はすぐに萎えてしまった陛下の男性器《ファルス》が、今夜はどうしたことか、いまだに勢いを保っている。

「ジュリ、君を特別な力のある医者と見込んでの頼みだ。君にしか頼めない。私を助けてほしい」

「それは、どんな……？」

陛下の熱のこもった掠れ声がぞくりと肌を灼《や》く。

青い瞳が妖しく光ってジュリアンナを見据えた。

「こう考えたのだよ。君とキスをして、甘い蜜を飲むと勃起することがわかった。では患部に直接キスをしてもらったら、もっと効果的ではないかとね」

「か、患部にキス？」

「そう患部に。私の男性器《ファルス》に、直接」

ジュリアンナは、陛下の屹立《きつりつ》しているものをまじまじと見下ろしてしまった。

ここ、これに、キス――!?

「む、無理です。で、できません。それにそこにキスしたからといって効果があるとは限らないでしょう？　だから、もうこれ以上の治療は――」

クラウスは、後ずさって寝台の端に逃げようとするジュリアンナの足を摑んで容赦なく自身の方に引き寄せた。

「でも、ジュリアンナ、試してみる価値はある。君も最初に言っただろう。治るか治らないか、まずは試してみないとわからないと」

「うっ……」

確かに陛下に初めてお会いした時に、そう言った。そして医者として決して匙《さじ》を投げたりなどしないと言ったのだ。

あんなふうに後先考えずに、偉そうに言った自分が恨めしい。患者が希望する治療をするのは医者としての務め。でも、陛下の男性器《ファルス》にキスだなんて――。

「ジュリ、なにも男の男根にキスするのは特別なことじゃない。男女の夜の営みではよくあることなんだよ。ただ私と君は夫婦ではないからね。そうだな、祭りの出店で売られている棒飴《キャンディバー》があるだろう？　子供に大人気のあの飴だと思えばいい。さぁ、時間が経つと萎えてしまう。その前に試させて」

「うぅっ……」

なにも嫌悪しているのではない。陛下の大切な部分にキスしてしまったら自分がどうなってしまうか怖いだけ。

こんなにも陛下に魅力を感じているのに、新たに禁断の扉を開けてしまいそうで、自分が陛下に心も身体も搦《から》め取られてしまいそうで怖い。

理性とは別に、陛下の男性器を見た時に唇で触れたらどんな感触か、そう考えずにはいられない自分もいたのだ。

ああ、今夜も混乱することばかりで、頭がまともに働いてくれない。

だけど、これだけははっきりしている。自分は医者としてできる限りのことはしたい。

陛下の言ったとおり、祭りの日に子供が舐める棒飴《キャンディバー》だと思うことにしよう。

目を瞑れば大丈夫。ちょっと先っぽに触れるだけ。

ジュリアンナは、涙で潤んだ瞳を陛下に向けると、意を決してコクリと頷いた。

クラウスはジュリアンナを引き寄せると、頬をそっと撫《な》でた。戸惑っている彼女を自分の足の間に誘いちょこんと座らせる。抵抗をせずにすんなりと受け入れてくれたジュリアンナにほっとする。

なにも彼女に娼婦のような口淫《フェラチオ》を求めているわけではない。ただ自分の男根に直接触れてキスをしてほしいだけだ。あわよくば先端に蜜を塗りつけるようにひと舐めしてもらえれば。

我が男性器《ファルス》に無垢な乙女の口づけを受けると思うと、それだけでも血が沸き立つようになる。

だが、冷静にならなければいけない。これから受ける行為は大切なことなのだ。

ジュリアンナのキスを受けても己の男根が萎えてしまうようなら、いよいよ覚悟を決めなければならない。ジュリアンナのキスはきっと自分の運命を決めることになる。

我が帝国の運命さえも。

クラウスがジュリアンナの蜜色の瞳をじっと見つめると、彼女はふと睫毛《まつげ》を伏せた。

ジュリアンナの額に愛しむようなキスを落とし、己の肉棒の根元をいくばくか強めに握る。

ひとつ息を吐くと、もう片方の手をジュリアンナの後頭部に手をおき、そっと自身のそそり勃つ男根に近づけた。


「ジュリ、そんなに緊張しないで」

ジュリアンナの頭を軽く押さえていた手が、ふわりと金色の髪を優しく撫でた。

近くで見る陛下の屹立《きつりつ》している男根は、さらに存在感を増して膨れたようだ。

欲望を感じるとこんなに大きくなるなんて……。

ジュリアンナは医者として男性の体の不思議な現象に驚きを隠せない。

こんなに禍々しい形状なのに、見ていると胃の腑《ふ》にきゅぅんと甘く焦れたような疼きが走る。

陛下を見上げると、長衣をゆるく羽織ってはいるものの、前はすっかりはだけてしまっていた。

ほとんど裸と変わらないのに、それを恥じる様子もなく堂々としている。

きっとご病気になる前は、女性の前で裸身をさらすことなど、どうということもなかったのだろう。

そう思うと胸がちくりと痛んだ。平然と自身の雄を見せつける陛下が憎らしくなった。

広い胸板はなめらかで筋肉が盛り上がり、腹筋は程よく割れ、太腿は逞しい。

見る者の目を惹きつけずにはいられない、魅惑的な体軀。

悪魔的な美しさだ。

ゆるく広げられた股間の濃い茂みから、勢いよく突き出しているものがまた目に入って心臓がとくんと跳ねる。

「さぁ、ジュリ。キスして。私に。私の一番大切なところに」

陛下が誘うように肉竿をふるんと振った。

とうとう勇気をだしたジュリアンナが竿の根元にそっと手を伸ばす。

その瞬間ぴくりと肉竿が揺れた。

びっちりと張り詰めた太幹に触れるとその硬さと熱さに息を呑んだ。

布越しに触れるのとは全く違う。

鋼のようにがちがちして硬い。でも冷たさはなく熱さが内から迸《ほとばし》るように伝わってくる。

陛下が自分のものを摑んでいた手を離し、ジュリアンナが軽く添えた上から手を重ね、ぎゅっと抑えるように肉棒を握らせた。

瞬間、ジュリアンナの柔らかな手の中でこわばりが一段と大きくなったように感じられた。

すると陛下から低い呻き声が漏れ、ジュリアンナがハッとしてその顔を見ると、艶めいた表情で目を薄く閉じ、浅い息を繰り返している。

陛下も感じてくれているの……？

その表情になぜだか胸がじぃんと熱くなった。

そしてジュリアンナの中で何かが呼び覚まされたような気がした。

陛下の思わぬ反応に、もっと触れてみたいという欲求が湧き上がった。

さらに勇気を振り絞り、傘のように張り詰めてひときわ盛り上がっている亀頭に唇を近づける。

と、その先から透明な雫がつぅっと溢れた。

「あっ……！」

ただ純粋に驚いて思わず声をあげてしまった。

「どうした？」

心配そうにこちらを見る陛下と視線が合い、声を上げてしまった自分が恥ずかしくなった。

「あの、先の方から、透明な水がでてきて……」

ジュリアンナが戸惑いながら言うと、クラウスは眼に面白がるような色を浮かべ、誘惑するように微笑んだ。

「舐めてみて」

「ええっ……!?」

どくんと、ひときわ大きく胸が鳴った。

よく分からないけれど、この透明な雫を舐めるのは、ひどく淫らな行為のような気がした。

男性器のことは、医学学校ではほとんど習っていない。

目の当たりにしたのは今夜が初めてだ。

硬い竿の部分とは対照的に、傘のような形の亀頭はベルベットのように滑らかそうで、その感触を味わってみたい気にさせられる。男性器の感触を味わいたいなどと思う自分は、酷く背徳的な気がして罪悪感が湧く。

改めて陛下の男性器を見ると亀頭の先には小さな切れ目のようなものがあり、この透明な雫は、そこからこぽりと湧き出ている。

水よりもとろみがあるようで、蠟燭《ろうそく》の灯りに反射して妖しく煌《きら》めいている。

「ジュリ、女性も感じると蜜が溢れるだろう？　男も同じだよ。欲望を感じると亀頭から透明な蜜が出てくるんだ。ジュリ、君に舐めとってほしい」

太い幹のような竿は、いまだに強張って岩のように硬い。ジュリアンナの手の中で、陛下自身がどくどくと熱く脈打つのが伝わってきた。

この雫を舐めてしまったら、この雄蜜を味わってしまったら自分はもう今までの自分に戻れない気がした。

その思いに困惑する。

ジュリアンナの不安を読み取ったのか、陛下が金色の髪の中に指を差し入れ、ジュリアンナの心を落ち着かせるように優しく撫でた。

その心地よさに、安堵が胸にじんわりと広がっていく。

そう、陛下は決して無理強いはしていない。あとほんの少し勇気を出せばいいだけ。

なのにそのあと少しに怖気付いて躊躇してしまう。

踏みだした途端、深い深い沼の底に沈んでしまうのではないだろうか。

ふと見るとさらに先端から雫が湧き上がり、亀頭の部分から溢れてつぅと零れ落ちそうになった。

ジュリアンナはとっさに零してはいけないと思った。

躊躇《ためら》っていたのも忘れ、思わず亀頭の裏の筋のような部分に舌を這わせていた。

零れ落ちる寸前で、その雄蜜を舌に受けとめた。

するとジュリアンナの舌にじわりとした熱が伝わった。

慌てていたので思いのほか強く、舌を押し当ててしまったようだ。

肉竿が折れてしまうのではと心配したが、ビクともせずにそそり勃っている。

ジュリアンナは、こぼれ落ちないように裏筋に沿って雄蜜ごと舌でなぞりあげると、鈴口から溢れでる雄蜜をちゅっと吸い取った。

それは不思議な味をしていた。刈り取ったばかりの若葉にも似たほろ苦い味。

「くっ……、あぁ……」

陛下の引き締まった腹が震えた。逞しい体軀が何かを我慢するように戦慄《わなな》いた。

ジュリアンナの髪に差し入れられた手にも心なしか力が入っている。

「……可愛いジュリ。心臓が止まりそうだ」

息を荒げてクラウスが言うとジュリアンナが、はっとして青ざめた。

「いや、違う。言葉通りの意味ではない。心臓が止まりそうなぐらい気持ちが良いということだ。君に迂闊《うかつ》にそういうことを言うと診察されかねないな」

クラウスはどこまでも素直なジュリアンナの反応に苦笑した。

だが、もしこのまま舐め続けられたら本当に心臓が止まりそうな気がした。

ジュリアンナの舌先が亀頭に触れると熱い力が流れ込んでくるような気がした。

己の肉棒は今のひと舐めでさらに膨れ上がり、はち切れそうなほど硬くなったのがわかる。

やはりジュリアンナには特別な何かがある。

「ジュリ、いい子だ。さぁ次のステップだよ」

「次のステップ？　まだ、続きがあるの？」

これで終わりと思っていたジュリアンナが驚いて目を丸くする。

「うん、今ジュリが舌で触れてくれたおかげで、竿がまた硬くなった。さっきより一回り太くなったのがわかるだろう？」

「え？　ひゃっ！」

根元に手を添えていたジュリアンナの手をクラウスが握らせるようにして擦り上げた。

——ああ、熱い。

陛下の肉棒は熱く滾り、今やジュリアンナの手では回しきれないほどの太さになっている。

「ほら、こんなにがちがちになってる。ああ、今夜、こうしてまた硬くなることができるとは、無上の喜びだ。ジュリ、もう少し私に力を与えて。もう少し勃起したままでいたい。自分が男であることを感じていたいんだ。それができるのは、ジュリ、君だけだ」

ジュリアンナを見つめる瞳は欲を孕んでいる。

人を魅了するのに、これ以上の眼差しがあるのだろうか？

ジュリアンナは、胸がきゅんとして息が詰まりそうになった。

——わたしは愚かだ。

陛下は愛を囁いているわけでも無いのに、こんなにも心が揺さぶられてしまう。

もう、もとの自分になど戻れるはずがない。すでに自分の心が搦め取られてしまっているのだから。それに気づきたくないだけだったのだ。

自分の本当の気持ちを肯定するのが怖かった。

わたしは陛下に恋をしてしまっている……！

陛下は重ねていた手を離すとジュリアンナの顔を引き寄せて安心させるように唇を重ねた。

その温もりにジュリアンナは泣きそうになる。

誰にも触れさせず、胸の奥にそっととっておいたガラス玉に、ピシリと罅《ひび》入った気がした。

いく度も角度を変えながら、優しく唇を啄《ついば》んでくる。

経験の豊富な陛下にとっては、こんな軽いキスは、他愛もないことのだろう。

だけれど、ジュリアンナとってはかけがえのない触れ合いだった。陛下に優しく唇を啄まれると、喉が懇願するように甘く震えた。

――ああ、好き。陛下が好き。

一生医者として生きていこうと決めたのに、初めて恋した人が手の届かない人なんて。

それは決して実ることのない恋。

この治療が功を奏して陛下が元の身体に戻ったら、その時は自分の役目は終わりを告げる。

それでも今、こうして陛下が自分に欲望を感じて熱く昂《たかぶ》っていることに悦びを感じている。

陛下は私には、包み隠さず弱い部分をさらけ出してくれている。

単なる医者と患者の関係であるからだ、と頭の中でわかってはいたが、それでも嬉しかった。

ちゅく……と柔らかな水音とともに唇が離れた。

唾液で濡れたジュリアンナの唇を陛下が親指でそっと拭う。

そんな何気ない仕草に、ジュリアンナの心は急流を流れる葉っぱのように翻弄される。

仕草ひとつでわたしの心がこんなに搔《か》き乱されていることなど、きっと陛下は全く気づいていない。単に男性器を目の当たりにして戸惑っているとしか思っていないのだろう。

ジュリアンナは、自分の心の中で陛下の存在がどんどん大きくなっていることに少し怖さを感じた。

「さぁ、ジュリアンナ。私の男性器《ファルス》の先端を、この括《くび》れのある部分まで、口の中に含んでみてくれないか？　それができたら今夜の治療は終わりにしよう」

「口の中に……!?」

陛下は、私の心臓を止めるつもりに違いないと思う。

淫らで驚くべき提案を続けざまに出され、ジュリアンナの全身からかぁっと熱が立ち上り、またしても心臓がどくどくと飛び跳ねる。

陛下の屹立はさらに雄々しさを増し、先端にある傘のような部分は、赤みを帯びてはちきれそうなほど張り出している。

ああ、こんなの無理……！

余りに大きくて、到底それが口の中には抑まりきれないような気がした。

「でも大きくて、とても口の中に入りそうにありません……」

「大丈夫、挿入《はい》るよ。私も協力する」

協力するって、いったいどうやるの？

ジュリアンナが涙目で陛下を見ると、その顔には自信たっぷりの笑みが浮かんでいた。

「さぁ、ジュリアンナ、口を開けて舌を突き出してごらん」

「し、舌を突き出す？」

「君たち医者がよく子供に言うだろう？」

言いながら陛下が片頬で笑う。ジュリアンナはドキドキして視線を彷徨《さまよ》わせた。

その言葉は、確かに診察の時にいつも言う。アーンしてお口を開けて舌をだして、と。

子供は医者に何かされると思って、全力で泣いて拒否するのだ。

ああ、神様、泣き喚く子供を笑っていた私をお許しください。

ジュリアンナは心の中で懺悔《ざんげ》する。同時に恥ずかしさに頬がかぁっと熱くなった。

診察を受ける子供のように自分も舌を突き出すなんて。

だじろいだ様子のジュリアンナに陛下が愛しむような柔らかな表情を向けた。

「ジュリ、安心して。君に無理なことはしない」

陛下がくしゃりと金色の髪を柔らかく何度も撫でて、ジュリアンナの緊張を解き解していく。陛下に髪を撫でられるのはこの上なく気持ちがいい。

ジュリアンナは五歳で母を亡くした後、誰かに優しく髪を撫でられたことはなかった。

最愛の妻が儚《はかな》くも逝ってしまうと、父は抜け殻のようになってしまったのだ。

だからジュリアンナは、まだ幼い弟の母がわりになって、母の分も弟を可愛がった。弟の前では、弱い部分を見せたくなかった。いつも小さな弟の頭を撫でるのはジュリアンナの役目で、自分が誰かに撫でられた記憶などない。

だけど、今はもう子供ではない。なのに、こうしてあやされるように撫でられるのは、なんて気持ちがいいのだろう。

優しい感触に、自分がまるで愛されていると錯覚してしまいそうになる。

陛下の男性器を口に含むという不安と、柔らかく撫でる手から伝わる心地よさが綯《な》い交ぜになり、どうしていいかわからなくなる。

「そんなに酷いことにはならないよ。舌先に乗せるだけ。あとは私に任せればいい」

――どうして拒むことなどできるだろう。

恋しく思う男性に甘い声で言われれば、異を唱えることなどできない。

ジュリアンナが小さく頷くと、陛下はそそり勃つ逞しいものが彼女の目の前に来るように膝立ちになった。手で幹の根元を押さえながら、切っ先をジュリアンナの唇に触れるか触れないかのところまで下ろすと、ピタと止めた。

目の前にある陛下の雄茎の先から立ちのぼる熱と、身体から放たれる麝香《じゃこう》の痺《しび》れるような香りが混ざり合い、ジュリアンナの頭が朦朧《もうろう》としてくる。

「ジュリ、優しくする。さぁ、目をつぶって、舌を出して……」

陛下の声も、心なしかうわずっているように感じた。

私だけじゃない、きっと陛下も緊張しているのだわ。

ジュリアンナは、ごくりと唾を飲み込み唇を舐めた。

もし効果がなければ、リーゼロッテ皇太后様が言っていたように、陛下は廃位されるかもしれないのだ。今は、私情を挟んでいる時ではない……。

この治療が功を奏するかどうかに、陛下の未来がかかっているのだ。

ジュリアンナは心を決め、目を瞑った。

唇をわずかに開けて舌を出す。

すると、陛下から安堵の吐息が微かに漏れた気がした。

滑らかでベルベットのような感触が舌先に触れたかと思うと、ずしりと質量のある熱い滾りがジュリアンナの舌の上にのしかかった。

「ふっ……ん」

小さな舌では受け止めきれないほどの大きさと重さに息を呑む。

驚いて目を見開くと、陛下が片手で雄茎を握り、亀頭を舌先に擦り付けながらゆるゆると腰を動かしはじめた。

片手をジュリアンナの金の髪の隙間に埋め、肉茎を突き出し腰をゆっくりと淫猥《いんわい》に振り動かす様子に、ジュリアンナはどうしようもないほど官能を掻き立てられる。

ずっしりと熱のこもった雄肉を舌の上で擦られる感覚に、これ以上ないくらいの淫靡な心地よさがこみ上げた。

「はぁ……ふ、んっ……」

ぬるり、と亀頭の括れがジュリアンナの舌の表面を擦ると、喉奥が甘く疼いた。

腰が前後するたびに、切っ先が口腔に侵入しようとジュリアンナの小さな上唇を淫らにつつく。

その動きに誘われるまま唇を開くと、亀頭がずぷりとジュリアンナの口腔に挿入《はい》り込んだ。

「んんっ……！」

「く、ああっ、ジュリっ……！」

肉棒の先にある傘の部分をのみ込んだだけなのに、それだけで口の中がみっちりと一杯になる。

唾液がどこからともなくぶわりと溢れ出して、咥《くわ》え込んだものをたっぷりと包み込む。

溢れる唾液に息が苦しくなり、喉奥でゴクリと飲み込むと、舌の上にのった熱い塊がさらに大きく張り詰めて、ビクビクと激しく脈打つのを感じた。

「くぅっ……！　抜くぞ！」

堪《こら》えきれないような苦しげな様子で呻くと、陛下は自身を半ば強引にジュリアンナから引き剝《は》し、肉茎をずるりと引き抜いた。

あまりに唐突な動作にジュリアンナは放心する。

どうしたのだろう？　いったい、何かいけなかったのだろうか？

咥え込んでいたものを強引に引き抜かれ、ジュリアンナは茫然とした。

口の中にすっぽりと抑まっていたものがなくなり、いきなり空洞《からっぽ》になったような気がした。

当惑するジュリアンナを無視し、陛下は寝台の端に背を向けて腰掛けた。

髪をくしゅくしゅとかき上げしばらく肩を上下させていたたかと思うと、ふいに立ち上がってははだけていた長衣を直し、ジュリアンナに告げた。

「へ、へいっ――」

「ジュリ、今宵はもう下がってよい」

何か不手際があったのか……、泣きだしてしまいそうな気持ちになる。

言いかけたジュリアンナの言葉を遮り、陛下から吐かれたのはもう用はないといった風情の冷たい言葉だった。

陛下はそのまま、ジュリアンナを振り返ることなくバルコニーに消えた。

＊　＊　＊　＊　＊　＊　＊　＊　＊　＊

くそっ……！

バルコニーに出て冷えた夜風に当たると、クラウスは心の中で自分に悪態を吐いた。

手摺に拳を思い切り打ち付ける。

なんということだ。自分でもたった今、起こったことが信じられなかった。

ジュリアンナの口の中に咥え込まれた瞬間、今までにない力が奔流のように肉棒に流れ込んだ。

雄の覚醒——。

まるで堰《せき》が切れた濁流のように精が弾けてしまいそうになり、あと少しでジュリアンナの口腔《なか》に、勢いよく射精《だ》してしまいそうになった。

自制心をかき集め、すんでのところで引き抜けたのは、奇跡としか言いようがない。

クラウスは行き場の無くなった欲望が、未だ血流に乗って身体中を駆け巡り、全身が灼《や》かれているような気がした。

ジュリアンナは、無垢な乙女だ。

治療とはいえ、いきなり純潔の乙女の口内に射精するなど、自分のプライドが許さない。

その時、背後でパタパタと音がし、がちゃりとドアの閉まる音がした。

クラウスは、ふぅと重い溜息《ためいき》をついた。

ジュリアンナが部屋から出て行ったのだろう。

彼女も呆れただろうか。口の中で射精《いき》そうになったことに気がついたはずだ。

ジュリアンナの口に含まれることで、今宵、こんなに自分が滾るとは思ってもいなかった。

単に勃起が少しでも長引けばいい、そう思っていたのだ。

それにジュリアンナとの淫らな触れ合いを愉しめれば、という気持ちもあった。

それがどうだ。

あんなに小さな舌なのに、いとも簡単に私の肉棒に情慾《じょうよく》を吹き込んだ。

ジュリの口に含まれただけで、この私が十代の若造のように堪えきれずに射精《だ》してしまいそうになるとは！

クラウスは喉奥で唸りを上げた。自分の不甲斐《ふがい》なさに奥歯をぎりりと嚙みしめる。

あれほど滾っていたにも拘《かか》わらず、先ほどの射精感を強引にやり過ごしたことで、クラウスの雄芯は元のように、だらりと力なく垂れ下がり萎えてしまっていた。

だが、確信することができた。この呪いを解けるのはジュリアンナだけだ。

とはいえ、娼婦でもない無垢なジュリアンナの口に射精《だ》すのは避けるべきことだ。

かといって勃起した後、まさかジュリアンナの見ている目の前で自分で扱くことなどあり得ない。

手で扱けばきっと無様で酷い醜態に、ジュリアンナを驚かせてしまうのは目に見えている。

ましてや、無垢な乙女に自慰を見せるなど悪趣味極まりない。

「ああ、くそっ！」

クラウスは苛々して悪態を吐いた。

彼女の口に含まれれば、射精《だ》すことができる。だからといって、無垢な乙女の口を汚すことはできない。だったらどうすれば？　クラウスは自問自答する。

達《い》くときは、女性の中で果てたい。そう、ジュリアンナの中で。

その答えにハッとした。それは乙女の純潔を奪うことだ。ジュリアンナの純潔を。

彼女は没落寸前であろうとも、れっきとした貴族の娘だ。

皇帝であろうとも貴族の娘の純潔を奪うことの意味することは心得ている。

答えは簡単だ。ジュリアンナを妃にすれば良い。

クラウスの中で、めまぐるしく頭が回転した。

通例では他国の王族か最高位の公爵令嬢が皇妃となるが、伯爵令嬢を妃に娶った皇帝も皆無ではない。その場合は公爵家が後見となり養女として輿《こし》入れをしていた。

ジュリアンナは親に先立たれて、きちんとした後見人がいない。だがそれは高位貴族の後見をつければなんとでもなる。

なによりジュリアンナだけが自分を覚醒させ、滾《たぎ》らせることができるのだから。

昨日の夜、ジュリアンナが自分の愛撫《あいぶ》に甘い声をあげて身悶えていた姿が目に浮かぶ。

何を迷う必要がある？　出会った当初からジュリアンナを欲しいと思っていた。

二人で旅をしていた時も、ジュリアンナの楚々《そそ》とした美しさに目を奪われていたではないか。

先ほどとは打って変わり、高揚感がこみ上げた。

すでに今宵、我が男性器《ファルス》は彼女によって、長い眠りから呼び覚まされた。

彼女だけが呪いを解き、私を滾らせることができる。

それに、もうすぐ父陛下の喪明けとなる。

喪明けに開催される王宮の舞踏会に彼女も招待し、ファーストダンスを踊るのだ。

代々、皇帝が公式の舞踏会で最初に踊る相手は、外国の王族か親族、または妃となる者と決まっている。絶好の機会だ。舞踏会でジュリアンナの存在を貴族や家臣たちに示せば良い。

そして舞踏会の夜には、可愛いジュリアンナを我が下に組み敷いて、彼女の中に吐精する。

そう考えるとクラウスは、ぶるりと震えた。またも全身に欲望がこみ上げる。

真の男として、愛しいジュリアンナに快楽を与えることができるのだ。

久しぶりの吐精の予感にクラウスの雄の本能が覚醒し、腰までも唸りをあげそうになる。

無理もない。

なにしろ一年間も溜め込んでいたのだ。そう考えて苦笑する。

優しくしてやればいいが……。

せめて彼女の身も心も蕩かせてから、己の欲望を解放できるといいのだが。

クラウスは大きく深呼吸し、肺に冷たい空気を取り入れ身体の熱い滾りを冷ました。

だが、ジュリアンナにその力があることを叔父の大公には絶対に気取られてはならない。

叔父は密かに何かを企んでいる。

今は側近の大臣に怪しい動きがないか調べさせているが、なにを仕掛けてくるかわからない。ジュリアンナによって自分の呪いが解けることが明るみに出れば、彼女に危害が及ぶ可能性もある。それだけは、絶対に避けなければと思う。

喪明けの舞踏会までは、彼女とは親しく関わらずに一線を引き無関係を装おう。

そして舞踏会の夜が明け、ジュリアンナと結ばれた朝に彼女との婚約を正式に発表する。

婚約者となれば護衛も多く付けることができるし、なにより常に側に置いて守ってやることができる。

クラウスの心は決まった。

身を翻して寝室に戻ると、寝室の続き部屋になっている私的な書斎に入る。

重厚なマホガニーの机の引き出しを開けると、大臣から確認してほしいと頼まれた喪明けの舞踏会の招待客リストを取り出した。

パラパラと捲ると、すでにリストには膨大な招待客の名前で埋め尽くされていた。主だった貴族はほぼ名を連ねている。リストを確認すると、やはり意中の人の名前は抜け落ちていた。

クラウスは舌打ちした。喪明けの舞踏会は王宮の公式行事だ。貴族であれば、妻子まで招待されるのに後見人のいない彼女の名前はなかった。

クラウスはリストの最上に、羽ペンで招待客の名前を追加した。

ジュリアンナ・モーランド伯爵令嬢。

クラウスの未来を変える、たった一人の女性の名を。

第6章 不穏な手紙、叔母の企み

陛下の夜の治療から数日後の午後、ジュリアンナは陛下の煎じ薬を調合するのになにか良い薬草がないかと書物に目を通していた。

あの夜以降、陛下からのお召しはなくなり、女官のクロティルデが毎晩、きまって煎じ薬だけを受け取りに来る。ジュリアンナはいまだにあの夜、陛下に冷たい声で下がれと言われた理由が分からなかった。でも予想はついていた。きっと陛下のご満足いくようにできなかったからだ。

恋しく想う人から不興を買ってしまったと思うと、心が矢で射抜かれたようにずきんと痛む。

この不安を誰かに相談したくとも、陛下にあのような淫らな治療を密かに行っていたなど、口が裂けても言えなかった。

ジュリアンナが重い溜息を吐いたところで、部屋付きの小間使いがノックとともに部屋に入ってきた。

「ジュリアンナ様、ハミルトン侯爵未亡人という方からお手紙が届いております」

「まぁ、叔母様だわ」

ジュリアンナは叔母からの思いがけない手紙に驚いた。

父の姉であり侯爵未亡人でもある叔母は、夫を亡くしてから王都の高級住宅街にある大きな屋敷に一人で住んでいた。

裕福な叔母は、弟の学費や生活費を援助してくれている。そのためジュリアンナは、今は期間限定で宮廷医として王宮に仕えることになったのを叔母に手紙で知らせていた。

封を開けると、まるで手習いのお手本のようなきっちりとした文字が並んでいた。

その手紙に目を通すとジュリアンナの顔はみるみるうちに蒼白になった。

『ジュリアンナへ。あなたの弟が不品行な行いにより、医学学校を謹慎処分になりました。このまま謹慎処分が続くようなら、援助を打ち切ります。この手紙を見たらすぐに私の屋敷に来るように』

ジュリアンナは、叔母の手紙に目を疑った。

真面目で成績も良い弟が、不品行なことをしでかしたとは思えなかった。いったい、弟に何があったのだろうか。

母代わりとなって弟を育ててきたジュリアンナは、いてもたってもいられなくなった。

手紙を机の上に置いたまま急いで身支度を整えると、城を出て叔母の屋敷に一人向かった。

城門を出るとすぐに乗合馬車を拾い、高級住宅街の一角にある叔母の屋敷を訪れた。昔と何一つ変わらず、調度品すべてが整然と並ぶ無機質な屋敷に、ふと寒気を感じてぶるっと震えた。

「ジュリアンナ。あなたの弟は何を考えているやら。ひと儲けしようと賭博場に行ったというのよ。まったく、なんて愚かなことをしたのかしら」

自邸を訪問したジュリアンナに、痩身で細面の叔母が、あきれ果てたように言った。

美しかった昔の面影はなく、銀色の髪をぴっちりと後ろでまとめた姿は、人を寄せ付けない冷たい感じがした。

夫が亡くなってから数年が経つというのに、いまだに重々しい黒のドレスを身に着けている。その手には黒の薄いレースの手袋も嵌《は》めていた。

「ひと儲《もう》け？　まさかクリスがそんな賭博など……」

弟のクリスは賭け事を好むような人間ではない。

「なんでもあなたの結婚持参金を稼ごうとしたらしいわ。でもね、儲けるどころか賭けで負けて多額の借金を作ってしまったの」

「借金を？　私の結婚持参金を作るために……？」

「ええ。それもこれもあなたのせいですよ。結婚もせずに女だてらに医者になどなって。これを機に考え直しなさい」

叔母は医者になったジュリアンナを心よく思っていなかった。

父が亡くなってすぐ、叔母はジュリアンナに裕福な貴族と結婚することを勧めた。

でもジュリアンナは愛してもいない人と結婚することは、どうしてもできなかった。それに父と同じ医者になりたいという夢があった。

頑なに叔母の勧めを断り、半ば強引に医学学校に入学すると、叔母は勝手にしろと腹を立てた。

今後、領地への援助は一切しないから、自分の力でやってみるがいいと突き放されたのだ。

だからジュリアンナは、医学学校に通う傍ら、拙いながらも領地の管理も行っていた。

当然、年頃の貴族の令嬢と同じように舞踏会用のドレスを作り、シーズンに王都に行って社交を楽しむことなどは考えられないことだった。

医者になるための勉強を続けながら、領地では使用人を養い、日々の生活を送るのがやっとだったのだ。

「あの、借金は弟の賭博相手の方に謝罪して、なんとか分割で払います」

叔母は、フンと鼻を鳴らした。

「謝って何とかなる額じゃないのよ。私でさえも返すのは無理だわ。でも安心なさい。とてもいい話があるの」

「いい話？　それはどういうことですか？」

弟が大変な時だというのに叔母の楽しげな口調につい、怒りで声が震えてしまう。

「とにかく、そこにお座りなさい」

叔母は目の前で突っ立っているジュリアンナに、ソファーに腰掛けるように鷹揚《おうよう》に顎で促した。

「クリスが作った借金を、賭博相手の方が帳消しにしてくださるそうよ」

「まぁ！　それは本当ですか？」

叔母が自分の手柄だと言わんばかりに得意そうに頷いたのは別として、ジュリアンナは、ほぅっと肩から力が抜けるのを感じた。

もしかするとお相手の方は、いかにも未成年の弟が賭博場に来たのを揶揄《からか》うつもりで相手をしたのだろうか。

それにしても心の広い方で助かった。その方に、お礼を言わなくては……。

「なんて良い方なんでしょう。私からもお礼の手紙を書きます。その紳士のお名前は？」

「それなら自分で直接言うといいわ。実は今日ここにお呼びしているの。タルボット卿という紳士よ」

叔母が機嫌よく軽やかにテーブルの上のベルを鳴らすと、入り口に控えていた召使いが、さっとドアを開けた。

ジュリアンナが驚いて振り返ってみると、クラヴァットを今風の洒落《しゃれ》た形に結んだ背の高い痩せ型の男が部屋に入ってきた。


「ごきげんよう。侯爵未亡人、ジュリアンナさん。今日はお会いできて光栄です」

入ってきた男が恭しくお辞儀をすると、叔母は満面の笑みを浮かべ傍に近寄った。その男の腕に手をかけてジュリアンナの隣に座るようにいそいそと勧める。

「ジュリアンナ、こちらの紳士がタルボット卿よ。とても裕福でいらっしゃるの。さぁ、お礼を言って」

ジュリアンナは突然のことにあっけにとられていたが、叔母に促されて慌ててお礼の言葉を述べる。

「あの、初めまして。弟のことではご迷惑をおかけして申し訳ありません。でも貴方様の寛大なお心に感謝いたします」

　ジュリアンナは居心地の悪さを感じながらも隣に座る男性へお礼を言うと、タルボット卿はいきなりその手をとり、甲に湿った唇を押し当てた。

「やっ……！」

　生ぬるい感触の唇が触れて、ぞわりと嫌悪感が沸き上がる。思わず手を引くとタルボット卿は、ニヤッと笑った。

「どういたしまして。それに厳密にいうとお会いするのは初めてではないのですよ」

　叔母もしたり顔で頷いて、説明した。

「ジュリアンナ。タルボット卿はね、前に、私が貴女に勧めた結婚相手なのよ。その時にこの屋敷で一度会っているわ」

「ええっ!?」

　ジュリアンナには、ほとんど覚えがなかった。

　父が亡くなった後、叔母の家のお茶会に呼ばれると、数人の紳士がいたような気がする。その中の一人だったのだろうか。

「でも貴女が突然、医学学校に入学してしまったものだから、タルボット卿は違う貴族の令嬢と結婚してしまったの。でもね、その奥様が半年ほど前に、後継ぎもなく病で亡くなったのよ。それでタルボット卿はまた貴女に声をかけてくださったの。おまけに今回のクリスの借金も帳消しにしてくださるそうよ」

ジュリアンナは、叔母のうきうきした表情とは対照的に、さぁっと顔から血の気が引いた。

「こ、声をかけるって、それはどういう……」

心臓がどくどくと打ち付けて、言葉を最後まで紡ぐことができなかった。

聞くのが怖い。これは悪い夢、きっとそう……。

途端に呼吸が浅くなり、息が思うようにできない。まるで目の前が霞《かすみ》がかったようになる。

「もちろん、貴女を後妻に娶《めと》ってもいいと言ってくれているの。貴女ももう行き遅れと言われても仕方がない年だし、これ以上の縁談はないわ。それに後継ぎを作るためにも早い方がいいでしょう。貴女が来る前に、タルボット卿と貴女の婚姻契約書にサインをしたの」

「そ、そんな勝手に……！　私は結婚などしないわ。医者を続けるもの……！」

叔母はそれまで笑顔で口元を仰いでいた扇をぴしゃりと部屋中に響くような音を立てて、もう片方の手に打ち付けた。

「我儘《わがまま》もいい加減になさい！　未婚の女性が一人で生きてゆくことは無理なの。これは貴女の後見でもある私が決めたことです。ほかにクリスの借金を返す術はないのよ。従ってもらいます」

叔母が興奮した声でジュリアンナに言い放った。

「まぁまぁ、侯爵未亡人、そう興奮なさらずに。彼女も突然聞いて驚いているだけでしょう。あとは私からお話ししましょう。私の人となりも知ってもらわないとね」

タルボット卿が訳知り顔でジュリアンナを見ると、どこか気味の悪い笑みを浮かべた。

「まぁ、そうでしたわね。二人はもう婚約者同士。気が利かずに失礼しましたわ。あとは二人でじっくりとお話して」

叔母はタルボット卿に目配せすると、そそくさと召使を従えて部屋を出ていった。

「まって、叔母様、二人きりにしないで！」

ジュリアンナが慌てて叔母の後を追おうとするのをタルボット卿が腰を摑んで後ろから引き寄せた。

「いやっ、離して！」

「静かに。そう怯《おび》えずに、可愛いひと。貴方は私の婚約者になったのだよ」

そう言ってジュリアンナのうなじに唇を這わせた。

「ひっ……。だめ。お願い、借金は何としても返します。だからお願い。この婚約は解消してください……」

ジュリアンナは、ともすればパニックになりそうになりながらも、じたばたとタルボット卿の腕の中で暴れた。

「では弟さんはどうなってもいいのかな。借金がすぐに返せなければ私は彼を訴えるよ。そうすれば監獄行きは免れない」

タルボット卿は意地の悪い笑みを浮かべた。

「そんな！　ひどいわ」

「いい子だから、言うことを聞きなさい。さぁ、私との結婚にイエスというんだ。もちろん、医者など辞めてもらうよ。私は、すぐにも後継ぎが欲しいのでね」

タルボットはそう言うと、ジュリアンナの胸の膨らみをそっと撫でた。

「可愛い胸だ」

いやっ！　怖い……。

ぞっとする声音に心底震え上がった。

陛下には、身体に触れられても全く嫌な感じはなかった。なのに、この人に触れられると思っただけで全身に鳥肌が立つ。

「やめて！　私は貴方と結婚しません。借金は私が引き継いで、分割で必ず返しますから」

震えそうになる声をやっとの思いで絞り出すと、タルボット卿は眉を顰めてチッと舌打ちした。

「そうはいかないよ。妻がやっと死んでくれたのだから」

「やっと？　どういうこと？　奥様が亡くなってしまったというのに？」

「ふふふ、君は知らなかっただろう。私は君のことをずっと思っていたのだよ。一目見たときから君の可愛らしさが忘れられなくてね。妻を娶《めと》ったものの、どうしても諦めきれなかった。妻を抱いているときでさえ、君を思い描いていた。この蜂蜜のような金色の髪を、この胸の柔らかさをね」

タルボット卿は下卑《げび》た笑みを浮かべた。ジュリアンナの張りのある乳房に手を滑らせると、重みを堪能するように揉みしだいた。

「やぁっ……、やめてっ！」

「イエスと言わないのであれば、致し方ない。せっかく君の叔母君がお膳《ぜん》立てしてくれたのだ。既成事実を作るまで」

ジュリアンナを傍らにあった長椅子の上に強引に押し倒すと、タルボット卿は馬乗りになった。

痩《や》せているのにどこにこんな力があるのかと驚きぞっとする。

「こ、こんな乱暴は許されないわ。叔母様が知ったら……」

「乱暴ではない。聞き分けのない婚約者にお仕置きをするだけだ。もちろん伯母君も承知の上だよ。叔母さんは裕福な私と結婚させたがっているからね。手籠めにしたとしても何も言うまい。いずれ妻となるのだから」

タルボット卿は薄笑いを浮かべると、几帳面《きちょうめん》に結ばれたクラヴァットをもぎ取るように引き抜いた。

「殴られてはたまらないからな。大人しくすれば気持ちよさを味わえる」

手際よくジュリアンナの両手を後ろに回し、手首をきつく縛った。

「いや、いやっ、離して。どいて！」

手首も痛いが、二人きりになった途端、豹変《ひょうへん》して本性を露わにしたタルボット卿に恐怖を感じ、足を思い切りばたつかせる。

「大人しく身を任せた方が、痛い思いをしなくて済むぞ」

ククッと喉元で笑いながらジュリアンナを抑えつけ、最上の楽しみのようにドレスの前をボタンごとぶちぶちと一つずつ引き裂いた。

「うっ、んんんっ！」

タルボット卿は片手でジュリアンナの首元を押えつけると、シュミーズをずり下げて、真っ白な乳房を露わにした。

「ほう、これは驚いた。ミルクのような白い肌に薔薇《ばら》の蕾《つぼみ》のような乳首がなんと可愛い。ツンと尖《とが》って身体は嫌がってないぞ」

手首を後ろ手に縛られ、無防備にもさらけ出されてしまった乳房に鳥肌が立つ。

タルボット卿の興奮した荒い息遣いが耳に響き、あまりのおぞましさに身が竦《すく》んでしまう。

——ああ、怖いっ。

ジュリアンナの胸に、絶望と恐怖が広がっていく。

なんとか振りほどいて逃げたいのに、押さえ込まれた身体はビクともしない。

なぜ叔母様は助けに来てくれないの？

このままでは、取り返しのつかないことになってしまう。

「やぁっ！　やめて……」

タルボット卿の骨ばった手がジュリアンナの露わになった乳房をぐにぐにと揉みしだいた。

「なんと吸い付くようだ。——たまらないな」

全身の血流が逆流してしまったのではないかと思うほど、心臓が狂ったようにどくどくと鳴り響いている。

——叔母様は、こんな堕落《だらく》した男と私を結婚させたいの？

先ほどから悲鳴を上げているのに、叔母も召使も駆けつけてこない。

結婚を拒み続けた私に、とうとう痺《しび》れを切らしてしまったの？

ジュリアンナの胸に焦燥感《しょうそう》が刻一刻と広がっていく。

「いやぁ！」

タルボット卿が、いつの間にか胸の頂にある蕾を弄り始めた。

ぞわぞわとした気味の悪い感触に虫唾《むしず》が走る。

体をひねって逃れようとすると、余計に強く抑え込まれて抵抗することを許されない。

「結婚前に味見をしておくのも悪くない」

ああ、神様――！

いやらしい笑いを浮かべるタルボット卿の顔を見るのも辛く、身を縮めてぎゅっと目を瞑る。

これは現実なのだろうか。

得体の知れない男の手が胸を這いまわる感覚。まるでとてつもない悪夢を見ているようだ。

私はこのまま、ここでタルボット卿に純潔を奪われてしまうの？

そんなのいや。こんな男に触れられるのはおろか、抱かれるなんて嫌。

私がその腕に抱かれたいのは――。

私が純潔を捧《ささ》げたいのは、たった一人。

涙がとめどなく溢《あふ》れて頭がじんじんと痺《しび》れる。

泣いてちゃダメ。なんとしてもこの男から逃げなくては……！

ジュリアンナは、イチかバチか全体重をかけて、長椅子から床の上に転がり落ちた。

＊　＊　＊　＊　＊　＊　＊　＊　＊　＊　＊

「お兄様、ちょっといいかしら？」

クラウスが執務室で大臣らと舞踏会の打ち合わせをようやく終え、ひと息ついていると、クロティルデが入れ違いに入ってきた。

クラウスは身支度を終え、ジュリアンナの部屋に向かおうとしていた。

最近はジュリアンナの身の安全のため彼女を遠ざけていたのだが、やはり恋しい気持ちは募る。

久しぶりに公爵のクラウスとして、彼女に会いに行こうと思っていたところだった。

柱時計が夜の八時を告げ、ボーンと低く鳴った。

「ちょうどよかった。ジュリアンナは今、どうしてる？」

クロティルデを見ると、少し心配そうな表情をしている。

ジュリアンナに何かあったのだろうか。

クラウスは顔色を曇らせながら、クロティルデの答えを待った。

「それが夕方頃、急に彼女の叔母様だというハミルトン侯爵未亡人の屋敷に行くと伝言があってから、まだお城に戻っていないのよ」

「ハミルトン侯爵未亡人？　聞き覚えがないがいったい誰の奥方だったかな……」

たいていの貴族なら、その奥方に至るまで頭の中に入っているクラウスだが、その女性のことはすぐには思いつかなかった。もしかすると数年前、酔って落馬して死んだというあの冴《さ》えないハミルトン侯爵の奥方だろうか。印象の薄い地味な紳士の姿が朧《おぼろ》げに思い浮かぶ。

とすれば、ジュリアンナはその叔母になぜ、急に会いに行ったのか……。

しかももう夜だ。その叔母の家に泊まるのであれば、城に伝言ぐらいよこすだろう。

クラウスは、何か嫌な予感がした。

「それに、彼女の机の上にこんな手紙があったの」

クロティルデが整った鼻筋に皺《しわ》を寄せて、クラウスに一通の手紙を差し出した。

その手紙は彼女の叔母からで、弟の問題を伝え、ジュリアンナを自邸に呼び出す内容が書かれていた。弟思いのジュリアンナは、この手紙を受け取って慌てて叔母の家に行ったのだろう。弟の援助を打ち切るとあるが、そのことで今も彼女の叔母と何か揉《も》めているのだろうか。

「私がこの侯爵未亡人の屋敷に迎えに行こう」

「えっ？　お兄様が？」

「ああ、すでに公爵の身なりをしたし、王宮の使いで迎えに来たと言えば問題無い」

「でも、もう夜よ。だれか随行の騎士を連れていった方が……」

「クロティルデ、私は公爵のふりをする時はいつも一人で動いている。何も心配はいらないよ」

自分の心配までするクロティルデを残して、クラウスは密かに王宮の通用門を出た。念のため、愛用のサーベルも腰に下げている。

裏口にある厩舎《きゅうしゃ》にいくと、何頭かいるクラウス専用の馬の中の一頭に鞍《くら》を付けさせた。

すぐに城を出て高級住宅街の一角にあるという彼女の叔母、レディ　ハミルトン侯爵未亡人の屋敷に向かった。

その屋敷はかなり大きな邸宅で、歴史を感じさせるような格式のある建物であった。

執事に公爵としての身分と、侯爵未亡人への面会を告げると、程なく二階から年配の女性が下りてきた。屋敷の中は薄暗く静まり返っていて、ジュリアンナがいるような気配がまるで無い。


「お待たせいたしました」

陰鬱《いんうつ》な黒いドレスを着た、痩せ型で銀髪の女性がクラウスを出迎えた。

クラウスの方が身分が上なので、侯爵夫人が先に礼をとる。

鷹揚《おうよう》に頷《うなず》くとクラウスが切り出した。

「レディ・ハミルトン、このような夜分に突然訪問して申し訳ない。あなたの姪御《めいご》さんであるジュリアンナ嬢が、宮廷医をしているのはご存知だろうが、皇太后陛下より彼女に至急のお召しがあったので、急遽《きゅうきょ》、この私が彼女を迎えに来ました。彼女はどちらに？」

クラウスは、無駄な挨拶はせずに用件のみ伝えた。

それが急ぎの王族からの用件であると敢えてわからせるために。

するとハミルトン夫人は、一瞬屋敷の奥の方に目線を走らせたかと思うと、取り繕《つくろ》うような笑みを浮かべた。

「まぁ、いいえ。申し訳ありませんが、ジュリアンナはもう帰りましたわ」

「帰った？　だが、城には戻っていない。しかももう夜だ。帰る時に付き添いは付けたのでしょうね」

クラウスの問いに、ハミルトン夫人は目線を泳がせると、早口でまくし立てた。

「いえ、ジュリアンナが帰る時はまだ明るかったものですから。たぶん行き違いになったのでしょう。きっと久しぶりの王都を見物しながら帰っているのですわ。ああ、と。もう、こんな時間。私はこれから夜会に出掛ける用事がありますの。申し訳ありませんがお引き取り頂けますかしら？」

公爵夫人は執事に玄関扉を開けるように目配せした。クラウスの腕に手をかけると玄関の外に誘おうとする。

――なにかおかしい。真面目なジュリアンナが、弟の大変な時に寄り道して見物などするはずがない。

ふと見ると、広い玄関ホールの片隅にあるテーブルに、若い女性のボンネットが置いてあった。

「奥方、あのボンネットはジュリアンナ嬢のものでは？」

クラウスが目を光らせて言うと、ハミルトン夫人は、さっと顔色を青くした。

「ま、まぁ、あの子ったら忘れていったのね。ほんとうに困った娘だこ……」

「……ぃやぁぁ……！」

突然、奥の部屋からガタンという大きな音と、女性の悲鳴のような声、男の悪態をつく声が玄関ホールに響き渡った。

「どけっ！」

クラウスは行かせまいととっさに腕にしがみついてきたハミルトン夫人を強引に引きはがし、音のした奥の部屋の扉を蹴り上げ中に飛び込んだ。

「ジュリアンナ!!」

目の前には信じられない光景が繰り広げられていた。

ジュリアンナが手首を縛られ、乳房を露わにされている。

彼女の上には痩せっぽちの男がのしかかり、今にもジュリアンナの頬を打とうとしていた。

「くそ、お前、ジュリアンナから離れろ！」

クラウスは敏捷《びんしょう》な動きで襟足を掴んでのしかかっている男を引きはがすと、その顔を思い切り殴りつけた。男があっという間に吹っ飛び、壁に身体を打ち付けて崩れ落ちる。

すぐに頭を振って鼻から血を流して上半身を起こし、ギラついた目でクラウスを睨《にら》みつけた。

「なにをする！　鼻が折れたぞ。俺は貴族のタルボットだ。お前を訴えてやる！」

「ほう、貴族がレディにこのような乱暴をしてただで済むと思うか！　お前に名乗るのも汚らわしいが、私は公爵のハヴァストーンだ。訴えたければ訴えるがいい」

「なんてことだ、くそっ！　俺は彼女の婚約者だ。何をしてもいい権利がある。俺は無実だ」

タルボットがふらふらと立ち上がりながら慌てて弁解をする。クラウスはタルボット卿の腹に、さらに拳をお見舞いすると、呆気《あっけ》なく気を失ってどさりと倒れた。

「お前などとの婚約など認めない。ジュリは私のものだ」

クラウスは気を失ったタルボットの胸ぐらを掴み耳元で吐き捨てるように言うと、穢《けが》らわしいものでも触ったように手を放した。

振り返ると、ジュリアンナは部屋の中央に凍りついたように横たわっている。

打たれたのだろうか、片側の頬がうっすらと赤くなっていた。

「ジュリアンナ！」

聞き覚えのある声に、ジュリアンナは正気に戻った。力強い腕に包まれると、いきなり体がふわりと宙に浮いた。逞しい胸に引き寄せられる。

ジュリアンナを覗き込むその瞳には、安堵と不安が入り混じったような色が浮かんでいる。

「く、クラウス様……？　どうして……」

「ああ、ジュリアンナ、間に合ってよかった……。怪我《けが》はないか？」

「わたし……は……」

だいじょうぶ、そう言おうとしたのに唇が震えてうまく言葉にできない。

片側の頬はひりひりとしている。

「ジュリ……、可哀想に。君の悲鳴が聞こえた時には、私の心臓が止まるかと思った。だが、もう安心だよ」

クラウスは震えるジュリアンナをこの上なく優しく包むと、ほっと息をついた。

クラウス様が、助けに来てくれた。

すんでのところで救われた安心感に涙がとめどなく溢れてきて、思わずクラウスの胸に縋《すが》りつく。

ジュリアンナの耳にどくどくというクラウスの力強い鼓動が響いてくる。

ずっとこの腕に包まれていたいという切望と、熱い想いが湧き上がる。

クラウスは、ジュリアンナを腕に抱いたまま、玄関ホールに戻ると、腰を抜かしてへたり込んでいるジュリアンナの叔母を氷のような目で一瞥《いちべつ》した。

「ハミルトン夫人。たとえ叔母でもこのような卑劣な振る舞いは許されない。蟄居《ちっきょ》するように。追って沙汰をする」

冷徹に言い捨てると、開け放たれていた玄関を急ぎ出た。

「馬をここに！」

クラウスは侯爵家の馬丁に怒鳴ると、慌てふためく馬丁から奪うように馬の手綱を取り、ジュリアンナを乗せてそのすぐ後ろにひらりと跨《また》がった。

外は季節外れの冷たい雨が降り出していた。

クラウスは胸に抱えたジュリアンナをマントでふわりと包み込むと、心配そうに顔を覗き込んだ。

頬に優しく指が触れ、涙を拭う。

「ジュリアンナ、頬を打たれたのだな？　可哀そうに。痛むか？」

「いえ、あの、もう大丈夫です……。私こそ、すみません。このような夜に私を探しに来てくださって。お、お礼はちゃんと、改めて……」

カチカチと奥歯が鳴る。まだ怖さに唇が震えてしまい、旨く喋《しゃべ》れない。

ふいに穏やかな夜の海のような瞳がジュリアンナに近づいてきた。

冷え切った唇に温かな感触が重なり、恐怖に代わってじんわりと安堵が広がる。

「んっ……」

「礼などいらない。君が無事だっただけで……」

その言葉は重ねあわされた唇の上に、吐息とともに紡がれた。

何度も優しく唇が重ね合わされると、緊張が解《ほど》け、自然とクラウスの舌を受け入れていた。

「ふっ……ん……クラウスさ……」

心地よい感覚に身体から力が抜けていく。

熱く濡《ぬ》れた舌が柔らかく口内をまさぐり、ジュリアンナの不安や恐れをゆっくりと解《と》きほぐしていった。

これは、安心させるためのキス。

そう、ただそれだけ。

なのに、溺れてしまいそう。この心地よさに。

口内を蠢《うごめ》く舌は、肉厚でぬるぬるとしてさらに艶めかしく絡みついてくる。

ジュリアンナは身体さえも蕩《とろ》けてしまいそうになり、思わずクラウスにひしと縋《すが》りついた。

それを待ち構えていたように、しっかりと胸の中に抱きこまれた。

クラウスは、ジュリアンナのすべてを搦《から》め取るように口づけを深めてくる。

ジュリアンナは無意識に逞しい背中に手を回して、男らしい身体に身を委ねた。

今は――。

あんなことが起きた今だけは、こクラウス様を感じていたい。

ジュリアンナは、さらに自分からクラウスに身体をぴたりと重ね合わせた。

この温もりから身体を離したくなかった。

考えなければいけない弟のことやタルボット卿のことも、今は何もかも忘れて、ただこの甘い感覚に酔いしれていたかった。

ジュリアンナがふるりと身を震わすと、クラウスがようやく唇を離した。

「このままでは二人とも風邪を引いてしまうな。さぁ、しっかりと摑まって」

クラウスはジュリアンナの乱れた髪をそっと梳《す》いて安心させるように微笑んだ。

その微笑みに、特別な意味などないのだ。

ジュリアンナは寒さなどではない、なぜか切なさを感じてきゅんと震えた。

＊　＊　＊　＊　＊　＊　＊　＊　＊　＊　＊

「ジュリ、今夜はここで過ごす。お互いに冷え切っているしここで暖をとろう」

クラウスは王宮ではなく、高級住宅街のはずれにある屋敷の前で馬を止め、ジュリアンナを抱き下ろした。

ジュリアンナがその屋敷を見ると、窓に明かりはなく、使用人さえもいないようだった。

「このお屋敷は？」

「心配はいらないよ。私の私邸だ。だが私がいる時しか使用人がいないから、今夜は二人だけだ。私の寝室にあたたかい毛布が用意してあることを祈ろう」

ジュリアンナは息を呑んだ。

クラウスの口から出た「寝室」という言葉に頬が熱くなり、心臓がとくんと鳴る。

もちろんクラウス様も、こんな格好をした自分を王宮に連れて帰れないことを十分承知していたのだ。きっと醜聞になってはまずいと配慮してくれているのだ。

クラウスはズボンのポケットから、いくつかの鍵を取り出すと、そのうちの一つを門に差し込んだ。ぎぃと門を開けるとジュリアンナを通し、続いて馬を入れる。

玄関扉も同じ鍵を使って開け、ジュリアンナを先に屋敷の中に入れた。

人気のない屋敷は、外と同じくらい空気が冷んやりとしている。

ジュリアンナの雨に濡れたドレスからは、ぽたぽたと水が滴っていた。

急に寒気を感じ、体がカタカタと震えだした。

クラウスが馬を厩舎に繋いで戻ると、暗闇でも目が効くのか玄関ホールのサイドテーブルにある手持ち用のランプに火を入れた。

「階段は上れる？　私の寝室は二階にある。そこにきっとタオルがあるから」

私の寝室――。

ジュリアンナは、その言葉に戸惑った。

たとえ二人きりだとしてもクラウス様の寝室には行けない。

自分の中にある陛下への想いを裏切ることになってしまう。

「あ、あの、タオルを受け取ったらどこか別の部屋を貸していただけませんか？　私は別の部屋で寝ますから」

ランプを持ったクラウスの顔に急に苛々とした色が浮かび、険しくなったような気がした。

ジュリアンナを見て言い聞かせるようにゆっくりと話す。

「ジュリアンナ、君は冷え切って震えている。それに私もだ。今夜は季節はずれの寒さだ。暖炉に火を入れて暖まらなければ、風邪どころか、高熱を出してしまうかもしれないよ。それにこの屋敷で、今、暖炉に火が入るのは私の寝室だけだ」

「きゃっ、ま、まって！」

「待たないよ。寒くて待ってなどいられない」

クラウスは逃げ腰のジュリアンナの手をぎゅっと掴むと、強引に手を引いて二階にある自分の寝室に向かって階段を上っていった。


「さぁ、ここだよ」

そう言って二階の奥にある部屋の扉を開けると、高価なオービュッソン織の絨毯《じゅうたん》が濡れるのも構わずジュリアンナを部屋の中に入れた。

広い部屋の窓際には大きくて男性的な寝台がある。クラウスはスタスタと奥に進むと、サイドテーブルにランプを置き、右手の奥にある小部屋らしきところにすっと入り込んだ。

手に柔らかなタオルを持って戻ってくると、ジュリアンナの頭にふわりとかけてタオルでくしゃくしゃっと拭った。

「く、クラウス様、自分でできますから。クラウス様も早くご自分を乾かしてください」

「じゃあ、お言葉に甘えて」

ふぁさり、とジュリアンナの頭にタオルを頭に乗せると、ぽんぽんと子供にするように頭を撫でる。強引かと思えば、こんなふうに優しげな仕草《しぐさ》をされると当惑してしまう。

クラウスは戸惑うジュリアンナを見て小さく笑みをこぼすと、暖炉に火を入れた。すぐにパチパチと音がはじけて、薄暗い部屋の中がほわりと柔らかな灯りに包まれる。

勢いよく燃えだした暖炉の火に満足した様子で、もう一つのタオルでごしごしと自分の頭を拭きながら、ジュリアンナを見た。

「ジュリアンナ、びしょ濡れのドレスを脱いでこっちにおいで。いつまでもそこに突っ立っていられないよ」

言いながら自分の濡れたシャツのボタンを一つずつ外していく。濡れてクラウスの胸にぴったりと張り付いているシャツは、ほとんど透けていた。濃い色の乳首と逞しい胸の筋肉の盛り上がりが暖炉の火に照らされて浮かび上がっている。

ジュリアンナは、ごくりと喉を鳴らした。

――みちゃ、だめ、みちゃだめ。

そう思うのに、後ろを振り向くどころか、体が石のように固まってピクリとも動かない。

クラウスは濡れたシャツを無造作に脱いで床に放った。ぴしゃり、という音が上がる。

上半身が露わになると逞しい体をタオルで拭き、ブーツと靴下を脱いだ。なんの躊躇《ちゅうちょ》もなく乗馬ズボンにも手をかける。

濡れたせいでぴったりと張り付いた乗馬ズボンは、脱ぎづらそうだ。クラウスは、やっと前立てを外すと寝台にどさりと腰掛け、腿《もも》から引きはがすように脱ぎ捨てた。

「――っ！」

ジュリアンナは息を呑んで声にならない声を上げた。

乗馬ズボンの下には、下着をつけていなかった。

暖炉の炎に照らされて、足を動かす度にクラウスの肌に艶めかしい陰影を作る。

彼の体型は背が高いせいかとても細身に見えたが、すらりと長い脚は意外にも筋肉質だ。

均整のとれた広い肩、あらわになった胸板、その下に続く腹筋は、鍛え上げられいくつかに割れている。

ジュリアンナは喉がからからになった。

――男の匂い。

そんなものがあるとしたら、今まさに、この部屋にはそれが充満している。

しかも、なんて美しいのだろう。

男性の裸は陛下以外に見たことはないが、男性はすべてこんなにも逞しく美しいものなのだろうか。

ジュリアンナは、まるで神殿にある彫像のようにうっとりと見惚れていることに気がつき、ドギマギして目線を泳がせた。

と、クラウスがふいに立ち上がってジュリアンナを目で捉えた。その体の中心には、浅黒く太くて長いものが隆起している。雄々しい男根が、ぴんと張った弓のように臍の上に向かって突き上げている。

ジュリアンナは浅い息を繰り返した。

クラウスの中心にある屹立するものから目が離せない。

見るなと言っても無理だ――。

だって、こんなにも存在感の大きなものを無いもののように無視することなんてできない！

クラウスは固まったまま動かないジュリアンナに苦笑して、彼女の視線を受け止めると面白そうに目を眇《すが》めて言った。

「ジュリアンナ、君も早く濡れたドレスを全部脱がないと。お互い、裸になって冷えた体を温め合わないといけないよ。さぁ、脱がせてあげよう」

その言葉にハッとなり、ピクリと体が動いた。

見ていたことに気づかれて、頬ばかりか首まで真っ赤に染まる。

「いえ、じ、自分で脱げます！」

ジュリアンナはくるりと後ろを向いてのろのろとドレスを脱ごうとした。

すると、いつの間にかクラウスが目の前にいて、包まれていたマントを脱がし、ジュリアンナの雨で濡れたドレスを次々と剝《は》いで脇に放った。

男性に自分のドレスを脱がされているという事態に愕然《がくぜん》とする。しかもクラウスは一糸纏《まと》わぬ姿だ。近くで見ると、裸のクラウスは何とも言えず艶めかしい。

悶々としている間に、ジュリアンナも、ついに一糸纏わぬ姿にされてしまっていた。

クラウスが寝台に行き、暖かそうな毛布をとってジュリアンナをふわりとくるむ。

「いい子だ、大人しくできたね」

子供を褒《ほ》めるように言うとクラウスは毛布ごとひょいとジュリアンナを抱き上げ、寝台に横たわらせた。

自分も同じ毛布の中に入り込み、ジュリアンナの後ろからぴったりと体を重ね合わせてくる。

「悲しいことに、使えそうな毛布はこれ一枚しかないからね。二人で一枚だ。あっただけでも幸運だな」

ジュリアンナはクラウスの言葉に、ただ、こくこくと頷いた。

クラウスの身体は雨でびっしょり濡れたというのに、熱を発散していた。

その熱がとても心地よくジュリアンナに浸透していく。冷えた体もすぐに温かくなり、ほうっと安堵のため息をついた。身体だけではない。クラウスといるとなぜだか安心感が湧く。

逆に陛下といる時は、いつも緊張や不安や自分でもよくわからない感情に振り回されて、どきどきしっ放しだ。

なぜなら陛下は、次から次へと思いもかけない治療を所望してくるから。

それでもジュリアンナは、ほかの誰でもない、自分の手で陛下を治したいと思うようになっていた。

なのに——。

この間の夜は、陛下を失望させてしまった。

うまく快感を高めてあげられずに、陛下に下がるように言われてしまったのだ。

あの夜以降、治療のお召しがない。

ジュリアンナの心にトゲに刺されたような痛みがつきんと走る。同時に、ふとした疑念がこみ上げた。

クラウス様は、私が陛下にしている治療をご存知なのだろうか……。

そのことは、ずっと前からモヤモヤとしてジュリアンナを苛んでいた。

クラウス様は、初めから陛下への親密な治療行為が目的で私を王宮に連れてきたのだろうか？

あの夜以来、ますますその疑念が強くなっていった。

きっと、今、二人だけの時だけしか聞けない。こんな機会はきっともうない。

だから……。

「あの、クラウス様？」

ジュリアンナは小さく身じろぎした。

するとクラウスの熱い塊がお尻を掠めて、どきりとする。

「ん？　寒いの？」

さらに始末の悪いことに、クラウスがぴったりとジュリアンナを引き寄せた。

硬くて熱さを含んだ太いものが、形がわかるほどぴったりと張り付いてきて、お尻が敏感になってしまう。

「……んっ、いえ、あの寒くはありません。聞いてみたいことがあって」

寒さなど、とうに吹き飛んでいる。寒いどころか、体の中が火種になってしまったようにじわじわと熱が上がる。

「なにかな？」

耳元にふぅ、とクラウスの吐息がかかり、ぽわっと熱を帯びる。

「……あっ、の。クラウス様は、私が陛下にどんな治療をしているか……、その、ご存知なのかしら、と思って」

「まぁ、おおかたは。私は陛下の右腕だからね。陛下のことは、すべて把握するようにしている」

――やっぱり！

ジュリアンナは気恥ずかしくなると同時に、むくれたいような気持ちになった。

陛下から淫らな治療を所望された時は、どんなにかクラウス様に相談できればと思ったのに、王宮ではちっとも会いに来てくれなかったのだ。

医学書ばかりではわからないこともある。

さすがに男性をどう喜ばせたらいいいか、そんな親密な相談はできない。

ただ陛下の性格をよく知っているクラウス様なら、陛下の気分を盛り上げるために、何かできそうなことをあれこれと相談できたはずだ。きっと私がうまくできなかったのも、とうに耳に入っているに違いない。それでいて何も聞いていないように涼しい顔をしている。

ジュリアンナは、恨みがましい気持ちになった。

王都に来てからは、クラウスはクロティルデに後を任せきりで、一切ジュリアンナの治療には関わってくれていないのだ。

「そしたら、この間の夜、私がうまく陛下の治療ができなくて、陛下の寝室から追い出されたのもご存知なのでしょう？」

クラウスは、ジュリアンナが少し緊張《はり》つめた声音で発した言葉に唖然《あぜん》とした。

追い出された？　私の部屋から？

一体ジュリアンナは、なにを言っているんだ？

あの夜は、ジュリアンナの口に咥《くわ》えられただけで、自分でも滑稽《こっけい》なほど射精感が湧き上がり、それを抑えるのに息も絶え絶えだったというのに。

今だってそうだ。ジュリアンナとキスをしたせいで、自分のものが硬く勃起してしまって始末に終えないありさまだ。

クラウスは心の中で舌打ちした。

これまでは男としての力を取り戻し、勃起して射精できることを望んでいたのに、今は射精を我慢しなくてはいけない。なのにジュリアンナの尻ときたら、なんて形がよくて柔らかなんだ。

クラウスは尻の割れ目の中心に自分を埋めたくなるのをぐっと堪えた。

くそ。お前がいきり立っていいのは今じゃない。今はなりを潜めていろ！

今夜はジュリアンナは大変な思いをしたのだから、このまま温めてあげなければいけない。

——心も、身体も。

クラウスがありったけの自制心を総動員して、己の分身とどちらが主導権を握るか戦っているということは、何一つ知らない様子で、ジュリアンナはますます身じろぎをする。その度にクラウスの雄芯は痛いほど、どくどくと脈打ち始めた。

「つ……、ジュ、リアンナ。そんなことはない。陛下は君の治療に大変満足しているよ」

なるべく己の情欲を悟られないよう、クラウスは息を殺して言った。

だが誤解しているジュリアンナを宥めようとしたその言葉は、逆効果だったようだ。

クラウスのそっけない言葉に、くるりと振り返ると、涙に潤んだ目でクラウスを見た。

「満足なんかしていません！　だって私、うまく口に含むことができなかったのだもの！」

言ってから、ジュリアンナはしまったと思った。

この言い方は、あまりに露骨すぎる。陛下と淫らな治療をしているのを自分から告白してしまったことになる。

でも一度、表に出された想いは、堰《せき》が切れたように流れ出て止めることができなかった。

陛下に追い出されてしまったことが、心の傷となってジュリアンナの胸にずっと突き刺さっている。こんなに思い悩んでいるのに、クラウス様ときたら会いに来てさえもくれなかった。

「私が陛下にどんな治療をしているか、とうにお耳に入っているのでしょう？　このあいだの夜、私は陛下のものをご満足いくように口に含んで昂らせることができなかったんです。私には経験がないから、どうしていいかわからなくて。殿方を喜ばすために、どうやっていいか全くわからないの！　私にはきっと陛下の治療は無理なんだわ！」

いつのまにか、今まで思い悩んでいた心の内をすべてクラウスに吐き出していた。

クラウスが目を瞠《みは》ってジュリアンナを見つめている。

ジュリアンナは気持ちが昂《たか》ぶって涙を止めることができずに、しゃくりあげた。

とうとう、言ってしまった。心の中を吐き出してしまった。

きっと呆《あき》れているのだわ。

こんなことを言った私を軽蔑《けいべつ》しているかもしれない――。

言ってしまってから羞恥《しゅうち》に身を縮めると、クラウスの温かい唇がジュリアンナの涙を啜《すす》った。

丁寧に、優しくゆっくりと啜り上げていく。

宥《なだ》めるようなキスに次第にジュリアンナの心が落ち着いてゆく。

「ジュリアンナ、なにも気に病むことなどない。きっと次はうまくできるよ。私が保証する」

そんな保証なんてどこにもない。

ジュリアンナが口を開こうとすると、クラウスはニヤリと不敵に笑った。

「なぜなら、私が今から練習台になってあげるから。どうしたら男が興奮して昂ぶるか、どこを舐《な》められたら気持ちがいいか、やってみようじゃないか」

「……ええっ？」

クラウスは上半身を起き上がらせると、狼狽《ろうばい》するジュリアンナを見下ろしながら思った。

今夜はこの間の夜以上に、自制心を強いられる夜になるだろう。内心、クラウスは苦笑した。


一方、ジュリアンナはクラウスの言葉に耳を疑った。

――練習？　クラウス様と？

唖然として返事もできないでいると、クラウスが身を起こした。

お臍から下を覆っている毛布を剝ぎ取ると、躊躇なく自分の男性器《ファルス》を露わにした。

「ジュリ、見てごらん。私の男根も、こんなに昂っている」

ジュリアンナは思わず目を見開いた。

なんて大きいの――！

クラウス様の男根も陛下と同じくらい、いやそれよりも少し大きいような気がする。

やはり拳《こぶし》で三つ分はゆうにありそうな長さだ。

世の男性は、みんなこんなに太くて長いのだろうか。

張り出した先端が淫らに括《くび》れて、その形をみるとなぜか下腹部の奥が疼《うず》いてしまう。

ジュリアンナは脚の付け根にじんとした痺《しび》れを感じて、腿を擦り合わせた。

クラウスが根元に手を当てて太い幹の硬さを確かめるように左右に振った。

片方の手のひらに向かって長くて太い竿を打ちつけるとパシン！　という重みのある音が響き、その音にクラウスが満足そうに口の端《は》をあげた。

「ああ、ジュリ。私の準備も万端《ばんたん》だ。さぁ、毛布をかぶったままこっちにおいで。私の脚の間に入るんだ」

「ひゃぁっ！」

驚きすぎて硬直しているジュリアンナを、ひょいと抱いて脚の間に座らせた。

「ああ、眺めがいいな。まずはジュリ、男が昂るには先に女性の身体を蕩かすことが必要だ」

「え……？　きゃぁっ！」

陛下とそっくりな声音にぞくっとしたのも束の間、クラウスが脚の間に座ったジュリアンナをいとも簡単に寝台に押し倒した。

抵抗する間もなく、突然、脚の付け根の割れ目に長い指が入り込んだ。いつの間にかジュリアンナの蜜が溢れており、ちゅぷっという音を立てて、人差し指が淫唇の割れ目に沿って行き来する。

「なっ、はぁ……っ、やっ、だめ、クラウス様……んっ……」

「ジュリ、私の男性器《ファルス》を見て興奮した？　もう、こんなに濡れているよ」

クラウスは襞の中で器用に指を動かし、ジュリアンナの敏感な突起をぬるぬると弄んだ。

びくびくと下半身が戦慄《わなな》いて、秘めた部分から蜜がこぽりと溢れ出る。

その蜜を掬い上げては、媚肉の中に潜む花芽に水を与えるように、くちゅくちゅと愛撫されると、つま先からさざ波のような甘い疼きが沸き上がった。

「あ……、ああっ……、あん、や、ああっ……」

ヌルつく指がさらに淫唇にいやらしく纏《まと》わりつくと、えも言われぬ甘美な愉悦が込み上げてくる。クラウスの指の動きに共鳴したように、腰が淫らに波打ってしまう。

とうに脚はくたりとして閉じる力を失い、熱い指が蠢くたびに蕩かされているようだ。

「よしよし、もっと欲しいのだろう？　ほら、ここもぷっくりと膨らんできたよ、かわゆいな。そら」

クラウスは熟れて敏感になった突起を、指で挟んで小刻みに揺さぶった。

「やぁ、あぁあっ、そこ、触っちゃ……ふぁぁ……！」

その途端、腰がびくんとひと跳ねし、鋭い快感がジュリアンナの脳芯までも揺さぶった。

「ああ、もうこれだけで達《い》ってしまったのか。ジュリ、君は可愛いね。感じやすくて淫らなお医者さんだ」

クラウスがジュリアンナの甘蜜で濡れた指をぺろりと舐めた。

まるで陛下がのり移ったかのような瞳がジュリアンナを捕らえ、美味しそうな獲物のように見つめていた。

クラウスは余裕の笑みを浮かべ、自身の逞しい胸の中にジュリアンナを包み込んだ。

ジュリアンナは、いとも簡単に快楽を与えられ未だ放心したままだ。

まだ快楽をどう受け止めていいのかまだわからないのだろう。

そんな初心な反応も可愛いと思いながら、ジュリアンナの荒い息が収まるまで、あやすように髪を撫でる。

ジュリアンナが潤んだ瞳でクラウスを見ると、落ち着いた？　というように瞳を揺らした。

「ジュリアンナ、感じやすい君が理性を保っていられるうちに、どうやったら男を喜ばせられるか練習をしよう。幸い私の男性器《ファルス》は、陛下とほぼ同じ大きさだ。練習台にはちょうどいいだろう」

「でも……そ、そんな……同じ大きさだからって……」

ジュリアンナは、まだ荒い息が冷めやらぬまま、ぱっと目を伏せて唇を噛んだ。

ほかの男性を練習台にするなんて、すごくふしだらな気がする。

雨に濡れた体を温めるためとはいえ、すでに裸で向き合って、いやらしいことをされてしまった状況では手遅れかもしれない。でも、いくらクラウス様とはいえ、陛下以外の男性とそんな親密なことをするなんて、自分の分別《ふんべつ》はいったいどうなってしまうのだろう。

ジュリアンナは脆《もろ》くなった分別を嘆きつつも、必死にそれを守ろうとした。

「ジュリ、私たち二人には共通の目的がある。陛下を昂せること。陛下の病気を治すこと。そうだろう？　すべては陛下のためだ」

「……！」

そ、うだった……。ジュリアンナの胸にチクリとした痛みが走る。

クラウス様は、陛下の忠実な臣下なのだ。陛下のために、練習台になると言っているのだ。

そのために自ら私を田舎まで迎えに来たのだから。

私がうまくできなかったと知って、責任を感じているのかもしれない。

ジュリアンナは、胸の痛みを無視してこくりと頷いた。

唯一、立ちはだかっていた障壁が取り払われたのを確認したかの如く、クラウスの瞳が妖しく光る。

「さぁ、陛下との夜の治療ではどうやったのかな？　話してみて、うん？」

ジュリアンナは、思わず目を丸くしてクラウスを見た。

「あ、の……。陛下に目を閉じてって言われて……」

「ふぅん。目を閉じるのは、いいことだ。五感が敏感になるからね。じゃあ、ジュリ、目を閉じて」

「えっ!?」

「陛下との夜の治療を再現してみようじゃないか。そのほうが、どこが悪かったのか、どうしたらより良くなるかわかるだろう？」

有無を言わさぬ様子で見つめる瞳に、ジュリアンナは抗うことができずに、ぎゅっと目を閉じた。

「それで、その次は？　陛下は、なんて言ったの？」

「し、舌を出してごらん、と言われて……」

「ほう。舌を。それは興味深い。それで陛下はどうするつもりだったのかな？」

ジュリアンナはだんだん頭が痺れ、のぼせたような感覚になった。

陛下との親密な夜の治療の再現に、心臓の鼓動がどくどくと早まっていく。

このあとは、陛下が自分の固くなった先端を私の舌にのせて擦り付けてきたのだ。

その時の淫らな感触を思い出すと熱いものが喉元にせり上がってくる。

唾液が溢れてきて、ジュリアンナはごくりと喉を鳴らして飲み込んだ。

「そ、それで、私の舌の上に、陛下がご自分のものの……、せ、先端をのせてきて……」

ジュリアンナは、息も絶え絶えになる。

目を瞑《つむ》っていることで、あの時の感覚がはっきりと蘇《よみがえ》ってきた。

肉棒に擦られた時の匂いや熱といった感覚が生々しく蘇り、喉の奥や身体の芯が疼いて、どうしていいのか自分でもわからなくなる。

「先端？　陛下はなんの先端をのせてきたのかな？」

「あ、の……。ご自分の……、だんせいの……、その、あれを……」

「ん？　わからないな。ジュリ、はっきり言って」

ジュリアンナは、見る間に顔を紅潮させ、閉じていた瞼を開けて涙目になってクラウスを見た。

クラウスは眦《まなじり》を下げて苦笑した。

ジュリアンナが羞《はじ》らっている様子がものすごく可愛くて、つい揶揄《からか》ってしまった。

だが、ちょっとやりすぎたかな、と思い、助け舟を出した。

「それは、男性器《ファルス》のことをいっているのかな？」

クラウスは、自分の男根の根元を握って揺らめかせた。

ジュリアンナはその様子にひときわ目を大きくし、さらに頬を染めながらこくこくと頷いた。

「ふ、なるほど。じゃあ、陛下がどんなふうに感じたか、私たちもやってみようか。そうすれば、次の治療の時はうまくできるはずだ。さぁ、ジュリ、目を瞑って舌を出して」

ジュリアンナはどぎまぎしながら震えつつそっと目を閉じた。

クラウスが身じろぎしたのだろうか。目の前でふいに風が動くのを感じた。

勇気を振り絞ってそっと舌を出すと、クラウスが小さく微笑むのを感じた。

「悪くない。可愛い可憐《かれん》な舌だ」

「……ふぁっ……！」

すると、ずっしりと熱い塊がジュリアンナの舌の上にのった。

熱くて重みのある感触に、口の中からじゅわりと唾液が湧き上がる。

なぜか陛下と同じような、かすかな麝香の匂いが鼻をくすぐった。

「重さはこれぐらいでよかった？　つらくない？」

ジュリアンナは頷く代わりに、目をぎゅっと瞑った。

「それで、陛下はこんなふうに動いたのかな？」

「んふっ……あ、あ、あ……あっ……！」

熱い塊が、舌の表面を撫でつけるように行き来し始めた。

淫らな形状のくびれの部分がジュリアンナの柔らかな舌の表面を引っ掻《か》くように擦る。すると喉奥ばかりか、身体の芯が熱く疼いて、もどかしさにどうにかなってしまいそうだ。

ああ、もうこれ以上は――。

おかしくなってしまう、そう言おうと口を開いた時に、くぷり、と大きな塊が口腔に侵入した。

「んんんっ…………！」

口の中が巨大な熱の塊でいっぱいになる。

含んだ途端、唾液が溢れて口の端からもたらたらと零れ落ちた。

ジュリアンナが瞼を開けてみると、クラウスが膝立ちになって長い雄茎の根元に手を添えて見下ろしていた。

「吸って」

欲望に満ちたような熱のこもった声音でクラウスが言った。

ジュリアンナがクラウスを窺《うかが》い見ると、その額には汗の粒がいくつか浮かび、恍惚《こうこつ》としていながらも、どこか苦しげに目を細めていた。

口の中いっぱいの巨大な塊を飲み込むように吸い上げると、じゅるり、と淫らな音が響き渡った。

クラウスから漏れた乱れた吐息が、ジュリアンナの額をかすめた。

「続けて。吸うんだ」

口の中のものは、よりいっそう質量をまして張り詰める。肉棒がジュリアンナの口腔を犯し、ゆっくりと焦らすように口蓋や舌の上を擦り続ける。ジュリアンナは言われるままに夢中で吸った。

「ふ……、うっ……、く、くら……あん……うんぅ……はぁっ……」

鼻で息をするのがやっとだった。

唾液がさらにどんどんと溢れ出し、自身がこの熱棒によって蕩かされているように感じた。

熱い亀頭の先端が、焼きごてのようにじゅうっと音を立てて、一瞬で氷を溶かしてしまうように、ジュリアンナの身も心も蕩《と》けてしまいそうだ。

「……っ、ジュリ。これも悪くない。だが、陛下はちょっと焦りすぎたようだ」

クラウスが、膨れ上がった亀頭をずるりと引き抜いた。

暖炉の炎に照らされてクラウスの肉棒の先端とジュリアンナの唇を金に光る糸がつぅと結んだ。

ジュリアンナはまるで酩酊《めいてい》したように、自分の唾液でぬらぬらと光る肉竿を見た。

「まぁ、一年も勃《た》ってなかったのだから、仕方がないだろう」

クラウスはなぜか自分のことのように言うと、ふぅと息をついて腰を下ろした。

寝台が深く沈んで、心もとなげに放心しへたり込んでいたジュリアンナは、クラウスの方に身体が傾《かし》いてしまった。

「あっ……」

クラウスは胸元に崩れるように倒れこんだジュリアンナを抱きとめると、同時に両頬を挟んで唇を重ねた。情欲を吹き込むように何度も甘く、激しく唇をまぐ合わせながら吸い上げられる。あまりに濃厚な口づけに、くったりとクラウスに身をもたれてしまう。

「ん、ふっ……、クラウス様……んっ」

――ああ、だめ。

混乱してしまう。

こんなに淫らな口づけは、きっとクラウス様の恋人のためのもの。

なのに恋しいひとにキスされているような錯覚に陥り、胸がきゅんと疼いてしまう。

「ジュリ、なにが悪かったのかわかったぞ。陛下は性急にことを運びすぎた。今度はジュリアンナが、もっとゆっくりと高めてあげないといけないよ」

「ゆっくり……？」

ジュリアンナはぽうっと蕩けきった目でクラウスを見つめた。

「ああ、いきなり男根を咥えられると男はそれだけで、限界に押し上げられる。その前に、徐々に感じさせてあげないと憐《あわ》れなことになるんだ」

その憐れなこととは一体なんだろう、と思っているとクラウスが己の足をゆるく開いた。

臍《へそ》の下の濃い茂みから、濃厚な雄の欲情を発散するように肉棒が反り返っている。

肉胴に沿って太い筋が走り、淫らな形状の亀頭まで力強く伸びていた。

その赤黒さと、これ以上ないほど張り詰めて隆起している怒張に、雄の逞しさと獰猛《どうもう》な雰囲気の両方を感じて、ジュリアンナはごくりと喉を鳴らした。

「まずは、初歩から行こう。こうして、この竿《さお》を握ってごらん」

クラウスはジュリアンナの手を取って、己の太幹の根元を握らせた。

――とてつもなく、熱い。

ジュリアンナは、手のひら全体に男根から発せられる灼《や》けるような熱を感じた。

男の人のこの部分はなぜこんなに熱いのだろう。

熱いだけではない。浅黒い幹は、ジュリアンナの指では回りきれないほど、太い。

「あ、太くて……、ぜんぶ握れません……」

クラウスが初めて、目を細めて愉しそうに喉を鳴らした。

なんだか拙いことを笑われているようで、手を離そうとすると、それを許さないように大きな手に包み込まれた。

「そのままでいい。握ったまま上下に動かしてごらん」

「え!?」

「私と陛下の竿はジュリアンナの小さな手では、収まり切らないのはわかっている。それは大したことじゃない。まずは、こうやって握ったまま上下に動かすんだ。そうすると、男は昂りを増す――陛下もだ」

少し掠れた声で、クラウスが言った。

ジュリアンナは言われた通りに、まっすぐにそそり勃つ太く長い幹を根元から擦り上げた。

ああ、こんなにも熱くて硬い感触は初めてだ――。

少なくとも女性の体には、これほど硬さを感じさせる部分はどこにもない。

男性の体には、驚くべき秘密が隠されている。普段は柔らかなのに、興奮するとこんなに獰猛に張り詰めるなんて……。

クラウス様の男根は、とても硬いのに表面は絹のように滑らかだ。

太い幹は芯をもって天を突き上げるような勢いで、雄々しく勃ちあがっている。

ジュリアンナは言われたとおり上下に扱きながら、自分の心臓もどくどくと高まっていくのを感じた。

クラウスの幹がよりいっそう太さと硬さを増し、表面を走る脈が手の中で力強く脈打っている。

張りのある幹が、ジュリアンナの柔らかな手を押し返す感触にふるりと戦慄が走る。

クラウスの張り詰めた男性自身が自分の手の中にあると思うと、淫らにも身体の芯がじんと疼き蜜液がとろりと溢れ出てしまった。

「あっ……、クラウス、さま……」

「は。ジュリ、いいぞ。その感触を忘れるな。陛下もきっと悦ぶだろう。次は、手の代わりに舌を使ってごらん」


クラウスは、汗が身体中に吹き出すのをはっきりと感じた。

柔らかな手で己の男根を包まれる感触に、射精《イ》きそうになるのをなんとか堪えた。

自分で自分を追い詰めて、いったいどうするのだと思いながらも、この淫らなレッスンを止めることができなかった。

ああ、彼女の中に己を埋めて、貪欲に腰を揮《ふる》いたくなる衝動に駆られる。

だがジュリアンナは、父陛下の喪が開けた舞踏会の夜に抱くと決めている。

彼女にすべてを打ち明け、その翌朝に婚約を発表すると。

クラウスの口から、苦しげな息が漏れた。

いつもならどんなことがあろうと冷静に澄んだ瞳が、未だかつてない欲情に揺らめく。

「ジュリ、どうした？　手と同じように舌を使って舐《な》めてごらん」

「あの、ど、どこから舐めたらいいの？」

戸惑いながらもまっすぐな瞳でじっと見つめるジュリアンナに、クラウスは狂おしいほどの愛おしさを感じた。

――ああ、くそ。

可愛い。

自分の方が、すべてを舐めとって食べてしまいたくなる。

「どこからでも、好きなところを……舐めて」

息を凝らしたような低い声でクラウスが言った。


ジュリアンナは、顔をゆっくりと寄せて硬い幹の根元にそっと舌をあてた。

雄肉の熱と匂い。

その瞬間、手とは比べ物にならない鋼のような硬さと灼けつく熱が、直に舌から伝わった。

硬くて、弓のようにしなっている逞しいクラウスの男性自身に、舌で触れていると思うと、それだけでジュリアンナの胸が騒めき始める。

「ふ……、ん……んっ……」

半ば強く押しつけるように、根元から先端まで舌を這わせた。

張りのある硬さと表面の絹のような柔らかさがジュリアンナの舌先を甘く、心地よく刺激して、ともすれば息も絶え絶えになる。

「は……、ジュリ、そのまま裏筋を舐めて」

「う、うらすじ？」

初めて聞く言葉に、目を丸くする。

そんな部位は医学書にはなかったはずだ。

治療を始めてからまたもや、自分の医学書には載っていないことを言われてジュリアンナは、途方に暮れる。

うらすじって、いったいどの部分を言うのだろう？

「私は……、いや、陛下はきっとそこが敏感だ」

クラウスはそっと指で指し示した。

「ここだよ……」

クラウスの吐き出した熱い息が頬を掠めた。その指先が触れた部分は、そそり立つ先端の裏側だった。

張り詰めて傘のような形をしている亀頭の裏側に、きゅっと合わさったような部分が括れて筋のようになっている。

ジュリアンナは、口の中に唾液がじゅわりと湧き上がってくるのを感じた。

自分がとてつもなく淫らなことをしているのはわかっていた。

これは、とても背徳的な行為だ。

陛下を感じさせるために、クラウス様を練習台にして淫らな密技を教わっている。

こんなことをしちゃだめ、と思うのに、クラウス様にも感じてほしい、という思いも募る。

ジュリアンナは、言われるがまま、そっとその括れに舌先を合わせた。

傘のように張りだしている括れの周りにも舌を這わせながら、裏筋と思われる部分を丁寧に舐める。そこは皮膚が薄くて柔らかく、すぐ下にある芯の硬さが直に伝わってきた。

すると雄芯がびくびくと大きく脈動し始めた。

「くっ……、ジュリ、これだけでもいきそうだよ。陛下もきっと気に入るだろうな。陛下を治療する時は、ここを舐めるのを忘れないで。だが、まだ先がある。この先に進んでみようか」

ジュリアンナはハッとして片手を雄芯に這わせたまま、クラウスを見上げた。

まだ、先があるの——？

涙目で見上げると、クラウスが微苦笑してジュリアンナの髪をそっと彼女の耳にかけた。

「無理ならやめようか。だが、なんといっても、これをされると、陛下は……たまらないだろうな……」

クラウスが、ほうっとため息をつきながらジュリアンナの蜂蜜色の金髪を優しく撫で上げる。

ジュリアンナは潤んだ瞳で、ふるふると顔を横に振った。

クラウスが最後に言った言葉が、本音を言っている気がしたからだ。

「やります。あの、教えてください。ちゃんと、最後までやりたいの」

「ジュリ、それは男を煽る言葉だ。最後まで、なんて軽々しく言ってはいけない。最後に何があるか君はわかっていないだろう？　それに君の小さな口では、やはり難しいだろう」

「いいえ、お願い。だって、やってみないとわからないでしょう？」

強請《ねだ》るような瞳で見上げるジュリアンナに、クラウスは内心毒づいた。

この先に進めば、自分自身が紛れもなく限界に近づく。そして、その先にある快楽を求めてしまう。

ジュリアンナの可愛い口に自分自身を丸ごと含まれるという至極の楽園を。

クラウスは溜まった熱を逃すように鼻から息を吐くと、ジュリアンナの顎に手をかけた。

「では、そこまで言うなら、やってみよう。どうなっても、知らないよ」

そう言うと腰を浮かせてそそり勃つ肉茎《にくぐき》をジュリアンナの目の前に突きつけた。


麝香の匂いが、熱を放つクラウスの肉棒から色濃く漂う。

陛下と同じ香りにジュリアンナは、どきりとする。

これから自分の知らない、もっと淫靡な密技が始まるのだ。

クラウスの情欲に翳《かげ》る瞳がそれを物語っている。

でも目の前に差し出された猛々しいものをどうしていいかわからずに躊躇していると、クラウスが意味深な笑みを浮かべた。

「これを喉奥まで含んでごらん。できる限り深く」

「――――!?」

の、のどおくまで……？

クラウス様の男性器《ファルス》を？

ジュリアンナは耳を疑った。

目の前には、クラウスのひときわ大きな男根が獰猛な様子で屹立している。

む、無理だわ……。

先端を口に含んだだけでも精一杯なのに、奥まで挿入《はい》るわけがない。

でも自分からお願いしたのだ。いまさら、やっぱりできないと引き下がれば、きっとクラウス様に呆れられてしまう。

それに口に含むことは……嫌ではない。陛下やクラウス様のものを口に含むと、下腹部から甘い疼きが湧き上がり、体の奥底に眠っているものが呼び覚まされるような気がする。

うまくできれば、私のために練習台になってくれているクラウス様を気持ちよくさせてあげることができるかもしれない。

ジュリアンナは意を決してごくりと唾を飲み込むと、恐る恐る浅黒い幹に手を添えた。

不安を捨てて、張り詰めた先端にそっと唇を近づける。まだ触れてもいないのに、クラウスの先端から発散される妖艶な雄の熱を感じた。

先端からじわりと透明な雫が溢れて落ちそうになる。

その雫を舐めとるように、舌先をあてた。

「――――っ」

その瞬間、じゅっ、という音がした気がした。

クラウスが一瞬身じろぎして、ジュリアンナの髪に差し入れた手に力が籠る。

ほろ苦い味が口内にじんわりと広がり、雄の匂いのようなものが鼻から頭につき抜けて、ジュリアンナの思考をますます痺れさせていく。

絹のように滑らかな亀頭の表面に唇を這わせると、徐々に唇をひらき口の中に咥えこむ。

ぴんと張り詰めた亀頭が濡れそぼった舌の上に擦れると、雄の力強さを感じ陶酔感が湧き上がった。

「ふ……、んぅ……」

「く……、そのままゆっくり……。焦らないで」

信じられない大きさの熱い塊が、蜜に濡れたジュリアンナの口腔を満たしていく。

先端部分はまだ、すべて入りきっていない。

「苦しそうだ。鼻でゆっくり息をして」

鼻で浅い息を繰り返し呼吸が楽になると、こぷり、と先端をすべて飲み込めた。

「いい子だ……そこからゆっくり頭を下げてごらん」

クラウスが、ジュリアンナの後頭部に手を当ててゆっくりと根元に導いていく。

「ふっ……、んっ……んんぅ…………」

クラウスは飲み込ませるコツを知っているのか、ジュリアンナの頭をタイミングを見てゆっくり沈みこませる。思ったほど苦しくはなく、するりと口腔《おく》に入った。

「は……」

熱のこもった低いため息が聞こえて、見上げてみる。

濃い茂みの上にあるお腹の逞しい筋肉が、息をするたびに浅く上下している。

褐色の胸板にはうっすらと汗が浮かび、暖炉の炎に反射して肌がビロードのように煌めいていた。

クラウスの表情は、目を閉じて何かをぐっと堪えているようだ。

いつもは冷静で顔色ひとつ変えることのないクラウスが、熱い吐息を吐きながら頬を上気させ、苦しげに眉を寄せている表情に、ジュリアンナは男の色香のようなものを感じた。

――もしかして、感じてくれているの……？

どくどくとした力強い脈動が口の中の肉棒から伝わって来る。

「ジュリ、少し動いていいか……？」

まるで懇願するような掠れ声で、クラウスが言った。

ジュリアンナは、頷く代わりにゆっくりと瞬きをした。

――動くって、どう動くのだろう？

不思議に思っているとクラウスがジュリアンナの頭にそっと両手を這わせて挟み込んだ。

「ジュリ、陛下の時のために、少し慣らしておこう」

クラウスが目を細めると、陰茎をずるりと唇すれすれまで引き抜く。

そしてまたゆっくりと、文字通り喉奥までずぷずぶと差し挿れた。

「ふっ……んんん……っ」

熱い先端が口蓋を擦るようにゆっくりと喉の奥深くに沈められていく。

生まれて初めて、触れられたことのない部分を男性器で擦られる感覚に、痺れるような刺激を感じで喉がひくひくと打ち震えてしまう。

蜜に溢れる口内のすべてを雄の感触で満たされ、じれったいほどゆっくりと優しく擦られる。甘い疼きがとめどなく湧き上がり、息をすることさえ忘れてしまいそうだ。

聞きなれない、ちゅぽぬぽという淫猥な水音と、クラウスの発情期の獣のような籠った吐息。ジュリアンナの喉から奏でる甘いすすり鳴きが、折り重なるように静まり返った部屋に満ちた。

クラウスが数度、ゆっくりと出し入れをすると、雄茎《おすぐき》がこれまでにないほど隆起して、びくびくと大きく脈打った。

その刹那《せつな》、またもやずるりと肉茎を引き抜かれ、ジュリアンナは唐突にクラウスに組み敷かれた。

驚いてクラウスを見ると、玉の汗が額いっぱいに浮かんでいる。

「くそ。これ以上は、だめだ。私が持たない。陛下より先に、君に情欲を放ってしまいそうだ」

「く、クラウス様……？」

情欲を放つ？　今の言葉はどういう意味なのだろう？

クラウス様も、陛下と同じように突然、男根を口から抜き去ってしまった。

うまくできたのか、それともいけなかったのか……。

クラウスは、荒い息でジュリアンナを見下ろしている。眉を苦しげにしかめ、何かが静まるまで堪えているようだ。

――ああ、私はまたもや、失敗してしまったに違いない。

「ご、ごめんなさい、わたし――」

「だが、ジュリ。君は合格点だ。初めてにしてはすこぶる上出来だ」

「合格？　私はうまくできたの？」

「ああ、上手に私のものを奥まで頬張れただろう？　陛下にも同じようにしてあげるんだ。わかったね？」

念を押すように言うと、ジュリアンナは恥じらいながら濡れそぼった唇を綻ばせて頷いた。

クラウスは花びらのような小さな唇にちゅっとキスを落とした。

この可愛らしい唇が私を虜にし、男としての力を与えている。ジュリアンナの口の中に含まれた途端、力強い精気が己の男根に一気に流れ込んだ。

いずれ私がクラウヴェルトとしてジュリアンナを抱く時は、男として完璧な状態でないといけない。途中で萎えてしまっては、ことを成すことができないからだ。

今夜のように、ジュリアンナから私の男性器《ファルス》に力を与えてもらえれば、きっと彼女の中に我が精を放つことができる。

クラウスは無垢なジュリアンナが涙を潤ませながら、自分の剛直を咥えこんでいたのを思い出し、自分の下に組み敷いている可憐な乙女がこの上なく愛しくなった。

みると腕の中のジュリアンナは疲れのせいか、小さく寝息を立て始めている。

そのあどけない寝顔を見ていると、クラウスは自分が正体を隠していることに罪悪感が湧いた。

自分が皇帝であることを打ち明け、今宵、一つになりたかった。

だが、それはジュリアンナを危険にさらすことになる。

まだジュリアンナには、皇帝と公爵《クラウス》が同一人物だということは伏せておいた方が安全だ。

私が公爵《クラウス》として叔父の陰謀を探っていることを知られるのは、ジュリアンナを危うい立場にさせてしまう。

とくに、私の想い人だと知られれば、彼女の命が狙われてしまうかもしれない。

あの狡猾《こうかつ》な叔父に――。

クラウスは、ぎりりと歯噛みした。

未だ父陛下の暗殺や自分に呪《のろ》いをかけた証拠がなかなか出てこないのに業《ごう》を煮やしていた。

だが前皇帝の喪があければ、すべての実権がこの私に委ねられる。その時は、たとえ証拠がなくても、叔父をこの国から抹殺してやる。

クラウスは不敵な笑みを浮かべた。

今はまだ、叔父に私が呪いのせいで不能のままだと思わせておけばいい。

「ん……」

ジュリアンナが寝返りを打って背を向けた。

クラウスは愛しさを込めて華奢な身体を背中からすっぽりと包み込んだ。

「ああ、ジュリ、はやく君を我が物にしたい。愛してるよ……」

ぎゅっと抱きしめると、愛しい人の耳元で静かに囁いた。

第7章 波乱の幕開け

夜明け前、クラウスは一人で王宮の自室に戻ると、近侍に熱い湯を用意させ風呂に浸った。

すると、傍に近侍がいるのも構わずに忍び笑いを漏らす。昨夜は自分の息子が昂ってしまい、ほとんど眠ることができなかった。

自分の硬くなった昂りを抑え込もうとするのは、いつぶりだろうかと思う。

すべてはジュリアンナのおかげなのだ。

すやすやと寝息をたてるジュリアンナに後ろ髪を引かれながら、早々とあの私邸を出て、王都にあるもう一つの私邸に向かった。そしてジュリアンナの世話をさせるために、使用人を向かわせたのだ。

さらに自分の管財人に使いをやり、ジュリアンナの弟の問題やタルボットとのことも、すべて解決するよう指示していた。あの冷たい叔母も、今後一切、ジュリアンナにかかわらないよう、勅命で釘を刺す文書を届けさせた。

あとは喪明けの舞踏会の夜にジュリアンナに真実を伝え、私を受け入れてもらえば良い。

ああ、なんと待ちきれないことか……！

クラウスはざばりと湯から出ると、従者が整えた皇帝としての正装に着替えた。

今朝は、月に一度、早朝から大臣や神官、叔父である大公を交えての帝国会議がある。

「陛下こちらを」

「ご苦労」

従者が恭《うやうや》しく皇帝の剣を捧げ持つ。正装する時は、必ずこの長剣を帯剣する習わしだ。

クラウスは従者に頷くと、皇帝の剣を腰に下げた。

用意が整うと、明るい青地に金糸の織り交ざった精緻な刺繍の入ったローブを翻し、近衛騎士らをずらりと従えて王宮内の回廊を進んだ。


「クラウヴェルト皇帝陛下のおなりにございます」

入り口を守る近衛騎士が恭しく重厚な扉を開く。

クラウスは、磨き抜かれた大理石が敷き詰められ、広々とした「皇帝の間」に入ると、正面にあるひときわ背もたれの高い玉座に向かった。

すでに集まっていた大臣らは一斉に立ち上がり、左胸に手を当てると神妙な面持ちで頭《こうべ》を垂れる。

玉座の前で足を止めると、集まった者たちをひとりひとり睥睨《へいげい》する。

長方形の重厚なテーブルの向かい合わせには叔父のアルベリヒ大公がいる。胸に手を当ててはいるものの、ほかの者たちのようにクラウスに頭を下げてはいない。何を考えているかわからない目でじっとこちらを見ていた。

ともすれば不躾とも取れる大公の態度はいつものことだった。

クラウスは気だるげに足を組んで座り、肘掛に頬杖をつく。すると徹夜がたたったのか、欠伸が出そうになるのを噛み殺した。

「おや、陛下。昨夜は久しぶりに夜遊びでもなされましたか？　外泊されたと伺いましたが」

皇帝より先に言葉を発した大公に一同がぎょっとしてクラウスと大公を交互に見た。

なぜならこの「皇帝の間」では、皇帝の玉言より先に、何人《なんぴと》も言葉を発することができない習わしだった。

クラウスは大公をジロリと睨みつけた。

一触即発のような雰囲気に、周りの大臣たちが息を呑む。

習わしを破った大公は、本来であればその場で切り捨てられても文句は言えない立場だ。

クラウスが一言命じれば、たとえ皇帝に次いで身分の高い大公であろうとも、そばに控える近衛騎士らは抜刀することができる。

しかし、このような戯言《ざれごと》程度で抜刀を命じたとあれば、逆にクラウスが狭量だとして貴族らの反感を買うことは目に見えている。

いつもとは違い、今日の叔父はなかなか好戦的だ。

クラウスの胸の中に戦の前のような高揚感が広がった。退屈な帝国会議が、今日は一段と面白くなりそうな気配を感じ、口の端を上げてにやりと笑った。

「私が夜をどこで誰と過ごしたのか、それをこの場で報告する義務があるのかな？　アルベリヒ？」

「不躾な物言いをお許しください。ここ一年ほど夜歩きを控えていらっしゃったようですので、叔父として心配していたのですよ。もしや我が兄、前皇帝の死のショックでご子息の陛下に身体的な影響がでて、夜の睦《むつみ》ごとができなくなったのではないか……と」

白い物が混じった口ひげに手をやりながら、探るような物言いでクラウスに言った。

クラウスは、今まで沈黙を守っていた叔父が、とうとう核心を突いてきたと思い目を瞠った。

叔父は、クラウスにかけた呪《のろ》いがまだ効いているかどうか探りをいれているのだ。

やはり叔父が黒幕だという確信が持てた。父の喪が開ければ、心置きなく叔父を捕らえることができる。

だが列席する大臣らは、大公が皇帝の身体能力に疑問を投げかけた問いに、黙り込んだまま大公をじっと見据えるクラウスを見て、ますます顔色を青くしている。

普通であれば、皇帝が男としてその能力に欠けているのではないかという疑問を面と向かって、ましてや会議の場で持ち出すなどあり得ないことだ。

大公という地位と皇帝の叔父でなければ不敬罪でとっくに縛り上げられている。

「……ほう、私の持ち物まで意気消沈してしまったのではないかと、そう言いたいのかな？　そんなふうに思われていたとは心外だな。いついかなる時も、女性を喜ばせる程度のものは持っていると自負していたのだが」

「陛下、どうか誤解をなさらぬよう……。御身を心配するがゆえです。一年ほど前から女性を絶っているのではないかと漏れ聞きましてな。玉体に異変があれば、国家の一大事ですから。ですが、お体に問題もなく、夜歩きを再開されたのであれば喜ばしいことです。ただ、だからと言って見境なく遊び歩くのはほどほどに……と申し上げておきましょう。婚姻前に万が一にでもご落胤ができたら困りますゆえ」

クラウスは、保護者面をした叔父の不躾《ぶしつけ》な物言いに腸《はらわた》が煮え繰り返った。

万一、私に子ができれば、叔父の帝位継承権が下がる。叔父はそれを危惧しているだけだというのに、年長面をして年若い者を諭すように夜歩きを自粛せよ、とさも心配そうに嘯《うそぶ》いている。

ここで挑発にのってはいけないと思うものの、自分の体のことを侮辱されてはクラウスも黙ってはいられなかった。

「私が見境なく女の所を歩き回っていると申すのか？　アルベリヒ？　あちこちで種付けをしているのではないかと、そう言いたいのか」

クラウスの怒りを孕んだ声に、大臣や神官らに一瞬にして緊張が走った。

「これは、差し出がましいことを申しました。どうか、あくまで甥を心配するがゆえの年寄りの戯《ざれ》言《ごと》と聞き逃してくださいますよう。しかしながら、陛下は最近入ったばかりの宮廷女医にも執心されていると伺ったので……。皇妃様をお迎えし、お世継を設けるまでは御身を謹《つつし》んでいただきませんと」

アルベリヒ大公は、胸に手を当てていかにも恭しく頭を垂れた。

そのもったいぶった所作にますます怒りが湧き上がる。

「勘違いをするな。その宮廷女医は、皇太后《ははうえ》の専属医だ。母は最近、気力も体力も落ちてきているゆえ、彼女には、母の治療にあたってもらっている。毎日、私に母の状態を事細かに報告をさせているだけだ」

「それは、さぞやご心配でしょうな。皇太后陛下も、兄陛下が亡くなってからというもの、気を弱くされておりますからな。心よりお見舞い申し上げます。ただ……」

ちらりと含みのある目でクラウスを見た。

「若いだけが取り柄の女医を宮廷医官にするなどとは、いかがなものですかな？　それよりは経験豊富な名医のほうが皇太后陛下を診察するに値するでしょう。よろしければ私が腕の立つ医者をご紹介しましょうか」

「いや、彼女は医者にしては若いかもしれないが、薬草の知識も人並みはずれているし、勉強熱心だ。皇太后《ははうえ》は、あの女医の治療に大変満足している。この私もだ。ゆえに、ほかの医者は不要だ」

「ほほう。まさにその肩の入れようは、陛下ご自身もあの若い女医に惑わされたクチですな。まったく、どんな手を使って陛下や皇太后に取り入ったのやら。聞く所によると、なんでも地元では患者に接吻をして治すという、いかがわしい噂のある女医だというではありませんか。さぞや診療所は儲《もう》かっていたのでしょうな」

アルベリヒ大公は、やれやれ嘆かわしことだと鼻で笑いながら肩を竦めた。

クラウスはアルベリヒ大公のこの言葉に、怒りが頂点に達した。

ジュリアンナを貶《おとし》める物言いは、到底、許すことできなかった。

クラウスは玉座からゆっくりと立ち上がり、アルベリヒ大公を睨みつけた。

あまりの険しい顔つきに居並ぶ大臣や神官らが、青ざめながらこの後の展開を固唾《かたず》を飲んで見守っている。

クラウスは自ら腰の剣にゆっくりと手をかけた。

この叔父を手にかけるのは、ほかの誰でもない、この自分だとずっと心に決めていた。

アルベリヒといえば、勝算でもあるのか不敵な目つきでクラウスを見返している。

クラウスは、その挑戦を受けるかのように剣を鞘《さや》から引き抜こうとした。


「――陛下！　今はその時ではありません。お収めください」

傍の大臣が声を落としてクラウスの手を制した。この大臣は、父陛下の若い頃からずっと忠実に仕えてくれている。その目は挑発に乗るなと語っていた。

クラウスはひとつ大きな息を吸って冷静さを取り戻すと、大臣に頷いた。

「アルベリヒ。その女医は母が無理を言って王宮に連れてきたのだ。伯爵家の令嬢でもある。彼女を侮辱《ぶじょく》することは、皇太后である母を侮辱することと同じこと。今申したことを謝罪すれば、お前の不躾な物言いも、浅慮《せんりょ》からくるものだと今回だけは聞き逃してやろう。二度とはない。どうする？」

クラウスが冷徹な目でアルベリヒ大公を見た。その目に迷いはなかった。ここでアルベリヒが謝罪をしなければ、斬る、それも厭《いと》わなかった。

「……配慮に欠けた至らぬ発言でした。申し訳ございませぬ」

アルベリヒが苦虫を噛み潰したような渋面でクラウスに向かって頭を下げた。

「よかろう。今後は、よく考えてからものを言うことだ。――皆の者、今日は気が乗らぬ。帝国会議は延期だ。来週また改めて開催する。その間、審議事項をよく吟味しておくように。良いな」

「御意にございます」

全員が起立して恭しく頭を下げるとクラウスは、側近の大臣や近衛を連れて皇帝の間を後にした。

皇帝が退出すると、いつもは皇帝に続いて部屋を出るアルベリヒは、ほかの大臣や神官に先に行けと手を振った。大臣らは大公に遠慮がちにそそくさと皇帝の間から出て行った。

一人残ったアルベリヒは拳をテーブルに思い切り打ち付けた。

「くそ！　あの若造が、偉そうに。この私を皆の前で謝罪させるなど――！」

だがアルベリヒは落ち着きを取り戻すと、打って変わってほくそ笑んだ。

「粋がっていられるのも今のうちだ」

なぜなら、すでに手筈《てはず》は整えつつある。

そのために息のかかった神官らに租税をたっぷりと横流しし、密かに呪いの祈祷《きとう》を続けさせているのだ。だが、神官だけでは、まだ足りぬ。ほかの大臣や高位貴族らも、喪明けの舞踏会までに、なんとしても我が味方に引き込まねば……。

アルベリヒは、つかつかとテーブルを回り込むと、先ほどまでクラウスが座していた玉座に深々と座った。

そう、喪明けの舞踏会の後は、自分がこの玉座に座り、この景色を眺めるのだ。

それは、もう目の前にある。

「この玉座は誰にも渡さぬ……！」

アルベリヒは、しばらくの間その眺めをうっとりと堪能していた。

＊　＊　＊　＊　＊　＊　＊　＊　＊　＊　＊

クラウスは「皇帝の間」を後にすると、信頼する側近で大臣の一人であるリディンガム公爵を自室に呼びつけた。リディンガム公爵家は代々、帝国の内政を司る家系で、王宮の近衛隊もリディンガム大臣の指揮下にあった。

「いよいよ、だ」

男としての本能が目覚めたのか、クラウスは久しぶりに血が沸き立つような感覚を覚えた。

あの呪符の置いてあった日以降、どこか自分の心には迷いがあった。最後の一歩を踏み切れずに、男としての象徴だけでなく、心まで萎《な》えてしまっていた。

だがジュリアンナと夜の治療を始めて勃起できるようになると、生来の調子を取り戻してきた。

叔父の証拠を摑むまではと思っていたが、それでは遅い。

先ほどの様子から察すると、叔父はとうとう何かを仕掛けてくる気でいる。ならば、こちらも先手を打つまでだ。

「陛下、参上致しました」

「きたか。人払いをしている」

壮年を少し過ぎた大臣のリディンガムは、亡き父の腹心でもあり幼少期にはクラウスの教育係を務めていた。少年期までは何かにつけて口《くち》煩《うるさ》いと思っていた大臣だが、今やクラウスの腹心としてその信頼は厚かった。

「先ほど私を制してくれたことには、礼を言う。あの程度の戯言で奴を斬ったとあれば、私に対する貴族らの反発も膨れ上がっただろう」

「クラウヴェルト様、当然のことをしたまでです。ですが、お気をつけください。大公殿は何かを企んでいると思われますゆえ」

クラウスは、リディンガムを見て頷く。

「わかっている。だから先手を打つ」

「どのようにでございますか」

クラウスは、リディンガムにさらに近くに寄るよう目配せをした。

「リディンガム、喪明けの舞踏会の翌朝、夜明け前に勅命として速やかに大公を更迭《こうてつ》し捕らえよ。父陛下の暗殺の証拠は未だないが、神殿の神官らに莫大《ばくだい》な税金を横流ししていた証拠は押さえてある。奴を虜囚《りょしゅう》としたのち、屋敷や別荘に至るまで、叔父やその家族の出入りした場所はすべて隈《くま》なく捜索せよ。何かしら父陛下の暗殺に関わる証拠が出るに違いない。それでもなければ、作るまでのこと」

「御意。お任せください。すべて抜かりなくご準備いたします。ただ……」

リディンガムは歯切れの悪い口調でクラウスに言った。

「なんだ？」

「先ほど、大公の申していた陛下のお体のことですが、御身お変わりございませんか？　ここ一年ほど、悩みを抱えているようにお見受けしましたが」

「ほう、お前には、やはり隠し通せないな。確かにこの一年、不本意な身体の不調に悩まされていた。だが、そのことはもうすぐ解決する。心配は不要だ」

「先ほど話題にあがった女医と、なにかご関係が？」

クラウスはリディンガムの言葉に目を細めつつ、ゆったりと口角を上げた。

「それは……今は話せぬ。だが、すぐにわかるだろう。それにお前には彼女のことで頼みたいこともある」

クラウスが含み笑いをして言うと、リディンガムは肩を竦《すく》めた。

「なんなりと。すでにとうの昔から陛下には我が身を捧げておりますので」

「悪い話ではない」

――そう、ジュリアンナにとっても。

クラウスは自分の愛撫《あいぶ》で震えるジュリアンナを思い出した。

これからは、我が腕の中に捉えて存分に可愛がることができる。

朝も、昼も、夜も、私がいいというまで、狂おしいほど激しく彼女を求めることができるのだ。

口元が自然と綻《ほころ》んだのか、リディンガムが胡乱《うろん》な眼差しを向けた。クラウスは居住まいを正すとリディンガムに告げた。

「喪明けの舞踏会の夜、私は王宮の西の庭園にあるコテージに……ある人と共にいる。夜明けには宮殿に戻るが、その前に、私の元に状況を報告しに来てくれ」

有事でなければ、ジュリアンナと初めての夜を過ごした後、二人でゆっくりと朝を過ごしたかったのだが、それも致し方ないだろう。

だが、ようやく彼女と一つになれる。

舞踏会の夜は、もう己を抑える必要はないのだ。ありったけの愛を彼女に注ぎこもう。

なぜジュリアンナに、こんなにも狂おしいほどの欲情を掻き立てられるのだろうか。

これほどただ一人の女性を愛しいと思えるようになるとは自分でも驚きだ。

一晩でこの想いを伝えるのは到底、足りそうもないが、濃密な夜を彼女に与えてあげよう。もちろん、一晩だけで終わらせる気もないが。

「ふう、コテージで。そういうことですか。まったく……」

いまだに顔を綻ばせているクラウスを見て、リディンガムは頭《かぶり》を振った。

「ふ。ぬかりなくことを進めておけ。良いな」

リディンガムは大仰に嘆息を漏らすと、すべて御心のままに、と述べて部屋を出て行った。

――これで、すべてに決着をつける。

クラウスの双眸《そうぼう》には揺るぎない決意が映し出されていた。

その頃、ジュリアンナはクラウスの私邸で、メイドの声で目を覚ました。ハヴァストーン公爵家から遣わされたという若いメイドに聞くと、クラウス様はすでに仕事のために登城したという。

ちょっぴり寂しくも思ったが、昨晩二人で行った親密なレッスンのことが頭をよぎると、身の内が熱くなった。

――私は大胆にもなんてことをしてしまったのかしら。

恥ずかしさで消え入りたくなってしまう。

でもすぐに、弟のことやタルボット卿のことが頭をよぎり、途端に心が石のように重くなった。

クラウス様は助けてくださったけど、きっとタルボット卿は激怒しているだろう。それに弟の学校のこともどうしたらいいのだろう。ひとまず王宮に戻って今後のことをどうするか考えなくては……。

ジュリアンナは湯浴みを終えると、クラウスの妹のものだという簡素だが質の良いドレスに着替え、用意してくれた馬車で王宮に到着した。すると王宮にあるジュリアンナの部屋の前では、クロティルデがそわそわしながら待ち構えていた。

「ジュリアンナさん、まぁ、ご無事でよかったわ。ハヴァストーン公爵から朝一番であなたの無事を報らせてもらったのだけれど、昨夜は本当に心配したのよ」

「クロティルデさん、ご心配をかけてしまってごめんなさい」

クロティルデは、遅くまで寝ずに心配していたのだろう。

少し寝不足の目をジュリアンナに向けながら手を取るとぎゅっと握りしめた。

「あなたのことは、妹のように思っているのよ。なんでも困ったことがあったら相談してちょうだい。弟さんのことは大丈夫？」

そう聞かれてジュリアンナは言いよどんだ。このままでは弟は、退学になってしまかもしれないのだ。それにタルボット卿への借金や婚約のことはいったいどうしたらいいのだろう……。

ジュリアンナが言葉に詰まると、クロティルデがたった今、気が付いたようにポケットから手紙を差し出した。

「そうだわ。おにいさ……、ハヴァストーン公爵からあなたが到着したらすぐに渡すように、この手紙を預かっていたの」

そういって差し出された美しい封筒には、公爵家のものなのだろうか、凝った紋章が刻印されている。

ジュリアンナは公爵からの手紙に、頬が一瞬で真っ赤に染まったのがわかった。クロティルデに昨晩二人で何をしたか気づかれてはいけない。咳ばらいをしながら部屋の奥に行き手紙を開けると、ハヴァストーン公爵の人柄を表しているような、流麗で力強い字が並んでいた。

『マイ・ディア、よく寝られたかな？』

その冒頭の書き出しにジュリアンナは胸がときめいた。

身内である叔母でさえ、ジュリアンナへの手紙には、事務的にトゥを使う。

「マイ・ディア」と呼ばれたのは、小さい頃、まだ母が生きていた時に両親からそう呼ばれていた。

それは遥《はる》か昔のことのように思える。

大人になったというのに、可愛い子供に言うような愛情の籠った書き出しに、気恥ずかしさを感じつつも、クラウスが少なからず自分に好意をもってくれているような気がして胸の中にぱぁっと嬉しさが広がった。

「なにか良いことでも書かれていた？」

よほど嬉しい顔をしたのだろうか、クロティルデがジュリアンナの表情を見て、微笑んだ。

「あ、いいえ。なんでもありません」

ジュリアンナは顔がとろけ出しそうになるのを抑えて、また手紙に目を走らせた。

手紙には、驚くことが書いてあった。

クラウスの告発により、タルボット卿は未成年を相手に賭博でイカサマを繰り返した罪で監獄に送られることになったという。

そのため婚約も弟の借金もなかったことになり、弟の謹慎《きんしん》も解けるというのだ。

『ジュリアンナ、君には婚約や結婚で今、陛下の治療を止められると困る。そもそも宮廷医は皇帝の許可なく結婚することは許されていない。君の後見も王宮で引き継ぐことになったから、安心しなさい。弟さんの学校のことも、二度と愚かな振る舞いをしないことを条件に、このまま続けられるよう医学学校の校長に指示しておいた。

だから何も心配はいらないよ。君も昨日は酷い目にあったのだから、今日は一日、ゆっくりすること。――追伸　ぐっすり寝ている君は可愛かったよ』

——ああ、クラウス様……！

ジュリアンナは、胸が熱くなった。

手紙が魔法のように消えてなくならないか、何度も目をしばたいた。

クロティルデが見ているのも構わずに、手紙をぎゅと胸に当てて目を瞑《つむ》る。

あまりの嬉しさに心が震えてしまう。クラウス様が問題をすべて解決してくれた。

もちろん、彼はただ義務に忠実なだけだ。今、私が陛下の治療を止められると困るから……。

ただ、それだけ。なのに嬉しさが泉のように、こぽこぽと湧いては溢れてくる。

自分では到底解決できない問題を、頼れる男性が自分のために解決してくれるのは、こんなにも心に嬉しさと安堵《あんど》が広がるものなのか。

まるで暗雲立ち込める中に差し込む一筋の日の光のよう。

——優しくて、頼れる男性がいることが……。

ジュリアンナは涙がじんわりと溢れてきたのに気がついて、クロティルデに気づかれないように指先でそっと拭った。

寝顔を見られたなんて恥ずかしい……。でも、可愛かったと書いてある。

いったい、どんな顔で寝ていたのかしら。

ジュリアンナは途端に心配になり、いそいそと部屋にある鏡台の前に立った。

唇は赤く色づいて腫《は》れぼったい。目はとろんとしている。

──ああ、なんてひどい顔なのだろう。こんな顔で寝ているのを見られてしまったなんて……。可愛かったとあるのは、ひどい顔をクラウス様流に皮肉っているのではないの？

そう考えたほうが、納得がいく。

「ジュリアンナさん、大丈夫？」

クロティルデが挙動不審なジュリアンナに怪訝な顔を向ける。

「ひゃっ、あ、大丈夫です。あの、クラウス様は？　私、クラウス様にお礼が言いたくて……」

「公爵は、今朝は王宮で重要な会議があってそれに出席しているの。たぶん長くかかると思うわ。会議の後も、用務が立て込んでいるからお会いするのは無理だと思うわ」

途端にがっくりと意気消沈したジュリアンナを見てクロティルデは可哀想になった。

昨夜、兄とジュリアンナは一晩帰ってこなかった。

二人はどこかで一緒に過ごしたのは間違いない。そこで二人に何があったかわからないが、いずれにせよ、兄はまだ自分の正体を明かしてはいないようだ。それに純真なジュリアンナは、どうやら公爵のクラウスとしての兄に心を寄せているようにも思える。

このことが、兄が実は皇帝で公爵のふりをしていることが──彼女を傷つけることにならなければいいけれど……。

クロティルデは心に浮かんだ一抹の不安をかき消すように、ジュリアンナを元気付けようと違う話題に触れた。

「ジュリアンナさん、戻ってきて早々申し訳ないのだけど、舞踏会用のドレスの仮縫いが届いたの。

喪明けの舞踏会まであと一週間しかないから、今、着てみてくださる？」

「舞踏会用のドレス？　仮縫いって？」

ジュリアンナはクロティルデの思いがけない言葉にパッと顔を上げた。数日前、喪明けの舞踏会の招待状がジュリアンナにも届いた。舞踏会用のドレスを持っていないジュリアンナが困惑していると、クロティルデが自分のまだ着ていないドレスを貸してくれると言っていたのだ。

なのに仮縫い、とはいったいどういうことなのだろう。

「ふふふ。驚いたでしょう？　陛下からの贈り物なのよ。あなたは陛下だけでなく、王宮に仕えるほかの召使にも快く診察して、お薬を調合してくれているでしょう？　あなたが舞踏会用のドレスを持っていないのを聞きつけて、そのお礼にですって」

「まぁ、そんな。私は宮廷医として当然の仕事をしたまでです。お礼だなんて……」

「細かいことは気にしないで。ほらほら、早く着てちょうだい」

クロティルデが部屋の奥にある小さな衣装部屋へとジュリアンナの手を引いていく。

するとそこには、青色のサテンでできた美しいドレスがかけられていた。

「まあ……！　なんて、綺麗《きれい》なの……」

ジュリアンナが思わず感嘆のため息を漏らす。

光沢のある絹でできたドレスは、ウエストのあたりが濃い青色で、裾の方は爽やかな空色のグラデーションになっている。このなんとも言えない複雑な青い色は、陛下の瞳の色に似ている気がした。

「ふふふっ。でしょう？　さぁ、着てみましょうよ」

「あ、でも、こんなに高価なもの、受け取れません。受け取る理由がありません」

「あら、理由はさっき言ったでしょう。それに喪明けの舞踏会は、前皇帝の追悼のほかに、今の皇帝陛下の新しい御代をお祝いする意味もあるの。だから一度でも袖を通したものは縁起が悪いといって身につけないのが通例なのよ。皆、新しい衣装で参加するの。まぁ、このために貴族が衣装や宝石代にお金を落とすから、次の時代への移り変わりのタイミングで商売を活性化する意味もあるわね」

クロティルデがお喋《しゃべ》りをしながら、手際よくジュリアンナの背中のボタンをはずし始めた。

「本当に、頂いてしまっていいのでしょうか」

申し訳なさそうに言うジュリアンナに、クロティルデは喉の手前まで、真実《ほんとう》の言葉がこみ上げてきた。

兄は、あなたに特別な感情を抱いているのだ。

このドレスは、あの兄が忙しい合間を縫ってわざわざ仕立屋を呼び、自ら絹を選び、デザインを伝えて作らせたのだ。それに喪明けの舞踏会の当日、兄は濃紺に金の刺繍《ししゅう》や縁取りのある壮麗な衣装を着る。そしてこの青い色は、兄が自分の衣装と揃いになるよう生地の色が吟味されている。

そう、二人がダンスを踊れば、お互いに衣装が映えるように。

兄は、ファーストダンスをジュリアンナと踊る予定なのだ。それが意味をすることはただ一つ。

未婚の皇帝が公式の場で最初のダンスを王族以外と踊るのは、その女性が婚約者となる場合のみだ。

それにしてもあの兄が、こんなに女性に心を砕くのは初めてのことだ。

ドレスの布地をあれでもない、これでもないと選んでいたのを見て、呆《あき》れてくすすと笑うと、思い切り睨《にら》まれてしまった。この娘《こ》は私にとっても大切な存在になりそうだ。


「さぁ、まだ仮縫いだから細かいところを合わせましょう」

ジュリアンナは手慣れた様子のクロティルデに、あっという間にドレスを脱がされて、青いドレスを頭から被せられた。ドレスは直すところがないくらいジュリアンナにぴったりだった。

唯一、気恥ずかしいのは、首から肩のラインがすっかりと出るデザインで、胸のふくらみの半分ほどが露わになっていることだ。

ともすれば踊っているうちに溢《こぼ》れてしまうのではないかと心配になる。

「まぁ、ほんと素敵。よく似合うわ」

クロティルデの率直な言葉に、ジュリアンナは頬を赤らめた。

鏡に映る自分の姿を見ると、自分ではないような気がする。

まるでお姫様になったようなドレスだった。

当然、舞踏会では陛下と踊ることが叶《かな》わないのはわかっている。一国の皇帝ともなれば王族としか踊らない。もしくは身分の高い公爵家の令嬢や、または婚約者など……。

ジュリアンナには陛下と踊る資格がないのはわかっていたが、それでも夢を見ることはできる。

生まれて初めて恋しい人から贈られた自分だけのドレスを着て、ダンスを踊る淡い夢を。

ぽぅとした様子で立ち尽くすジュリアンナの周りで、クロティルデが手早く裾やウエスト、胸の細かい部分をマチ針で微修正する。

踊る時に形が崩れないようにジュリアンナに手を上げさせたり、くるりと回転させたり、まるで抜かりない仕立屋のようだった。

「さぁ、これでよし、あとは本当の仕立屋に任せましょう」

ふぅと額に手をやり大きな仕事をやりきった様子でクロティルデが言うと、ジュリアンナは名残惜しそうに脱いだドレスを胸に抱きしめていた。

陛下にとっては、このドレスを贈ったことは大して意味のないものに違いないと思う。

単なる労いの品でしかない。

それでもジュリアンナにとっては、生まれて初めて恋しいと思う人からの特別な贈り物に、胸がどうしようもなく熱くなった。

こみ上げる嬉しさとともに、叶《かな》うことのない儚《はかな》い想いにジュリアンナの心はきゅんと震えていた。

第8章 金の鍵と喪明けの舞踏会

クラウスは、ようやく公務を終えると自室に戻り夜着に着替えた。いよいよ明日の夜、喪明けの舞踏会が盛大に催される。

ここ、モーントリヒト帝国は、三方を隣国に囲まれている。海や山、湖などの自然も豊富で、自由貿易も盛んな豊かな国だ。

それゆえ、第百十五代皇帝クラウヴェルト・フォン・モーントリヒトの御代を祝う喪明けの舞踏会のために、各国より王や皇太子といった元首クラスの賓客がぞくぞくと来国していた。

あと半刻もすれば、日付が変わり喪明けの舞踏会の当日になる。

今夜は早めに戻りたかったが、リディンガムと喪明けの舞踏会の朝、叔父であるアルベリヒ大公を捕らえる計画を密かに打ち合わせておく必要があった。あとはリディンガムに任せておけば問題はないだろう。

それに、クラウスにはあと一つ今夜中にすべき大切なことがあった。

ようやく明日、喪明けの舞踏会の夜にジュリを我が物にするのだ。

そのためにずっと人知れず策を練ってきた。

やっと愛しいジュリを我が下に組み敷いて溢れる熱情を注ぐことができる。

今は、毎晩のようにジュリを愛撫《あいぶ》している夢にうなされる。それは狂おしいほどに甘美な夢で、拷問のように自分を苦しめた。だが、その夢も今夜限りとなる。

クラウスは婉然《えんぜん》とした笑みを浮かべると、寝台の脇にある小棚の鍵を開けて金の小箱を取り出した。蓋を開けると美しい金細工でできた鍵が現れた。金の鎖に通してあり首飾りになっている。

——この鍵は、私の想いの込められた特別な鍵。

それを今宵、ジュリアンナに与えるのだ。

クラウスはしゃらんという音とともに鍵を握り締めると、自室を出てジュリアンナの部屋に向かった。部屋の前にいた近衛に呼ぶまで下がるように言い、そっと扉を開けた。


薄明かりの中、部屋の中央にある寝台を見ると、そこはもぬけの殻だった。

「……ジュリ?」

人気の消え失せたような静けさに、不審に思って部屋の奥に行く。

すると右手の奥まった一角にある机の上で、ジュリアンナが書物の上に頭を乗せたまま、すやすやと眠り込んでいた。

クラウスはほっと安堵のため息を漏らした。

机の上には所狭しと薬草の瓶《びん》や天秤《てんびん》、薬の袋が置かれていた。傍らの紙にはいろんな計算式の数字が書き記されている。

きっと薬の調合をしながら眠ってしまったのだろう。

そんなジュリも可愛いが、明日は二人にとって特別な日なのだ。

「まったく、明日は舞踏会だというのに、君はどこまでも仕事熱心だな。私の気持ちをわかっているのか、いないのか……」

ひとりごちて言うと、ジュリアンナの柔らかな身体に手を差し入れて抱き上げた。

「んんん……、だれ……？」

抱き上げた拍子に、とろけた様にうっすらと瞳を開いた。

愛らしい唇がぷくりと膨れているのを見ると、そのみずみずしさを味わいたい誘惑に駆られる。

「ジュリ、私だよ。こんな所で眠ってしまっては、風邪を引くだろう？　ちゃんとベッドで寝ないと。まったく、世話の焼ける子猫ちゃんだな」

ジュリアンナが小さく身じろぎすると柔らかな蜂蜜色の髪が、クラウスの剥き出しになった胸板を優しく撫でた。その感触に震えが走り、己の欲がこれ以上ないほどに掻き立てられた。

――ああ、愛しくてたまらない。明日の夜と言わず、このまま今宵、奪ってしまおうか。

クラウスは、ジュリアンナを胸に掻き抱いたまま天蓋のついた寝台へと向かった。


「ん……。ひゃ《へ》い《ぃ》か《か》……？　ここは……どこ？」

ジュリアンナは天蓋《てんがい》の薄布の降ろされたベッドの上で、陛下の腕の中に包まれていた。ぐっすりと寝てしまっていたせいかうまくろれつが回らない。

気づけば陛下はジュリアンナを子猫のように膝の上に抱え上げ、金の髪を愛おしそうにくるくると指に巻きつけて弄んでいる。

「ジュリ、君の部屋のベッドだよ。このまま私の部屋に連れていきたい所だが、今日の所は……我慢しよう」

寝ぼけていたジュリアンナの意識もだんだんと覚醒してくると、夢ではないとわかり目を疑った。

この間の夜の治療以来、多忙を理由に会うことの叶わなかった陛下が、あろうことか自分の部屋で、いや、ベッドの上で当然の権利だとでもいうように、ジュリアンナを膝の上にのせてその腕に包み込んでいるのだ。

開《はだ》けた胸元の少し陽に灼《や》けた褐色《かっしょく》の素肌からは、陛下の好む麝香《じゃこう》の香りとともに少し汗ばんだ男の匂いが色濃く立ち上っている。

たちまち身体中が火照《ほて》りを帯び、心臓がばくばくと早鐘を打ち出した。

「へ、へいか、どうしてここに……？」

「ジュリのことが心配だったから」

「心配？　私のことが？」

「クラウスから聞いたよ。叔母さんの家でタルボットに乱暴されそうになったのだろう。最近会えてなかったし、心に傷を受けているのではないかと心配だったのだよ」

陛下の濃いまつ毛に縁取られた青い瞳が幾分大きく開かれて、問いかけるように覗き込まれた。

ジュリアンナはどきっとした。

澄んだ青い瞳に暫《しばら》く見惚れてしまう。

「あの、クラウス様が助けに来てくださったので大事には至りませんでした。——だから、大丈夫です」

「ふ、ジュリアンナはクラウスのことを信頼しているのだね。妬けてしまうな」

そういうと陛下は熱っぽい眼差しで顔を近づけてきた。

ジュリアンナの唇をしっとりとしたものが覆う。

「んっ……」

その柔らかな感触に感じ入って甘い痺《しび》れが走る。

陛下は角度を変えて唇の感触を味わった後、キスを深めた。

ぬるりとした熱い舌を差し込まれ、ジュリアンナの舌にねっとりと絡みつく。

吹きこまれる陛下の熱い吐息が、何も考えらなくなってしまうほど脳髄《のうずい》を痺れさせていく。

「んっ……んっ……へいっ……」

つい、鼻から抜けるような艶めいた声を漏らしてしまう。

まるで罰を与えるかのように、さんざんジュリアンナの口内を蹂躙《じゅうりん》すると、陛下は満足したようにゆっくりと唇を放した。

「ジュリ、君は私の専属女医だ。ほかの男のことを考えてはいけないよ。私のことだけを見て、私のことだけを考えるんだ」

ジュリアンナは途端に気恥しくなった。

陛下は、私とクラウス様が陛下のために淫らなレッスンをしたことをご存知なのかしら……？

陛下にはすべてを見透かされているような気がして、ジュリアンナは罪悪感と居心地の悪さを覚えた。

「ふ……、まぁ良い。可愛いジュリ、今宵は君に渡したいものがあって来た」

「渡したいもの？」

クラウスはジュリアンナに微笑むと、長衣《ガウン》のポケットから金の鍵を取り出した。

鎖に繋がれた美しい細工の鍵をジュリアンナの目の前にしゃらりと垂らす。

「ジュリ、明日は喪明けの舞踏会だろう？　明日の夜、君に大切な話がある。舞踏会が開催される王宮の大ホールの西側に庭園がある。その奥にコテージがあるから、舞踏会を早めに抜けてそこで待っていてくれないか？」

「舞踏会を抜けて？」

まだ激しいキスの余韻から覚めやらぬジュリアンナは、とろんとした眼差しをクラウスに向けた。

「そう、私は来賓《らいひん》の王族への接待が終わり次第コテージに向かう。だから先に行って待っていてくれる？」

「どうして明日なの？　今じゃダメ？」

ジュリアンナが愛らしい瞳でまっすぐにクラウスを見つめてきた。

クラウスはジュリアンナの純粋な問いに虚をつかれたように見返した。

今ここで、愛しいジュリの純潔を奪えればどんなにかいいだろう。

だが私の心は決まっている。父陛下の喪明けにジュリに正式に求婚《プロポーズ》したい。父の仇《かたき》を討ち、すべての問題を片付けてから。

「ジュリ、私をこれ以上、煽《あお》らないで……。明日の夜、何もかも話すから。この鍵は、そのコテージの鍵なのだ。この鍵をコテージを守る近衛に見せれば、扉を開けてくれるだろう。大切な鍵だから無くさないように舞踏会でも首にかけていて。約束だよ」

陛下の低い囁《ささや》き声が、子守唄のようにジュリアンナの耳に心地よく響いた。

大切な話……、西の庭園にあるコテージ。

美しい金の鍵……。

遅くまで薬を調合していたせいか、眠気がふいに襲い、ジュリアンナは逞《たくま》しい腕にくたりと体を預けた。温かな腕に包まれていると、守られているように感じる。陛下が髪をそっと梳いてくれると、瞼《まぶた》が自然と重くなった。

このまま永遠に陛下の腕に包まれていられたらどんなにか幸せなことだろう。

「へい……か、やくそく、かならず……」

夢と現《うつつ》の狭間でゆらゆらと揺蕩《たゆた》っていた意識は、緩やかにまどろみの中に沈んでいった。

クラウスは、自分の腕の中で眠りについたジュリアンナにキスを落とした。

「今のうちにぐっすり休んで夢を見ておくといい。明日の夜はほとんど寝かせてやれなさそうだ。

ジュリアンナ、ただ一人の私の愛しい人。君を愛しているよ……」

クラウスはジュリアンナを腕の中に包み込んだまま一緒にベッドに横たわった。

すべては、明日の夜――。

私の身の内にある狂おしい愛欲を彼女に注ぎ、この呪《のろ》いを解き放つ時がやってくる。

クラウスは燃えさかる滾《たぎ》りを抑え込むように静かに目を閉じた。

何が起ころうと、ジュリを手放すことなどあり得ない。

クラウスは愛しい人の体温も何もかも、すべてを自分の中に留めておくようにぎゅっと包み込んだ。

＊　＊　＊　＊　＊　＊　＊　＊　＊　＊

「ジュリアンナ先生、起きていらしたんですか？　おはようございます」

翌朝、ジュリアンナが昨夜の陛下との約束を思い出して、ベッドの上でぽうっとしていると、小間使いがにこにこして朝食のトレーを持って入ってきた。

「あっ、ああ、おはよう。気持ちのいい朝ね」

慌てて胸に下げていた金色の鍵をさっとシュミーズの下にしまい込んだ。

なんとなく気恥ずかしい気がしたからだ。

「ほんとうですね。晴れてよかったです。今日の舞踏会は楽しみですね」

「ええ、でも私は舞踏会に出るのが初めてだから緊張しているの。ダンスもうまく踊れるかどうか……」

「クロティルデ様が、ジュリアンナ先生は舞踏会できっとダンスカードがすぐに埋まるだろうとおっしゃっていましたよ」

「まさか、そんなことありえないわ。貴族の殿方をほとんど知らないし。それに外国の美しい王女様たちもたくさんいらしているんですもの」

「でも女官様たちの話では、外国の王女様たちは、みんな陛下狙いだって」

「陛下狙い？」

「そうですよ。陛下が今夜の舞踏会で婚約者を発表するって、その噂《うわさ》で持ちきりです。なんでも陛下のファーストダンスのお相手になる方が、婚約者候補だそうですよ。陛下の栄えあるダンスのお相手にどの国の王女が選ばれるのか、女官様たちが噂してます」

陛下が、婚約――。ファーストダンスのお相手と。

小間使いの何気ないおしゃべりに、ジュリアンナの胸にずきんとした痛みが走った。

きっと今夜、二人きりで話したいというのは、今後の治療のことだ。

婚約が近いから、だからもっと強い薬を使って治療を早めたいということなのだろうか……。

そう考えると辻褄《つじつま》が合う。

なのにドレスや首飾りをもらって浮かれていた自分が恥ずかしい。

私は陛下の治療のために、領地から呼び寄せられた女医に過ぎないのに。

でも、陛下に出会って恋をしてしまった。

あの吸い込まれるような青い瞳に自分の心を搦《から》め取られてしまったのだ。

だから陛下が今夜の舞踏会で婚約を発表すると聞いて、こんなにも胸の奥が軋《きし》んで苦しくなる。

——この恋は諦めなくてはならない。

私は臣下として、宮廷女医として、あくまでの陛下のために最善を尽くさねば……。

そう思っても心の奥の鈍い痛みはなかなか消えてくれない。

蠟燭に灯る炎と同じように、恋心などふっと一息でかき消すことができればどんなにかいいだろう。

でも、少し、ほんの少しでいいから今夜の舞踏会だけは夢を見たい。

たとえ陛下とダンスは踊れなくとも、傍にいてそのお姿を見ながら、隣にいるのが自分だったらと想い描くことはできる。

今夜一夜限りだけ、陛下との恋を夢見ることができれば……。

ジュリアンナはシュミーズの上から金の鍵をぎゅっと握りしめた。


午後になり、いよいよ舞踏会の時刻が近づいてきた。

「さぁ、ジュリアンナさん。お支度に腕によりをかけるわよ」

クロティルデが意気揚々と小間使いたちを引き連れてやってきた。

湯あみに始まって、体中を香油でマッサージされた後、初めての舞踏会の支度を全身に念入りに施された。

ドレスの着付けをしてうっすらとお化粧をすると、小間使いがジュリアンナの美しい金髪を手際よく、くるくると巻いて魔法のようにウェーブを出した。蜂蜜色の柔らかな髪をゆるくアップにして一つに纏《まと》め上げると、わざと無造作に後れ毛をいくつか垂らす。

髪の毛にはドレスの色と同じ、みずみずしい淡いブルーの小花が散らされた。

「まぁ、ジュリアンナさん、思ったとおり何て素敵なの。とっても可愛らしいわ。まるで妖精のようじゃないの！」

クロティルデの大げさとも言える賞賛《しょうさん》に甘酸っぱい思いを抱きつつも、鏡を見てジュリアンナもつい見とれてしまった。

――これが私……？

鏡を見て幻ではないか、何度もパチパチと瞬きをした。

鏡の中に映る自分は、見たこともないほど美しく変身していた。

可憐でありながら少し大人っぽい雰囲気もある。それはこのドレスの胸元が大胆に開き、ドレープがふんわりと広がるデザインのせいだろうか。

いつものお堅い女医ではない、可憐な伯爵令嬢の自分がいた。

「ふふ、陛下もきっと目を奪われるわね」

ジュリアンナの気持ちを知ってか知らずか、クロティルデが姉のような眼差しでジュリアンナを見つめた。

ジュリアンナは急に恥ずかしくて居たたまれなくなり、鏡から目を逸らしてクロティルデの方を振り向いた。

「クロティルデさん、どうもありがとう。もう完璧すぎて言葉も出ません」

ジュリアンナが感極まって言うと、クロティルが笑いながら言った。

「まだ、完璧じゃないわ。これをつけて」

クロティルデが取り出した小箱には、透きとおった泉のようなブルーの涙型をしたイアリングと、淡いブルーの花で可愛くまとめられたリストレットが置いてあった。

「これは……？」

「ふふ、驚いた？　これも陛下からよ。さぁ、つけてあげる」

クロティルデは自分のことのように嬉しそうに微笑むと、ジュリアンナの耳にイアリングをつけ、片方の手首に可愛らしい小花のリストレットのリボンを結んだ。

「ああ、でも困ったわ。肝心の首飾りがないわ。まったく陛下も抜けているわね。いいわ、私の首飾りの中から似合いそうなのを見繕ってくるから待っていて」

クロティルデが踵を返して今にも扉に向かいそうだった。慌ててジュリアンナは声をかける。

「あ、まって。クロティルデさん、首飾りならあります。昨夜、陛下から舞踏会でこれをつけるようにと頂いたの」

急いで鏡台の引き出しにある宝石箱から、しまっておいた金の鍵の首飾りを取り出した。でも審美眼の高いクロティルデに却下されたらどうしよう、そう思いながらおずおずと差し出した。

「これは――！　この鍵は……」

クロティルデは、驚いて言葉に詰まった。

この金の鍵は、『皇妃の鍵』だ。兄の寝室の続きの間になっている皇妃の部屋の鍵。

それにこの鍵は、ただの部屋の鍵じゃない。

皇帝がこの鍵を渡した相手に心を捧げる、そういう意味のある鍵だ。

代々、皇帝の婚約者となった女性に贈られる特別な鍵なのだ。

社交界に疎《うと》いジュリアンナの様子では、この鍵の意味するところを知らないようだ。でもこの国の貴族や近隣の王族であれば、皆、この鍵の存在を知っている。

「あの、このドレスには変かしら？」

黙り込んだまま一言も発しないクロティルデに、ジュリアンナがびくびくしながら聞いた。

「いいえ、とってもよく似合うと思うわ。でも……」

クロティルデは、心の中で兄に悪態をついた。

まったく、この鍵をぶら下げていたら、どんな殿方もダンスに誘うわけがないじゃないの！

この女性は、皇帝のものだから寄るな触るなという虫除けの首輪に他ならない。

せっかくの初めての舞踏会だ。ジュリアンナには兄のほかにも多くの殿方とのダンスを楽しんで欲しかった。

それを、よりによって初の舞踏会で独占欲を丸出しにしてこの鍵をぶら下げろなんて、オンナ心をいうものを理解していないにもほどがある。

「はぁ……、その首飾りをかしてちょうだい。つけてあげるわ」

なぜか呆れたように重い溜息《ためいき》をつき、肩を落とした様子のクロティルデを見ながらジュリアンナは首をかしげた。

「さぁ、これでいいわ。そろそろ時間ね。舞踏会の会場に行きましょうか。案内してあげるわ」

クロティルデが王宮の回廊を先導するように舞踏会の会場に向かう。

廊下に等間隔に灯《とも》された明かりが、ジュリアンナに進むべき道を示す標《しるべ》のように煌《きら》めいている。

その明かりをひとつひとつ通り過ぎる度、ジュリアンナの胸の高鳴りも大きくなっていく。

初めての王宮の舞踏会。

そこはいったいどんな場所なのだろう。どんなことが起こるのかしら？

ジュリアンナは期待に心が躍《おど》った。

クロティルデの後をついて回廊をいくつか曲がると、舞踏会場の入り口が見えた。

正面の大理石の壁には、王家の紋章のレリーフが刻まれた黄金の扉があり、美々しい正装を纏った近衛騎士が両脇に凛《りん》として控えている。

「さぁ、ここよ。今夜は楽しんでね」

扉の前に来るとクロティルデがそう告げてジュリアンナのそばを離れ、騎士たちに扉を開けるように頷いた。

ジュリアンナは扉の前に立つと、ゴクリと喉を鳴らした。

この扉の向こうは別世界なのだ。

途端に呼吸が早まって、耳の奥でどくどくと心臓が脈打つ音がやけに響いている。

ジュリアンナは壮麗な黄金の扉を見上げた。

運命の扉、というものがあればまさにこういう扉かもしれない。

近衛騎士によって恭しく扉が左右に押し開かれると、ジュリアンナは思い切って一歩を踏み出した。


大ホールの中は別世界のようだった。

白い燕尾《えんび》服を着た楽団が優雅な音色を響き渡らせている。

高い天井を見上げると、磨き抜かれた精緻《せいち》なクリスタルのシャンデリアがいくつも吊り下がり、この国の繁栄を映し出しているように眩《まばゆ》い光を放っている。

黄金の装飾が施された壁際には、この日のために一斉に開花させたと思われる純白の薔薇《ばら》が所狭しと生けられていた。

――なにもかも、なんて素敵なの……。

ジュリアンナは、華やかな会場の様子に息を呑んだ。

舞踏会場を3つほど繋げた長方形の大ホールには、ゆうに千人ほどの招待客を収容できる広さがあった。

すでに多くの人で賑わっており、あでやかに着飾った貴婦人や正装した紳士、他国の王族らが談笑を交わしていた。

人波を行き交う給仕たちは、この日のために新調したのかパリッと糊のきいた揃いのお仕着せに、飲み物がのった銀のトレーを片手に載せて優雅な仕草でグラスを供している。

「すごい、まるで本当に別世界のようだわ……」

まだダンスは始まっていないというのに、あまりの絢爛《けんらん》たる舞踏会の様子に目を奪われた。

舞踏会も初めてなら、ましてや王族らの集う舞踏会を垣間見れるとは思っていなかった。

正面にある一段と高くなった玉座の右手にはゆるやかにカーブした階段があり、緋色をしたビロードの絨毯が二階のバルコニーまで敷き詰められていた。

この階段から陛下がお出ましになるのだろうか……。

きっと堂々として清雅なお姿に、誰もが魅了されるのではないかしら？

玉座の後ろにある壁には、金の額縁に縁取られた先帝と現皇帝の巨大な肖像画かかけらており、クラウヴェルト皇帝陛下は雄々しくも美しい白馬に跨り剣を振りかざしている。

ジュリアンナは、吸い寄せられるようにそばに寄ってその肖像画を見上げた。高名な画家の作であろう肖像画は緻密に描かれていた。

生が吹き込まれているような迫力があり、青い瞳が射るような光を放って会場に集う者を見下ろしている。

その眼差しに本人に見つめられているような感覚になり、胸がとくんと鳴った。

――やはり、住む世界が違う人なのだ……。

私が好きになってしまった相手はこの国の君主なのだ。

このような盛大な舞踏会を目の当たりにして改めてこの国の栄耀栄華《えいようえいが》を再認識する。本来であれば、陛下は気さくに話しかけることなどできない雲の上の人なのだ。

ぼうっと見つめていると、ジュリアンナはふいに、首筋にチリチリとした視線を感じた。誰かにじっと見られているような、奇妙な感じだ。

不審に思って振り向くと、父親より一回り年上ぐらいの男性に食い入るように見つめられている。

その目を見た瞬間、ぞくっとした悪寒が駆け抜けた。

その年配の男性が、ジュリアンナに視線を留めたままゆっくりと近づいてきた。

「そなたは、たしか宮廷女医だったな？」

「あ、はい。初めてお目にかかります。ジュリアンナと申します。あなた様は？」

「わしは皇帝陛下の叔父のアルベリヒ大公だ」

ジュリアンナは、その名前を聞いてはっとする。

この人が、前皇帝を暗殺し、クラウヴェルト陛下のお命を狙っているというのは本当なのだろうか。

じろりと凝視され、あまりの威圧感に身が竦《すく》んでしまう。

するとアルベリヒ大公がふんと鼻を鳴らして言った。

「そなたは王宮の舞踏会のしきたりを知らぬらしいな。身の程を弁《わきま》えずに、この玉座に最も近いフロアに入り込むとは。ここは王族ら高貴なものの集うフロアだ。女医風情がいていい場所ではない。一番後ろに下がるがよい！」

周りにいるものも驚くようなきつい口調で言われて、ジュリアンナは凍りついた。

あまりの突然のことに大理石の床に足が張り付いてしまい、思いがけない叱責に涙が溢れ出してしまいそうになる。

「あ……、は、はい。すみません……」

ジュリアンナは消え入りそうな声で言うと、急いで玉座から一番遠いフロアに移動しようとした。

王宮の舞踏会の決まりことなど何一つ知らない。

やはり私など場違いにもほどがある。先にコテージにいって一人陛下を待っていた方がよほどいい……。

ジュリアンナが一礼して下がろうとすると、胸元の金の鍵がしゃらんと揺れて光った。

「まて！　その首飾りはどうした？」

大公がジュリアンナの手首を摑み、ぐいと引き寄せた。あまりに強く握られその痛みに、一瞬だが顔が歪《ゆが》んだ。

「あ、あの、これは陛下からいただいて……」

すると大公は思い切り苦虫を嚙み潰したような顔をした。

「陛下もなんと迂闊《うかつ》なことを……。その首飾りは、我が国の大切なもの。そなたが気安くつけていい代物ではない。さぁ首飾りを外していただこう。私が預かる」

そんな……！

ジュリアンナは、蒼白になった。

この鍵がないと約束したコテージで陛下を待つことができない。

「でも、この首飾りは陛下から今夜、身につけているようにといわれたんです」

「そなたには相応しくないものだ。さぁ、よこすのだ！」

アルベリヒ大公は、首元の金の鎖をぐいと引っ張った。鎖が擦れて首元にぴりっとした痛みが走る。

「あっ、いや、やめてくださ……」

金の鎖が、みり、という音を立てた。

鎖が切れてしまう！　そう思って大公の手をふり解こうとした。

「大公殿、おやめください」

目の前ににゅっと力強い手が現れ、大公の手首を摑んで静止した。

その人物はジュリアンナから強引に首飾りを引き抜こうとした大公を睨みつけている。

「聞けば、その首飾りは陛下から賜《たまわ》ったとのこと。その意味することがおわかりでしょう？　いくら大公殿でも、このような無礼は許されないことです」

「くそ、陛下はついに血迷ったようだな。ふん、だが、まぁ、いずれそんなものは意味を成さぬものになる。リディンガム、この手を離せ」

大公はリディンガムの手を振り払い思い切り舌打ちをすると、ジュリアンナをジロリとひと睨《にら》みし、黒貂《くろてん》のローブの裾《すそ》を翻しながら立ち去っていった。

「大丈夫ですか？　お嬢さん。あなたは女医のジュリアンナさんですよね？」

「は、はい……」

ジュリアンナは安堵で体の力が抜け、その場にへたりこみそうになった。

胸元の金の鍵をぎゅっと握りしめる。

大公様は、なぜこの鍵をそんなに欲しがったのだろうか？

リディンガム、と大公に呼ばれたその人は、ジュリアンナを見て先ほどの厳しい目つきを和らげた。

「ふぅ、よかった、やっと見つけられましたぞ。陛下から今宵、あなたに虫がつかないように張り付けと、いや、あなたの側でエスコートするように言いつかっていたのですよ。間に合ってよかった。遅くなってすみません」

「私をエスコート？」

リディンガム公爵は頷いた。

「私はリディンガム公爵。内政大臣をしています。お小さい時の陛下の教育係でもあったのですよ」

「まぁ、そうなのですか。先ほどはありがとうございました。でも、私はこれで舞踏会をお暇します。会場の雰囲気も楽しめましたし。それに舞踏会は初めてで勝手がわからないことばかりで、皆さんに迷惑をかけてしまいますから……」

そこまで言うと、我慢していた感情が涙とともに溢れそうになった。

こんな不安定な気持ちになるのは、私が陛下と釣り合いが取れていないことだけじゃない。

陛下がここで最初のダンスをどこかの国の王女様と踊るのを今夜、この場で見ていられないからだ。目を潤ませていることに気づかれないよう、さっとお辞儀をして大臣の前を去ろうとした。

すると会場中に、高らかにファンファーレが鳴り響いた。

「ジュリアンナさん、もうすぐ陛下がお出ましになる。我ら臣下は、この晴れの日を見届けてあげなくては」

会場に集まっていた者たちが一斉に二階を見上げる。ジュリアンナも惹き寄せられる様に仰ぎ見た。

二階にある花で飾られた円形のバルコニーに陛下が颯爽と現われた。

目が覚めるような紺碧の生地に金糸の縁取りのある煌びやかな正装を纏っている。

衣服の上からでもわかる引き締まった体軀。ぐっと引き結ばれた口元。

瞳には知性と意志の強そうな光が宿る精悍《せいかん》な顔立ち。

惚れ惚れするほどの麗しい姿にジュリアンナは一瞬、呼吸をするのを忘れてしまった。

待ちに待った皇帝の登場に、一瞬で会場の雰囲気が変わる。

大きな歓声と拍手の上がる中、陛下が階下のフロアにさっと目を走らせた。ジュリアンナが立っている方に目をとめると、ふっと眼差しを和らげた気がした。

それは一瞬のことで見間違いかもしれない。

でも、もしかすると私に目を留めてくださったのだろうか……？

「陛下の綸言《りんげん》がありますぞ」

リディンガム大臣も、真剣な眼差しで陛下を見上げている。

陛下は歓声を抑えるようにさっと片手を上げた。

「お集まりの皆さん、新しい時代の幕開けとなる、今宵、このとき、ようこそ我が国にお越しいただきました。余、クラウヴェルト一世は、先帝の御代を追悼し、さらに我が御代においても幾久しい平和を築き上げることを今、ここに宣言する。また、今宵は一年ぶりの王宮の舞踏会。どうぞ心ゆくまで御楽しみくださいさい」

人々の耳に響き渡るような声で言うと、割れんばかりの拍手と喝采が巻き起こり、会場中が沸騰したように鳴動した。「クラウヴェルト一世陛下、万歳！」という声があちこちで湧き上がる。

「なんと、まばゆい。無事この日を迎えることができるとは……」

リディンガム大臣の感極まった言葉に、ジュリアンナの胸も熱くなった。

陛下は、我が国になくてはならない人。絶対無二の君主なのだ！

奥から続いて皇太后様が優雅な笑みを湛えて現れた。楽隊が音楽を演奏すると、陛下は母である皇太后をエスコートして堂々とした足取りで緋色《ひいろ》の階段をゆっくりと降りてきた。

——いよいよ、最初のダンスが始まる。

玉座の近くには、各国の王女が美しく着飾り、期待に胸を膨らませながらずらりと居並んでいる。

いずれの王女がその栄誉を賜ってもおかしくはない。

ジュリアンナは、いたたまれなくなり顔を伏せた。

今となっては、もう会場を後にすることはできない。

陛下がどの王女に微笑みを向けるのか、そう思うと胸がぎゅっと鷲掴みされたような気持ちになった。

――ああ、早く終わってほしい。

ジュリアンナはただじっと自分の足元を見つめていた。

それはとても長い時間に感じた。

陛下が栄誉あるお相手を選んだのだろうか。会場中に大きなどよめきが走った。

ふいに高貴な麝香の香りが鼻をくすぐり、顔を上げるとジュリアンナの目の前で陛下が微笑んでいた。

「へいか……」

なぜ――？

あまりのことに驚いて、ただ呆然《ぼうぜん》と陛下の瞳を見つめた。

魂を抜かれたように立ち尽くすジュリアンナを見て、陛下が可笑しそうに目尻を下げた。

「ジュリ、どうした？　こっそりワルツの練習をしていたと聞いたよ。今宵、その成果を見せてもらおう」

周りの視線が痛いほどに突き刺さる。あちこちで、ざわざわと何事かが囁かれている。

ふと見ると、王女様たちが頬を紅潮させて、怒りに燃えた目でジュリアンナを見ていた。

「へい、陛下……。ダメです。最初のダンスは、王女様と……」

「王女？　ジュリ、君がいるのに、なぜ他国の王女となど踊らなければいけない？」

「……！」

——陛下自身は、わかっているのだろうか。

私と気安く踊るなどと言って、今夜の喪明けの舞踏会で栄《は》えある最初のダンスの相手に、どんな意味が込められているのかを。

ジュリアンナは困惑して陛下を見つめた。

「ふ、最初のダンスはジュリ、君と踊る。さぁ、我が手を取れ」

有無を言わさぬ様子で、目の前に陛下の手が差し出された。

これは夢なのだろうか。夢の続きを見ているのだろうか。

ジュリアンナは引き寄せられるように陛下の手に、自分の手を重ね合わせた。

陛下の指が震える手を力強く包み込むと、心にまでその温もりが広がっていく。

「そう、それでいい。私だけを見ろと言っただろう？」

ぐいと引き寄せられ、真っ青な瞳に見下ろされた。

自分の心は、陛下の一挙一動で、ガラス細工のように粉々に砕け散ってもおかしくはなかった。

王女でもない。ただの女医の私が、この栄誉に預かってもいいのだろうか。

陛下は戸惑いを隠せないジュリアンナを腕の中に抱き、満足げに言った。

「ジュリ、何も心配することはない。さぁ、今宵は私に身を任せていろ」

その言葉が、まるで夜伽《よとぎ》を意味しているように感じられ、ジュリアンナはほんのとり顔を赤らめた。

「さぁ、おいで」

陛下がふっと笑みを零した。

――夢を、見てもいいのだろうか。

ジュリアンナの華奢《きゃしゃ》な手がぎゅっと握られた。陛下はその手を高く掲げると、二人のために空けられたホールにエスコートした。


参列者たちは、思いもかけぬことに騒めいている。

そしてジュリアンナの心も同様であった。

腰に添えられた手からも、ジュリアンナの手を包む大きな手からも、陛下のゆるぎない力強さが伝わってくる。

会場中が注目する中、陛下がワルツの一歩を踏み出すと、二人は流れるようにホールを舞った。

ジュリアンナは、今、まさに自分の夢が現実となっていることに信じられない気持ちでいた。

喪明けの舞踏会で陛下とダンスを踊っている。

夢で思い描いたまま、陛下から贈られた美しいドレスを着て。

陛下がぐいと腰を引き寄せるとジュリアンナの胸が硬い胸板にきゅっと押し付けられた。

ワルツの音楽に合わせてターンするたびに陛下の身体が密着し、どきどきしてしまう。

「ジュリ、今夜の約束を覚えている？」

「はい。あの、西の庭園にあるコテージで待つように……」

陛下がにこりと微笑んだ。

あまりの破壊力のある魅力的な笑顔に身体中がくらくらとしてしまう。

陛下は、わかっているのだろうか……。

視線で人が殺せるなら、とよく言うが、まさにジュリアンナは周りの王女様からぐさぐさと突き刺さるような視線を受けていて、この視線がナイフならとうに自分は串刺し状態だ。

そんなふうに思っていると、さらに追い討ちをかけられる。

「ジュリ、今宵の君はとても美しいと言ったかな？　ケーキの上にのっている青い小花の砂糖漬けのように甘そうだ」

「そんなこと……」

いったい今夜の陛下はどうしてしまったのだろう？

こんなにとびきり甘い表情《かお》で話す陛下は初めてだ。

「ジュリ、ごらん。君があまりに可憐で美しいから誰もが見惚れているよ」

耳元で囁かれた甘い声が鼓膜を震わせる。

――それは違う。誰もが見惚れているのは、陛下なのに。

ジュリアンナは、オーラのある人というのは、こういう人のことをいうのだと思った。

圧倒的な存在そのものが、人々を魅了してしまう……。

ぼうっとしているジュリアンナを陛下が力強くリードする。

音楽に合わせて陛下がジュリアンナを腕の中でくるりと回すと、ちょうどワルツがやんだ。

周りの観衆から、二人へのダンスへの賞賛が大きな拍手となって湧き上がった。

ジュリアンナは、どきどきして陛下を見上げた。

ワルツをなんとか踊れた達成感と、これから二人きりでコテージで会うのだと思うと、胸の高鳴りを抑えることができない。

「ジュリ、私は付き合いであと数曲ばかり招待している国の王女らと踊らないといけない。君はこのまま先にコテージに行って待っていてくれる？」

ジュリアンナは頬を染めてこくりと頷いた。

陛下が指先をジュリアンナの頬から首につ……と滑らせると首元で止めた。

「ジュリ、鎖のところ、赤く滲《にじ》んでいる……」

「あ……、これは、さっき引っ掛けてしまって……」

まさか陛下の叔父である大公に、首飾りを引きちぎられそうになったとは言えなかった。

視界が遮られ、陛下の顔が覆いかぶさるように近づいてきたと思うと、首元がふいに熱を孕《はら》んだ。

陛下の熱い唇がジュリアンナのちょうど敏感な鎖骨の上を撫でるように触れた。

「んっ……」

優しく唇で触れられてぴくぴくっと全身が甘く脈打つように震える。

吐息が首筋に吹きかかり、生温かいぬるりとしたものが触れるとぞくりと肌が粟立った。

押し当てられた唇から、ちゅっと小さな水音がたち、陛下の唇がゆっくりと離れていく。

「ジュリ、私にも君のキスと同じように癒しの効力があればいいのだが……」

この上なく愛しいものを見るように目を細めて言う。

「へ、へいか――、こんな、ここで……」

ジュリアンナはみるみるうちに耳まで赤く染まった。

陛下は、やっぱりわかっていない。

ここがどこだか、今の行為が周りにどんな影響を与えているか。

すでにダンスは終わり、身体は離れているというのにジュリアンナの身体は熱が灯ったままだ。

二人は惹き寄せられるように互いに見つめ合っていた。

今宵、ファーストダンスの相手に選ばれたジュリアンナは王族や貴族らの注目を集めていた。

さらに舞踏会の観衆は、皇帝が誰ともわからない令嬢と親密にダンスを踊り、ましてや居並ぶ王女たちの面前で愛情を込めたようなキスをその令嬢の首元にしたとあって、誰もがただ驚きで息を呑むばかりだった。

「続きは後で……。さぁ、リディンガムのところへ行こう」

「リディンガム様……？」

「そう、君を無事にコテージまで送り届けるように指示した」

陛下が、リストレットの結ばれている手を握ると、ジュリアンナをリディンガム大臣のところまでエスコートした。

「リディンガム、ジュリをコテージまで送れ。送り狼になるなよ」

「そんなことをしたらあなたに八つ裂きにされますな。まだ私は命が惜しい」

ジュリアンナがクラウスの手を離してリディンガムの側に行こうとしたのを、ぐいと引き戻した。ぎゅっと腰を抱いて名残惜しそうに熱の籠った目で顔を覗き込む。

「ジュリ、コテージには飲み物や軽食も用意してある。私が行くまで一人きりになるが、自由にくつろいでいて。コテージの周りは、近衛騎士に警備させているから安心だから」

「陛下、ほらほら次の曲を王女様がたがお待ちでです。国のためのお仕事もなさっていただかないと」

ダンスが終わってもなお、陛下の離れがたい様子にリディンガムは痺れを切らして言った。

クラウスはもう一度、ジュリアンナのおでこに軽くキスをした。

周りの目を気に留めるふうもなく、ジュリアンナへの愛しさを露《つゆ》ほども隠そうとはしていない。

「ジュリ、ではあとで。すぐに行くから……」

二人の視線が絡み合った。

それは、二人のコテージでの親密なひと時を予感させる甘い瞬間だった。

第9章　奇跡の一夜

ジュリアンナはリディンガム大臣にエスコートされて、舞踏会のホールから王宮の庭園に向かった。

舞踏会場の外側にあるテラスにも、篝火《かがりび》が灯り貴族らが歓談している。

テラスの階段を降りて庭園の中を進んでいくと、華やかな舞踏会場の喧騒《けんそう》が嘘のようにしんと静まり返っていた。

なのにジュリアンナはどきどきを抑えきれず、頬はちりちりとした火照りを帯びている。

ジュリアンナは心を鎮めようと深く息を吸った。

――勘違いしてはダメ。

陛下は、舞踏会に出たことのない私を気遣って踊ってくれただけ。

そう、それに、今夜の大切な話というのはきっと今後の治療のことなのだから……。

「……リアンナさん?」

「あっ、は、はい……!」

はっとしてリディンガム大臣を見た。

「さぁ、着きましたぞ」

リディンガム大臣の視線の先には、コテージというより瀟洒《しょうしゃ》な別荘のような建物があった。大きな池の畔《ほとり》に張り出した広いバルコニーは水面の上にある。

バルコニーの篝火が池の水面をゆらゆらと照らしていて、とても幻想的だ。

コテージの扉の前には近衛騎士たちが控えていた。ジュリアンナが金の鍵を見せると近衛騎士たちが恭《うやうや》しく扉を開けた。

「さぁ、陛下が来るまでこの中でおくつろぎを。たぶん、あと小半刻ぐらいで来られるでしょう。——よい夜をお過ごしください。私はこれで」

リディンガム大臣は、ジュリアンナをコテージの中にそっと送り出した。

「あ、まって……」

お礼を言おうと振り返ると、扉がぱたんと閉まりすぐに大臣の足音が遠ざかって行く。

ジュリアンナは小さく溜息をつきながら部屋の中に目を向けた。すると、その光景に思わず目を奪われた。

コテージというにはあまりに広い。

すっきりとした白で統一されながらも、金の装飾の施された豪華な家具。テーブルの上には王宮専属の料理人が特別に作ったのか、美味しそうなアペリティフがずらりと並び、冷えたワインが用意されていた。

窓辺にはキャンドルがいくつも灯り、舞踏会場と同じように今の時期には貴重な白い薔薇がたくさん活けられている。

女性なら誰でも、こんなにもロマンチックな部屋を見たら感嘆の声を漏らしてしまうに違いない。

左手の奥にも部屋があるようで薄明かりが漏れていた。

ジュリアンナは興味を惹かれて、そっとのぞいてみた。

その部屋はほの暗く、ヴェールのついた天蓋付きの広いベッドが部屋の中央にあり、大きな枕が二つほど置かれている。

ベッドの傍のサイドテーブルや大きな鏡のある鏡台には、キャンドルが灯って美しい煌《きらめ》めきを放っていた。香が焚《た》かれているのか、どことなく艶めいて高貴な香りが漂っている。

ジュリアンナは、どきりとして見てはいけないものを見てしまったような気分になった。

この寝室は、陛下が一人で過ごすにはあまりにもロマンチックだ。

ここは、陛下が女性と二人きりでお過ごしになるための特別な部屋ではないだろうか……。

ジュリアンナは陛下の秘密を知ってしまったような気持ちになり、慌てて元の部屋に戻り気持ちを落ち着けようとバルコニーに出た。

池の水面を渡る風がそよそよと吹き、向こう岸には薔薇園がみえた。

揺らめく水面を月が明るく照らし出している。

ジュリアンナは、ふぅと小さく息を吐いた。

私は陛下に恋をしてしまった。だけど、この恋を諦めなくては……。

わかってはいても、陛下を想うこの気持ちをどう抑えれば良いのか、今の自分には見当もつかない。ダンスをした時に重ねられた手のぬくもりがまだ熱を発している。

夜の治療で過ごしたあの淫らなひとときでさえ、思い出すたびに恥ずかしさよりも、切なく恋しい想いが湧く。

ああ、やっぱりどうしようもなく、好き……。

初めてお会いして、あの青い瞳に見つめられた時に、心まで搦め取られてしまっていたのかもしれない。

今はただ、自分の恋心を抑え、陛下の助けとなるために、この治療を続けたいと思っている。ほかのどんな医者でもなく、私が陛下の病気を治してあげたいと。

それに――。

ジュリアンナは、自分の心の中にいるもう一人の男性《ひと》の顔を思い浮かべた。

今夜は会えなかったけれど、クラウス様にも心ならずも惹かれてしまっているのだ。

タルボット卿に乱暴されそうになった夜は、危ういところで助けに来てくれた。その翌日には、私の抱えていた問題を造作もなく解決してくれた。

頼りがいのあるクラウス様にも淡い恋心を抱いてしまう。しかも陛下への治療の練習と称してクラウス様と淫らなレッスンをしてしまったことが忘れられないのだ。

ああ、いったい私はどうしてしまったの？

クラウス様との親密な夜の出来事は、未婚の女性ならしてはいけない背徳的なこと。

陛下もクラウス様も、私を医者と見込んであのような淫らな治療を実践しているだけなのだ。

そこには、特別な感情なんて何もない。

今までどんな男性にも惹かれたことがなかったのに、なぜこんなにもあの二人に心が惹きつけられてしまうのだろう。自分がこれほど優柔不断で意志の弱い人間だったなんて思いもしなかった。

「はぁ、陛下……、クラウス様……」

ジュリアンナが物思いに耽っていると、ガチャリとバルコニーのドアが開いた。


「ジュリ……、ここにいたのか。寂しくはなかった？」

振り向くと舞踏会の煌びやかな正装から、シンプルなシルクのシャツと黒のトラウザーズ姿に着替えた陛下が立っていた。

まっすぐに見つめてくる瞳は、身も心も灼《や》かれてしまいそうなほど、熱く燃えている。

「君はわかっているのかな。私がどんなに今宵を、喪明けの舞踏会の夜を待ち焦がれていたことか……」

「んっ……」

陛下が低いくぐもった声を出しながら、ジュリアンナをバルコニーの手摺《てすり》りに押しつけると、いきなり唇を奪った。

荒々しく吸い付かれ、いとも簡単に口腔《こうくう》の中に熱い舌が侵入しジュリアンナの小さな舌に絡みつく。思わず喘《あえ》ぐと、祝いの酒でも飲んだのか微かに漂うアルコールの香りに、途端に頭がくらくらとする。

だめ……、だめ…：、ちゃんと話をしなくては……。

ジュリアンナは、なけなしの理性で陛下の胸に手をやり、押しとどめた。

「へいっ……、か。待って。今宵は大事なお話があると……」

震えそうになりながらも、口づけを遮った。すると陛下の手が頬に添えられた。苦し気に眉を寄せ、額をジュリアンナのおでこにつけて荒い呼吸を逃している。

「ジュリ……、話は後だ。あまりに待ちすぎて今宵は理性が保てそうにない。さぁ、おいで」

そう呟き、ジュリアンナを軽々と抱き上げると、コテージの中の寝室に連れていく。

「あっ、ここは……」

陛下のプライベートな寝室。

きっと陛下がこれまで気に入った女性と愛を交わしたであろう場所。

寝台の上に降ろされると陛下が覆いかぶさって来た。

「ジュリ、今宵は、いよいよ最後の治療だ」

「最後の……？」

聞き返すと、陛下が目を細めながら頷いた。最後の治療という言葉に、ジュリアンナの心が切なさにぎゅっと締め付けられた。

「そうだよ。私の言わんとしていることがわかるだろう？　ジュリ、今宵、私が男であることを証明させてほしい」

……ああ！　やはり、やはりそうなのだ。

陛下は今日を限りに治療を終え、最後までできるかどうか確かめたいのだ。

それは陛下をこの身に受け入れるということ……。

「ジュリ……、この一年、私はずっと不能のままなのではないかと苦悩していた。だが、君との治療でどんどん私の身体に変化が起こってきている。だから、今夜は最後まで――。ジュリ、私を受け入れてほしい」

ジュリアンナは胸が苦しくなった。

そう、タルボット卿に襲われそうになった時に、はっきりと気づいてしまった。

たとえ治療のためだとしても、私が純潔を捧げたいのは陛下しかいない。

どんなに恋焦がれ、手の届かない人だとしても。

たとえ治療でも構わない。

陛下が好き――。愛している。

だから……、これが最初で最後だとしても陛下と一つに結ばれることができるなら……。

ジュリアンナがこくりと頷くと、陛下の瞳の中に映った篝火が揺らめいた。

「いいのだな、ジュリ……抱いても」

大きな手でそっと顔を包まれた。重ねられたのは熱い唇。愛しさを籠めたような深い口づけに心が、身体が甘く震える。

ジュリアンナも自ら求めるように舌を差し出すと、あえなく掬《すく》いとられた。柔らかさを味わうように艶めかしく絡みついてくる。

くちゅ、ぬちゅ、というはしたない水音。なのに、甘い快感に陶酔してしまう。

陛下から立ち上る男らしい匂いと、熱く蠢《うごめ》く舌の感触。

これから始まる淫らな治療の予感に、心臓がどくどくとうるさいほど高鳴る。

「ふ……、んっ……、あ……へいっ、んんっ」

「なんて甘さだ、ジュリ。ああ、もっとジュリのすべてを味わいたい」

陛下がジュリアンナの背中で結ばれているリボンをしゅるりと引き抜くと、ドレスが緩み前身ごろがするりと落ちた。

まろびでた張りのある乳房が陛下の視線に晒《さら》される。

「なんと愛らしい。蕾《つぼみ》がぷっくりとふくれて桃色に色づいて。――可愛いよ、ジュリ」

何気ない賛美の言葉。喜んでいいはずなのに、切なくて苦しい感情がせり上がる。

これが治療ではなく、愛し合って結ばれるのならば、どんなにか嬉しいだろう。

露わになった乳房を大きな手にふわりと包まれた。優しく揉みしだかれて柔肉が淫らに形を変える。身体が熱く火照り、胸の頂が陛下の手の中でツンと尖った。

「緊張しないで楽にしてごらん。先にジュリを気持ちよくしてあげよう」

「つ……、ふ……、んっ……！」

乳房を掬われ、陛下の舌先が硬く凝《しこ》った蕾を包み込んだ。甘美な痺れが走り、背中がぴくんと跳ねる。

「あ……、へいっ……、やぁ……だめ……んっ」

乳暈《にゅううん》ごと食べられてしまいそうなほど口の中に含まれ食まれている……。

甘い刺激が次々と生まれ、我慢ができずに顔を左右にふるう。そうしていれば、もどかしい想いから逃れられるかのように。

「やぁ、へいか、へいか……」

痛甘い、痺れるような疼きがどんどん強くなってくる。

「これはどうだ？」

陛下が尖って敏感になった乳首に歯を立ててそっと噛んだ。

その途端、きゅんとした痺れが身体を駆け巡り、心地よさに気が遠くなりそうになる。

「あ、やぁ……、それ、だめ、ぁ……」

「ああ、可愛いよ、ジュリ。乳房は吸い付くように柔らかいのに先っぽはほら、こんなにコリコリしてる。どこもかしこも食べてしまいたいくらい美味しそうだ」

「たっ、たべっ……っぁん……！」

口の中で乳頭を舌で扱《しご》かれ甘噛みされると、何も考えられない。どこか高いところに上りつめてしまいそうになる。

「だが、私がもっとも食べたい部分はほかにある」

陛下の手が、満足に息を継ぐことのできないジュリアンナのドレスをたくし上げた。

「あ、や、まって……」

「ああ、邪魔だな。そら」

くったりとしたジュリアンナの腰を浮かせていとも簡単にドレスを剝《は》いだ。着付けにはものすごく苦労したというのに、呆気《あっけ》なく下履《したば》きだけの姿にされてしまう。

陛下の手がジュリアンナの滑らかな腹をすべり降りて、下履きの中に入り込んだ。

男らしく骨ばった指が秘密の部分に触れると、ジュリアンナはあっと息を吞む。

「あぅっ……、やぁ、だめ、そこは——」

触れてほしくなくて、一番触れてほしいところ。

そんなふうに感じる自分が、ひどくいやらしく思える。

「恥ずかしがることはない。ここは、ジュリの一番可愛いところなのだから」

まるでジュリアンナの心を見透かしたように陛下が言った。

しっとりと柔らかく盛り上がった淡い金色の巻き毛の感触を楽しむように撫《な》でると、さらに下へと指が滑り降りていく。

「あ……、あ……、ひゃ、だめ、あ……」

足をきつく閉じればいいのに、力が抜けてそれさえも儘《まま》ならない。

すでに何度も蕩《と》かされている部分は、陛下の愛撫《あいぶ》でとうに蜜を滴らせ熱く潤っていた。

濃厚な淫蜜の香りが立ち上るのがわかり、恥ずかしさに頭がのぼせたようになる。

「ふ……こんなに甘い香りを漂わせて……。私の女医はいやらしいね。待ちきれなかった？　すぐにここも可愛がってあげるよ」

「あ、やぁん、へいっ……ぁん！」

ちゅぷ……、と陛下が長い指を蜜の湧き出る泉に沈ませた。

「ひゃぁんっ……！」

「なんと、もうとろとろだ。ああ、ジュリ、花びらのように柔らかい。ほら、ここの芽もぷっくりと膨らんできたよ」

陛下の指先がゆっくりと襞をなぞり上げた。えもいわれぬ甘い感触に、蕩けてしまいそうになる。

熟れて膨れ上がった花芯を指先で捉えると、焦らすようにぬるりと撫でた。

「ひゃ……、あぁ……、へいっ……そこ……」

撫でられる度に、くちゅ、ちゅぷ、と淫らな水音が響く。

ジュリアンナは目も眩むような快感に襲われ、浅い息を繰り返し身体を強張らせた。

そうでもしていないと自分が快感に呑み込まれてしまいそうだった。

「ジュリ、我慢することはない、力を抜いて気持ちよくなってごらん」

陛下が邪魔だと言わんばかりにジュリアンナの下履きを剥《は》ぎ取って投げ捨てた。

くたりと力の抜けたジュリアンナの膝の裏をやすやすと持ち上げると、白く滑らかな脚を左右に開いた。濡れそぼった淫唇が、ぱっくりと拓《ひら》かれ、陛下の愛撫を求めてヒクついている。

「やっ……、だめ……、そこは……ふ……」

見られている……！

あまりの恥ずかしさに抵抗しようと思っても、なぜだか足に力が入らない。

秘められた部分を陛下に露わにされ、じっと見つめられていると思うと、心とは正反対に愛蜜がとろりと溢れ、やわ襞《ひだ》がひくひくといやらしく蠢く。

ジュリアンナは羞恥《しゅうち》で顔が火を吹いたように真っ赤になった。

これではまるで自分から陛下を誘っているようだ。

「ジュリ、甘い蜜を垂れ流しながら花びらがヒクつくとは、なんと淫らで愛らしい。男なら味わい尽くさずにはいられない。今宵は私が余すところなく貪《むさぼ》り尽くすから、覚悟して――」

「――!!」

なんてことをいうのだろう。

恋しい人にそんなことを言われては、なす術もない。

陛下の頭が沈み、唾液でヌルついた舌がジュリアンナの綻んだ花びらをなぞり上げた。

「ふ……あぁぁ……ぁぁんっ……！」

ジュリアンナの身体を一瞬で蕩かしてしまうような鮮烈な快感。

ぐにっと花弁を押し広げられ、柔らかな媚肉の狭間に熱い舌が滑りこむ。肉びらをねっとりと何度も舐め上げられ腰までも蕩けてしまいそうになる。

ぴちゃぴちゃ、という淫らな水音がしんと静まり返ったコテージに響き渡った。

快楽を知ってしまった身体は、さらなる快感を求めて、いやらしく腰を振りたててしまう。

「あ、んっ……、へいかっ……、へいか……」

「わかっているよ、ジュリ。どこがイイのか。もっと欲しいのだろう？」

「はっ……、あっ……、んっ……」

ジュリアンナのもどかしさも何もかも、すべて心得ているように陛下が言った。

秘裂をなぞっていた舌は、最も敏感な部分、割れ目の上に佇むぷっくりと膨らんだ秘玉に押し当てられた。

「やぁ、だめぇ、そこは……んっ……、それは、だめ……なのっ……」

「ふ、ジュリ、まるで治療を嫌がるだだっ子のようだな」

「だって、そこ、そんなふうに、舐められたら……」

「気持ちよすぎる？」

陛下がククッと喉を鳴らし、長い舌先を秘玉にあててぬちゅりと蜜を絡めると、そっと薄皮を剥《む》いた。

露わになった敏感な淫芽を熱い唇の中に含み、唾液と蜜が交じり合った愛液とともにじゅうっと音を立てて吸いあげた。

「あぁぁ……っ、やぁ、あぁぁ――――！」

腰ががくがくと震える。まるで天上に昇りつめたような感覚。この上なく甘い歓喜が波のように押し寄せる。

目の眩むような快楽が次々と襲い、意識が飛んでしまいそうになった。

「ああ、ジュリ、まだだよ。もっとよくしてあげよう」

ああ、だめ……。これは甘い拷問。

これ以上の快楽を与えられては、今度こそ自分は粉々に砕けてしまう。

「ジュリ、いい子だから力を抜いてごらん」

――耳に響く、甘い声。

それは命を刈る前に死神が囁く最後の言葉のよう。

とっくに身体からは力が抜けきっている。今は陛下になされるがままだ。

脚の間からとろとろと溢れて滴り落ちる愛液を陛下の舌先が掬い上げ、剝き出しの秘玉にたっぷりと塗り込めて口の中で転がしている。

「あっ、あっ、へい、か……、も、そこだめ……ふ……だめになっちゃう……」

脳が沸騰してしまいそうなほどの快楽に恍惚として蕩け切った声しか出ない。

「達《い》ってごらん、ジュリ。今宵は、ジュリの全てを愛《め》でたい。可愛い私だけのジュリ」

ああ、この言葉が本心であったなら……。

切なさとは裏腹に、とてつもなく大きな悦楽が押し寄せる。堪らず足の間にある陛下の髪に手を差し入れた。

「綺麗だ、ジュリ。淫らなほど赤く膨れてヒクついている」

陛下が極めたばかりの秘玉を容赦《ようしゃ》なく押し潰すように甘噛みした。

「……ひゃぁっ……、あ、あ、あぁ――！」

痺れるような快感が突き抜け、ありえないほどの絶頂に呑みこまれてしまう。

愉悦の波がどっと押し寄せて、快楽の渦に心も身体も引き摺りこまれた。

陛下の愛撫に蕩けきった身体は、まったくと言っていいほど力が入らない。

「ふ、達《い》ってしまった？　では、ここも柔らかくしてほぐしておこう」

やわらかく……？

絶頂の余韻が冷めやらぬまま、潤む目で陛下を見ると、飢えたような情欲を湛えた瞳と目が合った。ジュリアンナが瞬きをする間もなく、ちゅぷ……と陛下の長い指が蜜壺に差し入れられた。

「やぁっ、そこはー、だめっ、んっ、ふぁぁぁっ……！」

その途端、身体の芯を突き抜けるような強烈な刺激を感じ、ジュリアンナの子宮がきゅっと収縮する。

「ふ、ジュリ……、指一本なのにこんなにきつい……」

「あ、だめ……、やぁ、そこ、いれないで……」

拒んでも陛下は指を根元まで深く差し込み、ぬぷぬぷと肉壁を押し広げるように蜜洞《なか》を弄《まさぐ》っている。

「あぅ……、や、深い……、だめ……」

「すごい、蜜がこんなに滴って、次々と溢れてくる」

陛下はさらに指を増やし勢いをつけてぐちゅぐちゅと媚肉を擦るように掻き回した。

「熱くてきついのに、なんと柔らかい。──たまらない。私の方が溺《おぼ》れてしまいそうだ……」

欲を湛《たた》えた瞳に見つめられ、ジュリアンナはぞくりと震えた。

「ジュリ、なにも心配しないでいい。こうして指を入れて柔らかく広げておかないと、私を受け入れるのがつらいからね」

陛下を、受けいれる……ため？

その言葉がきゅっと心を締め付けた。

陛下を受け入れ、陛下にこの身を捧げる。それは、今宵たった一夜《いちや》だけの治療。

でもジュリアンナに後悔はなかった。自分が最後まで、陛下の治療をすると決めているのだから。

そんな思いも吹き飛ぶほどに、下腹部から新たな快感が湧き上がった。

陛下が、膣壁を指でぐちゅぐちゅと弄りながら、トロトロの蜜に塗れた秘裂に舌を差し入れ、はちきれそうな秘玉を熱い舌で強く揺さぶった。

「あ、ひぃっ……、んっ――っ！」

あまりの快感に、身体がぴんと強張り、腰があられもなく跳ね上がる。

全身がガクガクと痙攣《けいれん》し、秘芯から脳天に向かって経験したことのない快感が凄まじい勢いで駆け抜けた。

目の前が真っ白に弾けたと思ったら、かろうじて残された意識がふわふわと羽のように落ちる……。

「ふっ……、あ……、わたし……」

「また達ってしまった？　ジュリ……、私の可愛い淫らなお医者さん……」

ともすれば砕け散ってしまいそうな意識の中で、陛下の掠れた声が響いた。

ジュリアンナを優しく抱きしめて、震える唇に優しくキスを落とす。

快楽の波が引いた頃合いを見計らい、陛下がすべやかな脚を両脇に押し開いた。

ジュリアンナに見せつけるように、自分の下腹部から聳《そび》える雄の象徴を突き出す。

「ジュリ……、私の男性器《ファルス》を見て、感じてごらん……」

怒張して硬くなった男根をジュリアンナのたっぷりと濡れて綻《ほころ》んだ秘唇にあてがう。

「ほら、これが本当の私の男性器《ファルス》だよ。ジュリの蜜で硬く勃起しているのがわかるかい？　私の重みを、私の昂《たかぶ》りを感じてごらん」

「はぁ……っう……」

ジュリアンナは息を呑んだ。

ずん……と重みのある熱い塊を押しあてられ、下腹部全体が甘く痺れた。

張り出した亀頭をさらにぬるつく肉びらにめり込ませながら、ゆっくりと上下に行き来させる。

ぬちゅぬちゅという卑猥な音に感じ入ってしまい、愉悦がぞくぞくと沸き上がる。

陛下を見ると、熱い息を吐きながら淫猥《いんわい》に腰を回し、肉茎に満遍なく蜜をなじませている。

互いの性器をねっとりと擦り合わせる淫らな行為に、ジュリアンナは身震いした。

みっちりと質量のある亀頭に秘玉が擦りつけられるたび、熱い何かがせり上がってきて陛下に摑まっていないと押し流されてしまいそうだ。

「へい、かっ……、わたし、もう……おねがっ……」

堪《こら》えられないほどの快感に押し上げられ、うまく喋ることができない。

これ以上は、もう耐えられない。きっと流されてしまう。

私を陛下でつなぎとめてほしい。陛下で満たしてほしかった。


それはクラウスも同じだった。

喉奥で獣のような呻《うめ》き声が漏れる。

「ジュリ、私ももう限界だ――。君のなかに挿入《はい》りたい」

我ながら切羽詰まった声だった。

腹の奥底から、今にも噴出してしまうのではないかというほどの射精感がせり上がってきている。

ああ、ようやく今宵、男として精を放つことができるのだ。

それも、この上なく愛しいジュリアンナに。

「ジュリ――、我がものになれ――」

ジュリアンナを見つめると、瞳を潤ませながらこくりと頷《うなず》いた。

しっとりと涙に濡れた睫《まつ》毛《げ》が震えている。

こんなにもジュリが愛おしい。

今、彼女の中に入ることができなければ狂ってしまいそうだ。

我が精を放った後は、ジュリにありったけの愛を伝えよう。

クラウスは、どくどくと脈打つ肉塊の切っ先を甘蜜の溢れる泉の入り口にあてがった。

慎重に腰を進めると、ぐぷり、と音がして膨れきった亀頭が蜜壺にゆっくりと呑み込まれていく。

「ぐ――」

気を抜けば押し出されてしまいそうな締め付け。クラウスは汗がどっと噴き出るのを感じた。一年ぶりの感覚に我を忘れ、持っていかれそうになる。

――まだ、だめだ。

クラウスは腹筋にぐっと力を入れ、さらにゆっくりと腰を進めた。

男を知らない無垢な蜜洞が、みちみちと音を立てて雄の形に押し広げられるのがわかった。

ジュリアンナを見ると、痛みを我慢するように小さく震えている。

「ああ、ジュリ、もうすぐ半分だ。あと少しだよ――力を抜いて」

「んっ、へい、か……お願い、キスして……」

辛いのかジュリアンナがキスをねだった。

クラウスはジュリアンナの濡れた瞳に口づけを落とした。そして唇にも優しく口付ける。

ジュリアンナの張り詰めた身体が、一瞬ふっと緩んだ。その時を逃さずにぐいと腰を押し進め、肉茎を根元までずぷりと突き入れた。

「あぁ、へいっ、あぁ――――!」

熱い塊に深々と突かれ、ジュリアンナは仰《の》け反《ぞ》り身体を強張らせた。

純潔を失った痛みよりも何よりも、自分の中で大きく脈打っているものに圧倒されてしまう。

陛下の雄芯が熱杭のように感じられた。じんじんとした熱さがジュリアンナの蜜洞を満たしていく。

「あっ、へい、か……、へいか……」

ジュリアンナは涙声をあげた。

子宮がジュリアンナの心と繋がっているのかと思うほど、切なげにきゅんと蠢動する。

とうとう、陛下と結ばれたのだ……。

たとえこの結びつきがこの時だけのものであっても、ジュリアンナは幸せだった。

「く――、ジュリ――全部、挿入《はい》ったよ」

苦し気に陛下が呻いた。

陛下の身体は汗が吹き出し全身がしっとりと濡れて熱を発散している。

「いい子だ、ジュリ、わかるかい、我が男性器《ファルス》と君がひとつに繋がっているよ――」

陛下の雄茎がどくんと脈打った。

「私の形になじんできたようだね。少し我慢して。動くから――」

「う、動く……？」

「ふ……、可愛いジュリ。君は何も知らないのだな。だが、教えてあげよう。動けばもっと悦《よ》くなる――私もジュリも」

待ち構えていたようにぐいと腰を引き、雁首《かり》を蜜口まで引き抜くとぐぷりと沈み込ませた。脳芯が揺さぶられる感覚に、思わず嬌声《きょうせい》をあげる。

「……ひゃぁっ……あああっ……」

媚肉がさらに陛下の肉棒を締め付けるようにきゅうっと収縮した。

「は、ジュリ、私の男性器《ファルス》を感じてごらん。君の襞が私に絡みついて……うねっているよ」

「あぁ、へいか……、へいか――んっ」

陛下の太い幹がジュリアンナの内壁を擦るたびに、今までに感じたことのない愉悦の波が押し寄せた。

肉茎に隙間もないほどみっちりと埋め尽くされ、ジュリアンナの隘路《あいろ》を雄の形に押し広げられては、引き抜かれる――とてつもない圧迫感。

生まれて初めて男性の肉棒で膣壁《なか》からぐちゅぐちゅと擦られる度に、甘い痺れが大きくなり耐えがたくなる。

「へいか、おかしく――、おかしくなっちゃう――」

じわじわと押し寄せる何かに呑み込まれてしまう――そう思った時、陛下からも苦しげな声が漏れた。

「ジュリ、おかしくなれ。私も理性などとうに吹き飛んでしまった。今は優しくしてやる余裕がない……――許せ」

掠《かす》れた声でそう言うと、ジュリアンナの膝裏を摑んでぐいと開き、息を荒げて腰を淫らに揮い立て始めた。突かれるたびに甘い痺れが脳髄を蕩かしていく。

繋がった部分からはじゅぷじゅぷと卑猥な水音が絶え間なく響く。

「ああ、ジュリ、すごい。襞が絡みついて――、気持ち良すぎて忘我の世界に引き摺りこまれてしまいそうだ」

陛下は感じ入った表情で肉茎をぎりぎりまで引き抜いたかと思うと、最奥まで激しく何度も突き上げた。まるで発情した獅子《しし》のように荒々しく獰猛《どうもう》に腰を穿《うが》つ。

想像していたのとは違う。こんなふうに激しく責め立てられて、恐れをなしていいはずなのに、快感がジュリアンナを呑み込んでいく。

「ふぁ……、んっ、あぁ、だめ、はげし、へい――っ！」

「く、ジュリ、ジュリ……、ああ……そんなに締め付けるな、いきそうだ」

灼熱の塊がジュリアンナの子宮口をずくんと大きく貫いた。快楽がうねりながら全身に広がっていく。

刹那、ジュリアンナの媚肉《びにく》が陛下の雄茎をぎゅうっと締め付けた。

「うっ、ジュリ、出すぞ――、我が呪いを解き放ってくれ――！」

陛下は呻き声をあげながら腰を大きく揮った。男根がひときわ大きく、びくびくと激しく脈打つと、ジュリアンナの中に熱く滾った白濁が濁流のように流れ込む。

「ひゃぁ、あ、あぁ――」

陛下の熱い迸りが全身に浸み込んでいく……。まるでひとつに溶け合ったような感覚に、じーんと子宮が痺れた。

「ジュリ、君がまだ吸い付いて――」

陛下が獣のような咆哮《ほうこう》とともに身をのけぞらせた。

「く――、まだだ。まだ止まらぬ」

びゅくびゅくととめどなく流れ出る長い射精の勢いに、さらに肉棒を最奥に強く押し付けられた。

なんて熱さなの……。

蜜壺の奥が陛下から注ぎ込まれた熱い精でいっぱいに満たされると、身体の奥から湧き上がる恍《こう》惚《こつ》の波にのまれた。今、陛下の一年ぶりの欲望を受け止めている……。

それは、陛下との治療の終わりを意味するもの。

これ以上ない悦びに満たされたというのに、心は泣きたくなっている。

でも陛下を思う気持ちは、もはや隠すことはできなかった……。

砕けるとわかってはいても、今、二人が一つに結ばれているこの時に、本当の想いを伝えずにはいられなかった。

「へいか、陛下を――」

愛しています……。

そう伝えたいのに、苦しくて切なくて声にならない。

どんどん頭の中が真っ白になり、意識がどこかに吸い込まれていく。

「ジュリ？　疲れたのかい。ゆっくりお休み……」

心地よい言葉に誘われ、ジュリアンナの言葉は、薄れゆく意識とともに溶けて消えた。

「ああ、私としたことが――」

クラウスは長い射精が終わりを告げると、ジュリアンナの肩口に顔を伏せた。

一年ぶりの射精が、これほどまでに体に強い衝撃を与えるとは思っていなかった。

だが、ジュリアンナのおかげで呪いを打ち砕くことができたのだ。

初めての行為に疲れ切って眠り込んだジュリアンナを自分の腕にぎゅっと掻《か》き抱いた。

蜂蜜色の髪が、乱れてくしゃくしゃになっている。こんなにも激しく抱いてしまった。

我が最愛の、愛しい人。

「ジュリ……、初めてで辛かっただろうに。無理をさせてしまった」

クラウスは、ジュリアンナに優しく口づけを落とした。

ああ、ジュリが愛しくてたまらない。

明日の夜は、もっと優しく、もっとゆっくりと愛してやろう。

「ジュリ、愛してる……もう君を離さないよ……」

クラウスもまた、ジュリアンナを大切そうに抱きしめながら、深い深い眠りに落ちていった。

第10章　大公の企み

クラウスは眩《まぶ》しさにうっすらと目を開けた。

寝台の片側にある窓の外を見ると、朝日が池の水面に反射してキラキラと光を放っている。

部屋のどこかで香が焚《た》かれているのか、目覚めを良くするラベンダーの香りが漂っていた。

「ジュリ……？」

体を起こすとクラウスの裸の体には上掛がかけられており、傍を見るとベッドの中にはジュリアンナの姿はなくもぬけの殻だった。

昨夜は一年ぶりに精を放ち、あまりの吐精の激しさと衝撃に精も根も尽き果て、そのまま眠り込んでしまった。

クラウスは勢いよく上掛をはねのけると部屋の中を見回した。

「ジュリアンナ？」

彼女はどこだろう？　身を起こすと、傍に手紙が折りたたんで置いてあった。

急いで開いてみると、ジュリアンナの軽やかな字で先に王宮の自室に戻ると記されていた。

さらには体の疲れが取れる薬草茶を用意したから、それを飲むように、と。

クラウスはその手紙にほっとするとともに、身体を重ね合わせた後にもかかわらず、ジュリアンナが先に戻ってしまったのをひどく寂しく感じた。

この腕に愛しいひとの温もりを感じたまま、目覚めたかったのだ。

まったくジュリアンナは――。

自分の方が、破瓜《はか》の痛みで辛いだろうに私を気遣うなど。

クラウスは昨夜、欲望のままに激しくジュリを抱いてしまったことに罪悪感が募った。

もっと優しくしてあげたかったのに。

もしやジュリアンナは、痛みが酷くて、薬を飲むために先に戻ったのではないか？

ベッドサイドのテーブルを見ると、ジュリアンナが用意したと思われる薬草茶が置かれていた。

クラウスはそれを一息に飲み干すと、一糸纏わぬ姿のまま起き上がり、奥のチェストの上にある水差しの水を手桶《おけ》に注いだ。急いで顔や体を手際よく清めて脱ぎ捨てられていた服を着た。

――ジュリアンナの様子を見に行こう。

それにリディンガムに指示した叔父を捕らえるという計画が、指示通り遂行されたかも気がかりだ。こんな時間まで私になんの連絡もないのはおかしい。

万が一、ジュリアンナたちに危害があっては困る。

クラウスが急いで扉に向かおうとすると、いきなりドンドンドン、という激しく扉を叩く音が響き渡った。

ここが皇帝の私的なコテージであるにも拘《かかわ》らず、不躾とも言える戸の叩きようを不審に思った。

クラウスはすぐさま、腰の剣を抜いた。

「陛下、クラウヴェルト陛下、ここをお開けください」

緊張したようなただならぬ様子の声が響く。

「誰だ？　無礼であろう。下がれ」

にべもなく言うと、一拍置いた後に扉の鍵を壊す音が響いた。

ほう……。この私のコテージの扉を壊すとは。

クラウスは、一瞬にして全身が尖った刃のように研ぎ澄まされた。

私の言葉を無視するということは、なにか良からぬことが王宮で起こっているに違いない。

なだれ込んでくる敵を予感して、クラウスは剣を構えた。だが以外にも扉は静かに開いた。

見るとアルベリヒ大公の私兵がずらりとコテージの周りを取り囲んでいる。

なるほど。

ということは、リディンガムは失敗したのかもしれぬ。

クラウスは冷静に分析すると、王宮にいるであろうジュリアンナや母、妹のクロティルデのことが心配になった。

「陛下……、お休みのところを誠に心苦しいのですが、どうぞ剣をお納めになり、王宮へお越しください。アルベリヒ大公様がお召しでございますゆえ」

「戯言もほどほどにするが良い。大公が私を呼びつけるということはあり得ぬ」

クラウスは、剣の切っ先を隊長らしき男の喉元に当てた。

一瞬、私兵たちに緊張が走る。しかしその男もなかなか肝が座っているのか、動ずることなく剣の切っ先を手でゆっくりと逸らした。

「陛下。ご無礼は重々承知の上。我が帝国にとって重要な事態が発覚しましたゆえ、急ぎ、陛下に王宮にお越しくださるようにと。勝手ながら、その件が片付くまで、皇太后陛下や妹王女様は我々が保護しておりますゆえ、ご安心を」

男はそういうと含みのある目でクラウスを見た。

――これは脅しだ。クラウスはそう確信する。

母とクロティルデを保護しているということは、二人を捉えているということだ。

大人しく従わないと危害を加えるということを暗に仄めかしているに他ならない。

「……よかろう。母と妹のほかに……、女医がいただろう？　その女医も一緒か？」

「女医？　さぁ、女医は存じませぬな」

その私兵は、怪訝《けげん》な目を向けた。

なるほど、王族でもないジュリアンナは難を逃れているのかもしれない。

これ以上彼女のことを聞けば、逆に勘ぐられる恐れもある。

「いや、ならば良い。アルベリヒの所に案内いたせ」

「では剣をお預かりします」

クラウスは剣を渡すと、ほっとした様子の私兵隊長の後についていった。

王宮内には、いつもいるはずの場所に近衛の姿がなかった。だが混乱している様子もない。

アルベリヒによって皇帝直属の近衛兵だけ制圧されたのだろうか。

リディンガムより先に、叔父に先手を打たれたのかもしれない。

クラウスは夜明け前には起きて状況を確認する手筈《てはず》だったのに、日が高く昇るまで眠り込んでしまったことに自責の念をかられた。


案内されたのは、王宮にある「裁きの間」だった。

ここは謀反人など国に対する大罪人を裁く部屋だ。クラウスが即位してからは使われたことはない。


なぜ、この私を裁きの間に……？

クラウスが訝《いぶか》りながら「裁きの間」に入ると、そこにはアルベリヒ大公と大公の息のかかった大臣、貴族や神官が勢ぞろいしていた。みなアルベリヒに加担する者たちばかりだった。

その中にリディンガム大臣はじめ自分の意の者が一人もおらず、クラウスはやはりリディンガムが失敗し、捉えられているのだと察知した。

「アルベリヒ、お前がこの私を呼びつけるなど、よほどのことが起こったのだろうな。ことと次第によっては処罰するぞ」

クラウスが氷のような眼差しで睥睨《へいげい》した。

だが、アルベリヒは、クラウスの視線を受け止め、余裕の笑みを浮かべた。

「恐れながら、陛下。朝早くから玉体にわざわざ、お運びいただきましたのはほかでもありません。我が帝国の存続に関わる重大な事実が発覚いたしましてな。その真偽のほどを陛下に証明していただこうというわけです」

「ほう？　この私を朝から呼びつけるなど、よほど重要なことと見える。それはなんだ？　言え」

「実は……。先日の帝国会議でも私がご心配申し上げたことが、事実だと申す者がありましてな」

「お前がこの前の会議で心配したこと？　それはなんだ？」

クラウスは訝りの視線を向けた。

「恐れながら、クラウヴェルト陛下には子を成すお力がないとの確かな情報を得ました。それゆえ、先帝が亡くなられてからのこの一年、一度も女性と関係を持ったことがないと。男として子種のでない状態であることを、陛下が密かに治療を受けた医師が証言しております。これは我が帝国にとって誠に由々しき事態ですぞ。帝国法によりますれば、子を成すことのできない皇帝は、速やかに廃位されることとなります」

アルベリヒがしてやったりというような笑みをクラウスに向けた。

クラウスは心の中で舌打ちした。

なるほど、やはり想定していた通りアルベリヒは、こういうシナリオでこの私を廃位に追い込み、次の皇帝に自分が即位する算段なのであろう。

子を成せぬ皇帝は確かに廃位される決まりとなっている。

無駄に血を流さずに帝位が手に入ることに加え、民も皇帝が子を成せないという事情があれば、新たな皇帝を受け入れざるを得ない。

「ほう？　で、もしその情報が真《まこと》であれば、次の皇帝にはお前が即位するということか？」

その時、アルベリヒの目に浮かんだ笑みをクラウスは見逃さなかった。

だが、すぐに心から残念そうな顔を取り繕い、さも無念そうにクラウスに言った。

「クラウヴェルト陛下。大変心苦しいのですが、順位で行くとそうならざるを得ませんな。幸い、私が即位すれば、私にはすでに息子もおりますゆえ、我が帝国の行く末は安泰です。叔父としては兄の血を帝統に残せぬことは忍びないのですが、すべては民のためです」


――このクソダヌキめ！

クラウスは、心の中で思い切り悪態をついた。

お前が帝位につくことがあれば、国は腐敗を極めるに決まっている。

クラウスは思い切り侮辱したい言葉を飲み込むと冷静に言った。

「だが、その情報も怪しいものだ。その医者の証言を証明するのも困難だろう。言っておくが、私はいたって健康だ。お前らの戯言には付き合っておられぬ。これ以上は無駄だ。下がるぞ」

クラウスが踵《きびす》を返して戸口に向かおうとすると、出入り口をアルベリヒの私兵がとり囲みクラウスの行く手を阻んだ。

クラウスが片眉をあげ、アルベリヒの方に向き直った。

「どういうことだ？　アルベリヒ？　一体なにがしたい？」

「恐れながら陛下のご病気を証明するお方がほかにもおります。これへ」

アルベリヒの息のかかった神官が恭しく書状を携えて入って来た。その後ろにはクラウスの母であるリーゼロッテ皇太后が、両脇を私兵に挟まれながら連れてこられた。その顔は苦渋の色が浮かんでいる。

「これをご覧ください」

神官が目の前に掲げたのは、クラウスが子を成せぬ病気であるという書状に、母である皇太后のサインがあった。

「どうです？　陛下。皇太后陛下が証明してくださいましたぞ。これ以上の証拠はない」

アルベリヒが薄笑いを浮かべた。

「母上……」

「クラウヴェルト、申し訳ありません。アルベリヒに無理やり……」

母は毅然としつつも、青白い顔でクラウスに言った。

おおかた脅されたのだろう。クロティルデに危害を加えると言われたのかもしれない。

だが、クラウスはここで引き下がるつもりはなかった。

「さぁ、陛下。貴方もこの廃位の誓約書にサインを」

アルベリヒが差し出した誓約書に一同が瞠視《どうし》した。

「断る。アルベリヒ、母を巻き込むなど、やり方が汚いぞ。そのような病気ではないと、この私が言っている」

「陛下……。お見苦しうございますぞ。皇太后陛下の証明があれば、潔くお認め頂くほかございますまい」

「出すぎたことを申すな。私の体は健康そのもの。子を成す能力にはなんら問題はない。皇帝として今ここに、我が帝国の天地神明にかけて誓う。私に嘘偽りはないと。さぁ、これ以上は水掛け論だ。皆の者、散会せよ」

クラウスが周りの大臣どもを見回して尊大に言うと、大公一派の神官や大臣らは、困惑したようにアルベリヒを見た。

すると、アルベリヒはとんでもないことを言い放った。

「そこまでおっしゃるなら致し方ありませぬな。では、陛下。帝国法によりまして、いまここで証明していただきましょう」

「証明？」

クラウスはその目に警戒の色を浮かべた。

「即位したばかりの陛下がご存知ないのも無理らしからぬこと。子種の出ない玉茎を帝国法では『偽の陰茎《フォールスタッフ》』と位置付けています。不能が疑われる皇帝には法に基づき『偽の陰茎《フォールスタッフ》』ではないことを証明していただかねばなりません。この裁きの間で。神官とわれら廷臣の目の前で」

そういうとアルベリヒは勝ち誇ったようにクラウスを見た。

クラウスはぎりりと歯噛みした。

クラウスとて帝国法はすべて学んでいる。だが、これまで実際に不能な皇帝がいたとしても法に基づいた証明を行わないことが通例だった。結局は、近親者が帝位を引き継ぐからだ。強引なまでに証明させようとするとは、なんとしてでも私を帝位から追い落とそうとする執念を感じる。

だが、ほかに方法は残されていなかった。

ここまできてはアルベリヒや大臣らを納得させるため、自らが皆の前で男であることを証明するほかないだろう。

それはジュリアンナを今すぐにでも、ここに呼べば不能でないことは証明できる。

彼女とキスさえすれば、自分はいとも簡単に勃起するのだから。

だがジュリアンナが唯一、私の呪いを解ける人物だと知られれば、彼女に危害が及んでしまう。

それだけは絶対に避けなければならない。

それにクラウスは一か八かの可能性に賭けてみることにした。

とうとう一年ぶりに昨夜、精を放ち、呪いを打ち砕くことができたのだ。彼女の力を借りずとも、男としての能力を証明できそうな気がした。

今は、ひとまず、それを試してみる以外に方法がないだろう。

万が一の場合は、ブーツの中に短剣がある。

気の緩んだアルベリヒを人質にして、形勢逆転を計ることができるかもしれない。

黙り込んで考えているクラウスを、アルベリヒは廃位を受け入れたと勘違いした。

「クラウヴェルト殿、流石は私の甥だけある。ご賢明なご判断ですぞ。なに、悪いようにはしません。さぁ、この帝位を放棄する誓約書にサインを……」

言い終わるか終わらないかのうちにクラウスが言った。

「アルベリヒ、私を名で呼ぶなど、少し気が早いのではないか。よかろう、今ここで証明しようではないか」

アルベリヒは、クラウスの言葉に驚愕《きょうがく》して誓約書を取り落とした。

「な、な――？　陛下、なんですと!?」

「何を驚く？　お前が言い出したのだろう？　この私が偽の陰茎《フォールスタッフ》でないことをそなたらの前で証明せよと。つまりは、自分で抜いて射精すれば良いだけのことだ。こんなに観衆がいては、なんとも悪趣味だが、それをお前らが見届けたいというのであれば、致し方あるまい」

クラウスは絶句して立ち尽くすアルベリヒを見て、にやりと笑った。まさか私が皆の面前で証明することに同意するとは思わなかったのだろう。

今日、ここですべてに決着をつける。そして父の仇をも取るのだ。

これ以上アルベリヒのしたいようにさせるのには、我慢がならなかった。

「陛下、今のお言葉に二言《にごん》はございませんな？　もし今ここで子種があることを証明できなければ、帝位を退いていただきますぞ」

大公が慌てたのも一瞬のことで、すぐに冷静さを取り戻して念を押した。

もちろんクラウスは帝位を退くことなど考えてはいない。

たとえ男の証を証明できなかったとしても、その時は、この叔父に一矢報いるつもりでいた。

自分の命を賭してでも。

「ああ、お前の言う通りにしよう。婚姻の時には、臣下の面前で初夜の儀を迎える王族もいる。我が帝国にはそのような儀式はないが、それに比べれば、私一人の行為を見せることなど、どうということもない。さぁ、さっさと始めようではないか。で？　どこで披露すればいいのだ？」

クラウスの侮蔑《ぶべつ》を含んだ言葉に、一同は当惑して緊張した。

恐れ多くも臣下の面前でまさか皇帝に自慰行為をさせ、子種があることを証明させることになるなどとは、思ってもみなかったのだ。だが、みな大公に弱身を握られている者ばかりで、異を唱えることはできなかった。

「……よろしいでしょう。そこまでのお覚悟があるならば。ではこちらに」

大公は裁きの間の隣にある控えの間にクラウスを案内した。控えの間といっても数十人が入れるほどの大きな部屋で、長椅子がいくつか置かれている。

クラウスと大公がその部屋に入ると、後に続く大臣や神官らは気まずそうに足を踏み入れた。

クラウスは奥にある長椅子の手前にくると、着ていたシャツを脱ぎ捨てた。

仕立ての良いズボンはすでにしわになっているが、躊躇《ちゅうちょ》することなく前たてを開けようとした。

「陛下、お待ちを」大公がクラウスを制した。

「陛下のお手を自ら煩《わずら》わすことはありません。こういうこともあろうかと、神殿より巫女を連れてまいっております。この巫女にご奉仕させますゆえ」

あらかじめ、この事態をも想定していたのだろうか。巫女にしては露出度の高い官能的な衣装を身に纏《まと》った女が、顔を少し赤らめ静々と入ってきた。

大公がその巫女に向かって頷くと、神殿の巫女はクラウスの前に跪《ひざまず》き、ズボンの前たてに手をかけた。美しく透き通るような白い手のその女は、一つずつゆっくりと釦《ボタン》を外していった。

最後の一つを外した時、クラウスがその白い手を握って止めた。

「もうよい、下がれ。それ以上、私に触れるな。何人《なんぴと》も私の身体に触れてはならぬ。私の身体に触れていいのは、私の妃となるものだけだ」

クラウスが冷徹に言うと、巫女は青ざめて頭を下げながら後ずさった。

大公はその様子に片眉を上げたが、なにも言わなかった。

クラウスは息を吐くと、ただ一人の女性を思い浮かべた。

そう、ジュリアンナ。君だけだ。

私の身体に触れることを許されるのは。いや、触れてほしいのは、愛しいジュリだけなのだ。

クラウスは、今一度周りを見渡した。

大公は呪符に込められた呪いが効いていると思っているのだろう。

証明できるならやってみろと言わんばかりの表情をして、口元には下卑《げび》た笑みさえ浮かべている。

大公以外の者を一人一人見定めると、気まずいのか皆一様に目を逸らした。

クラウスは控えの間の造りにさっと目を走らせる。

この部屋の入り口は一つ。

万が一、失敗すれば、大公を人質にとり隣の部屋にいる母を救出する。

この部屋にいる間抜けな神官や大臣たちであれば、難なく突破できるだろう。

クラウスは、万が一の逃げ道を頭の中で算段するとようやく眼を瞑った。

大公の手前、自分が男として何の問題もないことを証明するには、皆の前で射精すればいいなどと大見得を切ったものの、クラウスとて人の面前で自慰行為をするなど狂気の沙汰だと思う。

が、今となってはもう後には引けないのだ。

偽の陰茎《フォールスタッフ》でないことを証明しなければならない。

クラウスは大きく深呼吸をすると、ゆったりと長椅子に横たわった。

くつろげた前たての中に潜む自身の雄の部分へと、手を差し入れる。

自分の手になじんだ、柔らかくしなる長いものをその手の中に収めると、ズボンの中にあるまま上下にゆっくりと扱いた。

しん……とした静寂の中、クラウスは己の手に神経を集中させた。

ジュリとキスをすればいとも簡単に勃起する。

なのに、どうしたことか自分の手淫ではなかなか硬くはならなかった。

「くそ……」

クラウスが思わず悪態を吐くと、大公が含み笑いを漏らした。

「――陛下、ご無理なさらずとも、これ以上は……」

勝ち誇ったように言うのを、クラウスは手で制した。

本来の自分であれば手で数度往復されれば、硬く勃ち上がるはずの雄の器官は、死んだ魚のようにピクリともしない。

焦るな。

落ち着け……。

クラウスは、ジュリアンナに初めて口付けをした時のことを思い出した。

あれは、ジュリアンナの鼻を明かしてやろうと夜の治療を行った時だ。

真面目なジュリアンナは、聴診器を持つ手も震えていた。

それが可愛くてますます揶揄《からか》いたくなったのだ。

甘く唇を重ね合わせると、驚きながらもジュリの身体は私の下で柔らかくなり蜜を溢れさせた。

男の理性を蕩けさすような甘い蜜。口で愛撫すると我慢できずに漏れるすすり泣き。

クラウスがジュリアンナのことを思い出すと、手の中の雄が徐々に硬さを取り戻してきた。

指先に肉の脈動が伝わり、徐々に質量を増していく。

勃ってきた……。

クラウスの雄芯は、ゆるやかに硬さを増していく。

何度が扱《しご》くと、すでにズボンの中には収まらなくなり、自身で前たてを押し広げた。すると下腹部の濃い陰毛に覆われた中から、長大な陰茎がぬっと飛び出した。その悪魔的にも思える存在が、クラウスの臍に向かって重たげに鎌首をもたげた。

一同が、ごくりと息を呑む音が響いた。

皇帝自身の存在の大きさと雄々しく怒張していく様子を目の当たりにすると、同じ男である者たちでさえ驚きに目を瞠《みは》った。

クラウスは、解放された場所で幹を握るとゆっくりと根元から亀頭に向かって扱き始めた。

ジュリアンナを想い、自然と熱い吐息が漏れた。今この時ばかりは、ジュリと自分だけの世界しかなかった。

彼女に昨夜、この身を埋めた時の純然たる欲。一つになれたことへの悦び。いつからだろう。こんなにジュリを愛おしいと思ったのは。

クラウスの扱く手に力が籠った。

陰茎に浮き上がった血管からは、どくどくという脈動が手のひらに伝わってきた。扱くたびに生を受けて息づいているように硬さを増していく。

「う……」

熱い痺れが下腹部に溜まり始めた。

クラウスの大きな手を持ってしても倍以上の有り余る陰茎をゆっくりと上下に扱いたかと思うと、今度はリズミカルに動かし始めた。

雄芯がまるで熱杭《くい》のように硬く熱くなり、亀頭の括《くび》れがはち切れそうなほど赤黒く張りだす。

クラウスは、ジュリアンナの口淫を思い浮かべた。ほおばるように小さな口の中に含まれた時の、やわらかな感触。

ああ、たまらない――。

クラスの肉茎は完璧なほど、猛々しい雄《おす》槍《やり》そのものの形に変化した。手の動きも早くなり、今にも弾けそうなほど張り詰める。同時に息も乱れ、その表情も苦しげなものに変わった。

はっ……熱い。

手の中の雄の温度が、さらに熱を持ち始めた。クラウスの吐く息もますます荒くなり、自然と腰を突き上げる形となる。

クラウスはただ己の感覚に従った。自分の手の中にある熱い生き物とジュリへの想い。

それがすべてだった。


沸騰しそうな感覚の中、クラウスはジュリアンナに想いを馳せた。

はっきりとジュリを愛おしいと感じたのは、ジュリがタルボットにのしかかられていた時。それを目の当たりにした時の、あまりの怒りと恐怖。あれほど生きた心地のしなかったことはない。

ああ、ジュリ——。

クラウスの手淫が激しさを増した。

「は……う……っ……」

低い吐息が切なげな艶を纏って、淫靡《いんび》ものに変わる。

猛々しい雄が手の中でびくびくと戦慄き、ひときわ大きくなった。

「く……」

亀頭の先にある孔からは、透明な雫が次から次に溢れてきた。

クラウスの手淫に生々しい水音が加わり、腰骨に灼けつくような痺れがせり上がってきた。

異様なほど大きな興奮と快楽が足の先から射精感となって、本流のように陰茎に押し寄せる。

「うぁ――――！」

クラウスの息が乱れ、頭をのけぞらせ唸り声をあげた。

腰が大きく浮き上がり、陰茎がびくんと反り返る。せり上がってきた射精の予感に、亀頭のすぐ下の部分を力を込め何度も強く擦り上げた。

一同が息を呑み、微動だにせず皇帝の凄艶な手淫に圧倒された。

若く逞しい男の性の烈情に息もつけずに瞠目する。

クラウスが呻いて腰を大きく揮わせた。身体までも内側から弾けそうになる。抗いようのないジュリへの想いが溢れ出しそうになった。

「くっ、は……」

ジュリッ……アンナ！

クラウスの想いが爆ぜた。手の中のものがどくんと大きく戦慄き、その先端から大量の白濁が飛沫《しぶき》となって噴出した。

亀頭からびゅくびゅくと、とめどなく溢れでて引き締まった胸や腹に迸る。

さらに指先を伝って、肉竿から下腹部にどろりと滴り落ちた。

あたりには、紛れもない若い男の精の匂いがたちこめた。

何度か扱いて長い迸りを終わらせると、クラウスがようやく、ふぅと息を吐いた。

昨夜も放ったばかりなのに、だいぶ派手にイってしまったと心の中で苦笑する。

だが、これで偽の陰茎《フォールスタッフ》ではないと証明できた。

それだけではない。今の行為はクラウスにとって自身で呪いを解き放ち、ジュリアンナへの愛を確かめる行為に他ならなかった。

先ほどの巫女が頬を上気させて、手桶に水と浸した布を持ってきた。

クラウスはそれを使って手と自らの白濁にまみれた部分を清め、身を整えた。

長椅子に座りなおすと、片足をゆったりともう一つの膝に乗せ、驚嘆のあまり声の出ない大臣らを見回し、ニヤリと笑った。

「さて……と、感想を一人一人に聞きたいところだが、今、皆の前で披露したとおり私の不能疑惑は払拭されただろう。アルベリヒ、これで異論ないな？」

クラウスのその言葉に、アルベリヒ大公がはっと我に返った。すると不気味な声で笑いだした。

「ふ、ふふふ……ははははは！」

「何がおかしい？」

「いや、陛下。さすが若さとはすごいものですな。大した見世物を堪能させていただきました。とうとう私のかけた呪いの効力も消えてしまったようですな」

そういうと挑戦的な笑みをクラウスに向けた。

ほかの大臣や神官らは、皇帝と大公のやりとりの行方を緊張した面持ちで伺っていた。

「では、やはりお前だな。私に不能の呪いをかけたのは」

「陛下……、いや、クラウヴェルト殿。可愛い甥《おい》に本当のことを話してあげましょう」

そう言いながら、くっくっと笑った。

「たとえ射精できたとしても、クラウヴェルト殿には不能のままでいていただかないと困るのですよ。なにせ、あなたは不能を苦に自ら命を絶つ……というシナリオなのですから。大枚をはたいて呪いをかけのに、たった一年で効力が切れるとは想定外でしたがね」

クラウスは、片眉を上げた。やはり、叔父が仕組んでいた。

叔父にとっては、私が不能でないことを証明しようがしまいが、どちらでもいいことだったのだ。どちらの結果になろうとも、強引に私を帝位から引き摺り降ろす気でいたのだ。

ならば――。

「アルベリヒ、お前こそ命が惜しければ、大人しく私に従え。父に免じて命だけは助けてやろう」

「ひよっこが何を言う？　そうそう、もう一つ良いことを教えてやろう。お前の父、先帝を殺したのもこの私だと言ったらお前はどうするかな？　クラウヴェルト」

――愚かな。

クラウスは初めて人が心から憎いと感じた。

父陛下は毒殺されていた。やはり首謀者は、アルベリヒだったのだ。

「なぜ、殺した？　父を、お前の唯一の異母兄を」

「クラウヴェルト。お前にはわかるまい。生まれながらに皇太子として育ったお前には。私が生まれたのは兄とほんの数分しか違わない。だが兄は生まれながらに皇帝になることが決まっていた。だが私はいつも予備だったのだよ」

「予備？」

「そう、兄の予備だ。兄が万が一、命を落とした場合の予備。すべてにおいて二番目だった。一番大切なものをいつも兄は奪っていった。父の愛も、臣下の敬愛もなにもかも。だからクロティルデを犯そうとしたのだよ。兄の一番大切なものを奪ってやろうと思ってね。だがそれもうまくいかなかった。そのことが分かると兄は私を一生幽閉すると言った。もう我慢の限界だった。だから殺したのだ。いつも私の前にいる目障りな兄を」

クラウスは怒りで体が震えた。

アルベリヒの身勝手な思いのために父は殺され、クロティルデは心に深い傷を負った。

クラウスの目がこれ以上ないほど冷たく光った。

「そなたらも聞いたであろう。この男は先帝を暗殺した。こやつに加担するものは容赦なく処刑する」

クラウスが大臣や神官らに言うと、アルベリヒは可笑しそうに顔を歪ませた。

「クラウヴェルト、まだ状況を飲み込めていないようだな？　城はすべて私の私兵が制圧し、お前に加担するリディンガム一派は捕らえている。皇太后とお前の妹に危害を加えられたくなければ、お前も観念することだ」

「……それはどうかな？　大公殿」

アルベリヒの背後から、にゅっと剣が現れアルベリヒの喉元に押し当てられた。

「リディンガム！」

「陛下、とんだ邪魔が入りまして遅くなりました。すべては当初の計画通りです。隣の皇帝の間の私兵も制圧してございます」

「リディンガム、ジュリは？　母は、クロティルデはどうしている？」

クラウスが聞くとリディンガムは、力強く頷いた。

「もちろん皆様、ご無事にございます」

クラウスの体からほっと力が抜けた。これで、心置きなくこの男と戦える。

「リディンガム、その男に剣を渡せ。私にもだ。今ここで決着をつける」

「よろしいのですか？」

クラウスはアルベリヒから目を離さずに頷いた。

「アルベリヒ。大人しく罪を認めて処刑されるか、今ここで私と戦って、万に一つでも逃げおおせるか、どちらかを選べ」

「お前など、殺してやるわ」

アルベリヒ大公は、突然の形勢逆転に狂気の目を剝いた。

「ならばアルベリヒ、やってみろ。私から皇帝の座を奪いたいのなら、私と戦え。勝ち取ってみろ」

リディンガムは先にクラウスに長剣を投げると、アルベリヒにも長剣を与えた。

「くそ、お前になど何一つ渡すものか！」

「なっ……！」

アルベリヒはクラウスと戦うと見せかけ、いきなりリディンガムの背後に回ると、逆にリディンガムを人質にとった。

「クラウヴェルト、剣を捨てよ！　こやつがどうなってもいいのか？」

クラウスはぎりと歯噛みした。なんと見下げ果てた男だ。どこまで卑怯な人間なんだ！

「陛下！」

リディンガムがクラウスを見て目配せをした。

それを合図にクラウスはリディンガムに向かって剣を投げつけた。

それは、一瞬のことだった。

リディンガムが、アルベリヒの意表をついてくるりと回転した。

するとクラウスの投げた剣は、迷いなく一直線にアルベリヒの背中の真ん中に突き刺さった。

断末魔の呻き声が響き、どさりと大きな音がしてアルベリヒとリディンガムが同時に床に倒れこんだ。

が、すぐに「いたた……」と声を漏らしてリディンガムが立ち上がった。

「陛下、私の背中にも剣がかすりましたぞ。相変わらず手加減ができないお人ですな。鎖帷子《くさりかたびら》を着てなければ、私にも貫通していたところです。だが幼き頃の剣の手合わせをよくぞ覚えていてくださった。あうんの呼吸とはまさにこのことですな。これですべては終わりましたぞ」

リディンガムは満足げに一人納得すると、クラウスに笑いかけた。

「……リディンガム。苦境の中よくやった。それと……アルベリヒの亡骸《なきがら》は王家の墓地に埋葬することは許さぬ」

クラウスが怒りを込めて声でそういうと、リディンガムは静かに頷いた。

アルベリヒのしたことは、死をもってしても贖《あがな》えるものではない。

だが、ようやくこれで終わったのだ。

クラウスは両手の拳をぎゅっと握り締めると、顔を上げた。

「リディンガム、ここは任せた。アルベリヒに加担した者、その一族郎等はすべて捕えよ。後で尋問する。私はひとまずジュリのところに行って、彼女の安全を確かめる」

クラウスは、急ぎ王宮内のジュリアンナの部屋に向かった。

——今すぐにジュリに会いたい。ジュリを抱きしめて、一生自分の側を離れるなと伝えたい。早く彼女の無事を確認しなくては——。

ジュリアンナの部屋のすぐ近くにある回廊の角を曲がると、クロティルデが慌てた様子で駆け寄ってきた。

「お兄様！」

「クロティルデ、無事か？　ジュリは？」

クロティルデは、息を切らしながらゴクリと唾を飲み込んだ。

「ジュリアンナさんが、いないの。ずっと部屋にいると思っていたのに」

「なんだとっ！　くそ、アルベリヒに——」

「違うの。落ち着いて、お兄様。これを読んで」

クロティルデが差し出したのは小さな薄茶色の紙切れだった。

『クロティルデ様、ごめんなさい。私は王宮を離れ、領地に戻ります。

陛下の治療はすべて終わりました。私にできることは、もうありません。

皆様に宜しくお伝えください。――ジュリアンナ』

クラウスはそこに書かれた言葉に心臓を鷲摑《わしづか》みにされた気がした。

苦悩の表情を浮かべると、その紙きれをくしゃりと握りつぶした。

ジュリが自分を置いて出て行った。こんな紙きれ一枚きりで、私にはなんの別れの言葉もなく。

昨夜、愛を交わし心も体もひとつに結ばれたと思ったのは、私だけだったのか。

ジュリにとっては、昨夜のこともただ医者としての治療に過ぎなかったのだろうか。

そう思うと、クラウスの心臓が生まれて初めてぎゅうと締め付けられた。

大切なものを失うとは、こんなに心が痛むものなのか……。

互いに惹かれあっていると思っていたのは、自分だけだったのだ。

クラウスの中から、信じていたものが粉々に砕け散った。

ジュリアンナへの想いも何もかもすべて。

「お兄様、近衛に手配して急いで追いかけさせないと――」

「いや、いい。彼女は自分から出て行ったのだ。追いかけなくて、いい」

「――そんな、お兄様！」

クラウスは呆然《ぼうぜん》とするクロティルデを残して、身を翻し裁きの間に戻って行った。

第11章　目覚めのキスを捧ぐ

あたたかい……。

ジュリアンナがふと目覚めると、熱い腕が体に巻きついていた。

筋肉質な素肌の胸が目の前にあり、その男らしい匂いにドキドキしてしまう。

窓の外をみると、あたりは宵闇に包まれている。まだ夜明け前のようだ。

耳を澄ますといまだに舞踏会の音色が途切れ途切れに聴こえてきた。

ジュリアンナは、まどろんでいた意識がはっきりしてくると、先ほど愛を交わしたことが鮮明に蘇った。

陛下の熱杭に貫かれ、溺れ、そしてとうとう……。

その迸りを自分の中に受け入れたのだ。

――ああ、わたし、陛下と一つに結ばれたのだわ……。

ジュリアンナの目尻にうっすらと涙が滲んだ。もちろん治療のためだけに抱かれたのではない。

陛下を愛しているから――。

たった一晩だけでもいい。愛されているという夢に酔いたかった。

でも夢はいつかは醒《さ》める。

これで私の治療は終わったのだから。

今宵、陛下が最後までコトを成せたのは、やはり昔、自分が食べた「奇跡の実」が効果を発揮したに過ぎない。父と見つけたあの実は、やはり「奇跡の実」だったのだ。

陛下は、もう病気なんかじゃない。私だけではなく、どんな女性をも逞しい腕の中に抱きしめ、熱い精を注ぎ込むことができるのだ。

だから……。

――モウ、ジブンハ、ヒツヨウナイ
もともと陛下の治療のためにこの王宮に連れてこられたのだから、それ以上を夢見るのは間違っている。

ジュリアンナは、初めて陛下に会った夜のことを思い出した。

射抜くような真っ青な瞳で見つめられ、問われた。

治療をするのか、しないのか……。逃げ出すのなら今のうちだと。

あの時逃げ出していれば、きっとこんなに苦しい想いはしなかった。

その代わり、誰かをこれほどまでに愛することもできなかっただろう。

だから自分の判断は間違ってはいなかった。

『医者として絶対に匙を投げたりしない』それを貫くことができたのだから。

ジュリアンナは陛下の温もりに身を委ね、胸の鼓動に耳を済ませた。

どくどくという規則的な音がひどく心地よい。

こうして愛する人の胸に身体を預けて目覚めるというのは、きっとこれが最初で最後なのだ。

ジュリアンナは、そっと目を閉じた。このまま時が止まってくれればいいのにと思う。

でもそれは、あえかな望み。だから、こんなふうに私を抱きしめないで欲しい。

まるでかけがえのない、大切なものを包み込んでいるように。

でないと、私の心が勘違いしてしまう。

自分の身も心も愛されていると思ってしまうから……。


「――リアンナ先生、ジュリアンナ先生ってば！」

「え……？　きゃっ！」

ジュリアンナは、びっくりして聴診器を取り落とした。

ころころと床を転がる聴診器を慌てて拾い上げる。

「ああ、びっくりした。どうしたの？　アリス。大声なんか出して」

「どうしたのじゃありませんよ。……大丈夫ですか？　王都から戻ってきてから、ずっとぼうっとして元気がなくて……」

ジュリアンナは看護師見習いのアリスの声で我に返った。

まるで白昼夢を見ていたかのように、王宮でのことを思い出していたとは言えなかった。

そう、いまや私は領地に戻ったのだ。

いや、戻るというより、逃げてきたと言った方が正しいかもしれない。

あの朝、陛下は一年ぶりの吐精のせいで心身ともにぐったりと疲れ果てて眠り込んでいた。その腕をすり抜け、急いで誰もいない王宮の自室に戻って着替えた。

陛下のために薬湯をそっと運んだあと、朝一番で出発する乗合馬車に飛び乗った。そのまま王都から馬車を乗り継いで領地に戻ってきたのだ。

ジュリアンナは、傍で心配そうに見つめるアリスから目を逸らした。

――私は臆病者だ。

もう治療は終わったと、私は必要ないと言われるのが怖かったのだ。

だから陛下から用済みだと言われる前に、自分で逃げ出してしまった。

領地に戻ってから、もうすぐ三月《みつき》が過ぎようとしていた。以降、王宮からはなんの音沙汰もなかった。

――それが答えなんだわ。

ジュリアンナは、胸がずきんと傷んだ。自分が王宮にいた間は、まるで夢物語のようだった。

生まれて初めての舞踏会。初めてのワルツ。

そして、恋しい人に初めて身を捧げた夜――。

ジュリアンナは、ふるふると頭《かぶり》を振った。

あの夜を思い出してはダメ。

忘れるの。わすれるのよ……。

「ジュリアンナ先生？　午後は患者さんも少なそうだし、ウィリアム先生だけでも大丈夫ですよ。お屋敷に戻ってちょっと休んだらいかがですか」

「ありがとう、アリス。じゃあ、ちょっと散歩にでも行ってくるわ」

ジュリアンナは診察用の真っ白なエプロンを脱ぐと、中庭に出た。中庭から屋敷の裏手に回ると、大工たちの溌剌《はつらつ》とした掛け声が響いた。

声のした方を見ると、数人の大工たちが屋根の上に登って修理をしている。

自分が王都に行った後、クラウス様が親切にも屋敷の修繕を手配してくれたのだ。

所々崩れかけて雨漏りしていた領主館も見違えるように新しく生まれ変わってきている。

屋敷ばかりではない。領地には農耕に長けた技術者が派遣され、今年は収穫量も格段に上がりそうだった。これで領民の蓄えも増え、安心して冬を越せそうだ。

クラウス様はなにも言わなかったけれど、約束以上のことをしてくれている。

なのに私は王宮の人たちに、無礼を働いたままだ。だからといってジュリアンナはクラウスやクロティルデ、ましてや陛下に手紙を出す勇気はなかった。

手紙を書いたら、自分の本心を書いてしまいそうになったから。

ジュリアンナが散歩を終えて屋敷の中に入ろうとすると、診療所の前で数人の女性が立ち話をしていた。

「ジュリアンナ先生！　ちょうどよかった。見てくださいよ、この新聞を」

村で唯一の雑貨屋をしている奥さんが興奮した様子で手招きし、ジュリアンナに新聞を差し出した。田舎ではなかなか新聞は手に入らないが、村の雑貨屋には一週間遅れで王都の新聞が届く。

この雑貨屋の奥さんは新聞から仕入れた最新のニュースを村のあちこちで吹聴し回っているのだ。いったい今週はどんな噂話を仕入れたのか、ジュリアンナは苦笑して新聞を覗き込んだ。

「ほら、ここ。なんと皇帝陛下の婚約が決まったそうなんですよ。公爵令嬢とご婚約ですって！」

ジュリアンナは、その言葉に耳を疑った。

陛下が、婚約……？

「み、みせてっ！」

ジュリアンナは、ひったくるように新聞を受け取った。

新聞の一面にはクラウヴェルト皇帝陛下がついに婚約したと報じられていた。

お相手はリディンガム公爵家のご令嬢だと書かれている。

「ま、ジュリアンナ先生もこんなに関心があるなんて。皇帝陛下が婚約なんて、なんておめでたいんでしょう。お相手の公爵令嬢の名前はまだ発表されてないようですけど。お二人の結婚式はいつなのかしら。ああ、できることなら王都に見物に行きたいわぁ」

ジュリアンナは声高に話す雑貨屋の奥さんの声が、耳鳴りのようにがんがんと頭に鳴り響いた。

――陛下が婚約。こんやく、した……。

心臓が、どくん、と鳴った。

途端にジュリアンナの頭がくらくらとした。

胸が苦しい。くるしくて、息ができない……。

「ジュリアンナ先生？　ちょっと、せんせいっ？　……だ、だれかっ……！」

――現実は非情だ。

やっぱり夢は、夢で終わるのだ。

そう思った瞬間、最後に残された一枚の葉が風に吹かれてひらひらと舞い堕ちるように、ジュリアンナの意識はどこへともなく遠のいていった。

＊　＊　＊　＊　＊　＊　＊　＊　＊　＊　＊

「まぁ――ったく、ジュリアンナ先生、貧血だなんて。だからゆっくり休んでくださいね、って言ったのに！」

アリスはベッドの中のジュリアンナに上かけをかけると、腰に手を当てて睨みつけた。

「ごめんなさい、アリス」

「当分は、診療禁止です。診療はウィリアム先生に任せて、家で大人しくしていてくださいね。ちょっとお薬をとってきますから」

アリスが部屋から出ていくと、ジュリアンナは枕に顔を埋めた。

すると日に干しただけのまっさらなリネンの香りがした。

王宮で過ごしていた部屋と違って、この枕はバラの香りはしない。

――ああ、恋しい。

王宮に漂うバラの香りも、陛下の優しげな微笑みも、胸が震えるような麝香の香りも、なにもかも。いつかこういう日が来ることを覚悟していたはずなのに、陛下の婚約のニュースを私の心がまだ受け止めきれないでいる。

ジュリアンナはそっと枕に顔を埋めると、嗚咽《おえつ》を漏らしてしばらくの間肩を震わせていた。

その日から数日、ジュリアンナはアリスの言いつけ通り診療はせずに屋敷でぶらぶらと過ごした。診療は、クラウス様が後任として連れてきたウィリアム先生に任せている。

おかげで体はすこぶる良くなったが、心は晴れぬまま、たた漫然と日にちが過ぎていった。

今日もそんな一日だった。

ジュリアンナが、夜ベッドに入りウトウトしていると、なにやら騒がしい音で目が覚めた。

屋敷の玄関で、家令のマシューと誰かが押し問答をしているようだ。

ジュリアンナはすぐにガウンを羽織ると玄関に急いだ。

半分開いた玄関の扉には、黒いマントを着た背の高い男が立っている。

その男はジュリアンナに気がつくと、なぜか射るような視線を向けた。

フードを目深にかぶり、男の後ろから照らす月明かりが逆光になっていて、その顔や表情はよくわからなかった。

「マシュー。どうしたの？」

「お嬢様、この方が突然やってきて急患だと……」

「まぁ、それは大変！　すぐに往診に行かなくては」

「でも夜中ですよ！　ウィリアム先生にお願いした方が……」

「いいえ。ウィリアム先生は今日も遅くまで診察していたから疲れているもの。私が行くわ。マシューもついてきて。そこの方、あなたは迎えにいらしたの？　患者さんの症状を教えてくださる？」

「………」

男は黙って、ジュリアンナをじっと見たままだった。

「……？　あの、大丈夫ですか？　患者さんの症状がわかれば、お薬を準備して持って行くので……」

そこまで言うと、男がようやく口を開いた。

「胸が苦しいと。胸だけでなく、身体中のすべてが苦しいと」

「身体中が？　それはどういう……？」

ジュリアンナは眉をひそめた。

胸が苦しいと聞いて、心臓かと思ったが身体中も苦しいなんてどういうことだろう。

なにか毒草の類《たぐい》にでも当たったのだろうか？

すると、その男がマシューを押しのけて強引に玄関の中に入った。つかつかと足音を立ててジュリアンナの目の前にやってくると、すぐ真上から見下ろした。

「おい、お前、お嬢様から離れろっ！」

マシューが慌てて駆け寄り、男にランプを掲げた。

ランプの明かりに浮かぶその顔は、忘れられない人の顔だった。

「く、クラウス様……!!」

「ジュリ、今ここで詳しく話している時間はない。皇帝が死にそうなほどの重病だ。今すぐ私と一緒にきてもらう」

「え？　ちょっと待って……、きゃぁ！」

クラウスは聞く耳を持たぬ様子で言うと、ジュリアンナを軽々と抱き上げて表に連れて行った。

「お、お嬢さまっ……」

「おい、そこの家令、ジュリアンナ嬢は連れて行くよ。皇帝の命令だ」

あっけにとられるマシューを残し、表に繋《つな》いでいる馬にジュリアンナを乗せると、自分もひらりとすぐ後ろに跨《また》がった。

「ちょっとまって。クラウス様。いったいどこにいくの？　それに陛下が重病って……」

「ジュリ、だまって。これから馬で飛ばすから喋《しゃべ》ると舌を切るよ」

クラウスは、馬上でジュリアンナの腹を引き寄せて、ぎゅっと抱きしめた。

ジュリアンナを自分のマントの中にふわりと包みこむと、勢いよく鐙《あぶみ》を蹴《け》り出した。

「きゃぁあっ！」

ジュリアンナは、慌《あわ》ててクラウスにしがみついた。

なぜか王都とは反対の方向に駆けて行く。

戸惑いながらもひとまずクラウスに身を預けると、彼から発する胸の鼓動がどくどくと早鐘を打つのが聞こえた。いつも冷静なクラウスも思いのほか、興奮しているのがわかった。

それは陛下の容体のせいなのだろうか。

ジュリアンナは、先ほどのクラウスの言葉に心配になった。

戸惑うジュリアンナとは対照的に、クラウスは片手でジュリアンナをしっかりと抱き、もう片方の手で悠然と手綱を操り迷うことなく馬を進めている。

一刻ほど馬で疾走したクラウスは、湖の畔《ほとり》にある別荘のような邸宅に入った。

「クラウス様、ここはどこ？」

「ここは、皇帝の別荘だ」

馬の嘶《いなな》きとともに、邸宅の正面玄関まで乗り入れる。

すると別荘には灯りがパッと灯り、使用人たちがわらわらと現れた。

馬丁がかけ寄りクラウスから恭しく手綱を取ると、クラウスはジュリアンナを抱き下ろした。

「クラウス様、いくら何でも横暴だわ。こんなふうに強引に私を連れてきて。陛下が重病なんて嘘なんでしょう？」

重病だったら王都で治療を受けるはず。こんな田舎の別荘にいるはずはない。

「ジュリ、強引にでもしないと君は逃げてしまうじゃないか。現に王宮から逃げ帰ってしまっただろう。君の領地に」

「に、逃げたんじゃありません。戻ったんです。だって陛下の治療は終わったから……」

クラウスは何か言おうとしたが、玄関前でのやり取りに使用人たちが興味津々で見ているの気づき、ジュリアンナを抱き上げた。

「きゃぁ！」

「ジュリ、大人しくして。使用人たちの前ではまずい。それに皇帝が重病なのは本当だよ」

「えっ……」

ジュリアンナは蒼白《そうはく》になった。やはり陛下に何かがあったのだろうかと不安になる。

クラウスは別荘の回廊を進み、奥まった部屋に入るとようやくジュリアンナを下ろした。

豪奢な寝室の中央には、帳《とばり》のついた広いベッドがあるが、その上には誰も寝ていない。

「……クラウス様、陛下はどこ？　陛下が重病なんてやっぱり嘘をついたのね」

「嘘じゃない。重病人は、君の目の前にいる」

「な……？」

「……ジュリ、なぜ、私たちが結ばれた翌朝に逃げるようにいなくなったんだ。クロティルデに宛てた手紙を見て、私がどんな気持ちになったか君はわからないだろう？」

「く、クラウス様――？」

私たちが結ばれた翌日……？

クラウス様は何を言っているの？

それに、なぜ知っているの？　あの夜、私と陛下が結ばれたことを。

まさか……。

まさか、クラウス様は……。

「ジュリ、僕はただの治療のためだけに、あの夜、君を抱いたんじゃない。確かに治療の最後の仕上げだったが、それだけじゃない。ジュリ、君を愛しているんだ……」

クラウスはフードごとマントをばさりと投げ捨てた。

するとあらわれたのは、夜の帳のような漆黒の髪。

真っ青な深い瞳……。

あの夜、体を重ね合わせた人……。

「へ、へいか……」

――どうして？

陛下がクラウス様だったの？

「ああ、ジュリ、騙していてすまない。ハヴァストーン公爵のクラウスはこの私だ。叔父の陰謀を暴くために、遠縁のハヴァストーン公爵の名を借りて密かに探っていたんだ。クラウスという名は私の長たらしい名前の一つなんだよ。家族は私のことを幼い頃からクラウスと呼んでいる」

ジュリアンナは信じられない思いでクラウスを見上げた。

では、二人とも同じ人物だったの？

――なのに私は、

「私は……私は、陛下とクラウス様を……」

二人とも好きになってしまったというのに。

ジュリアンナの瞳から涙がぽたぽたと零れ落ちた。

クラウスは、その涙を親指でそっと拭った。

「ジュリ、許してほしい……。私にかけられた呪いのことをほかの人間に知られたくはなかった。だからハヴァストーン公爵と名乗って、君に会いに行き、君を王宮に連れてきた」

――では、最初から、ずっと陛下だったのだ。

私を連れに来て、二人で馬車で旅をしたのも。襲われかけた私を救いに来てくれたのも……。

みんな、みんな、同じ男性《ひと》――。

ジュリアンナは、とうとう肩を震わせた。

二人の間で心を揺らめかせていた自分は、なんて愚かだったのだろうと思う。

クラウスは言葉も出ない様子のジュリアンナをそっと引き寄せると胸の中に抱きしめた。

「ああ、ジュリ……。泣かないで。確かに治療はあの夜、終わったかもしれない。だが私は君を抱いたあの時から、ただの宮廷女医としてじゃない、君と新しい関係を始めるつもりだった。だから君が領地に帰ったと知った時は、怒りに打ち震えたよ。私を残してさっさと帰った君が、ただ治療のためだけに、義務感から私に抱かれたんだと思ってね。だから自分のプライドが邪魔をして君の後をすぐに追いかけることができなかった」

クラウスは、ばつが悪そうに言うと、ジュリアンナの片頬に手を添えてそっと上を向かせた。

不安げに揺らめく涙に濡れた蜂蜜色の瞳を覗き込んだ。

「でも君がいなくなって気がついたんだ。たしかに私の身体は元に戻った。でもジュリ、君がいないと僕の心はずっと萎えたままなんだよ。君だけが唯一、僕の身も心をも奮い立たせることができる……」

クラウスは、ジュリアンナに唇を重ねた。

身を寄せ合った身体からは、お互いの心臓がどくどくと早鐘を打つ音が重なり、ひとつに混じり合った。

クラウスから発する熱い体温がジュリアンナの心を甘く熔かしていく。

「ジュリ……。君のいない間、君のことを思うと胸が苦しくなって息が止まりそうだった。ひょっとしたらジュリの方から戻ってきてくれるかもと微かな期待も抱いたが、噂を聞けば、君は領地でまた以前のように何事もなく診療を始めたという……」

「そ、それは……。だって、私にはそれしか……」

「私がどんな気持ちだったかわかるか？　君がいなくなってこんなに苦しいのに、君は元の生活に戻っているなんて」

クラウスは、ジュリアンナに返事を言う間も与えずに、また唇を重ねた。

それは、罰するようでいて切羽詰まったようなキス——。

熱い舌が濃密に絡められる。

「んっ、ふ……」

「……ジュリ、愛しい人。我が元に戻れ」

ジュリアンナはぎゅっと目をつぶった。

胸の奥が苦しい。陛下が恋しくてたまらない。ここで素直に頷けば王宮に戻れる……。

でも陛下はリディンガム公爵家の令嬢と婚約者しているのだ。

この言葉は、きっと愛妾として……？

ああ、だめ。それはできない。

ジュリアンナは、ともすれば傾きそうになる気持ちを必死に抑えて唇を離した。

「無理です……、できません」

心が灼《や》けるように痛む。

ジュリアンナは俯《うつむ》いて首を横に振ると、クラウスの胸に手を当てて押しのけた。

「なぜだ、ジュリ？」

厳しい声が返ってきた。

——そんなの、わかりきっているのに。

私では、釣り合わない。勝てっこない。身分も何もかも。

なにより陛下がほかの女性を愛する姿を側で見ていることなど耐えられそうにない。

「へ、陛下には、婚約者が……。リディンガム公爵様のご令嬢と……」

ジュリアンナが震えた声で言うと、クラウスは一瞬、目を見開いて、そのあと頬を緩めた。

「ああ、婚約したよ。だから婚約者を連れて帰らないと、結婚できない」

「連れて帰る？」

「そう、ジュリアンナ。君だよ……」

「わ、わたし？」

思いもかけない言葉にジュリアンナは、目を丸くする。

「ジュリ、君をリディンガム公爵の養女にした。いわば後見人だよ。リディンガム公爵家から養女として私に嫁ぐことになる。君には逃げられてしまったからね。こちらも先手を打たせてもらったよ。新聞にも告知を出して、今度こそ君に逃げられないように……だから」

クラウスは、言葉を切るとジュリアンナの腰を引き寄せた。

まるで海の底に惹きこまれそうなほどの青碧《せいへき》の瞳と目があった。

「私の花嫁になれ。私の唯一の妃に」

ジュリアンナは、頭が真っ白になった。

本当なのだろうか。本当に私のことを……？

私を愛人としてではなく、陛下の花嫁に……？

「愛してる、ジュリ。私には君しかいない。君だけが私を目覚めさせることができる。私の心も身体も……」

クラウスの唇がジュリアンナの額を掠めたかと思うと瞼に落ち、ジュリアンナの涙を啜った。

「っ陛下……」

――心が震える。

溢れる嬉しさにこのまま泣き崩れてしまいそうだ。

ジュリアンナは、クラウスの告白に信じられない思いでいた。

クラウスの優しい口づけが、心の中に蔓延《はびこ》っていた不安を溶かしていく。

あまりの至福に、これ以上ないほど胸が高鳴るのを感じた。

「ジュリ、返事は？」

不意に吐息が唇の上に吹きかかった。ジュリアンナが見上げると、クラウスは双眸を熱くしてジュリアンナを見下ろしている。

返事など決まっていた。とうに自分の心は陛下のものなのだから……。

「私も、愛しています。ずっと陛下が好きでした……。誰よりも、なによりも……」

「ジュリアンナ……」

どこかほっとしたような声音で、ジュリアンナを両手で包み込みきつく抱きしめた。

ジュリアンナは、まさか、この逞しい胸にまた抱かれる日が来るとは思ってもいなかった。

もう自分の気持ちを抑えなくてもいいのだ。

愛する人に、素直に愛している、と言える喜び。

それがこんなにも、幸せなことだったとは……。

「ほんとうに、私でいいの？　私は、ただの女医で……」

「女医じゃないと困る。なにしろ私は君がいないと身体中が痛む重病人なのだから」クラウスは苦笑した。

「信じられないのなら、信じさせてあげよう」

「え？　きゃっ、ひぁあ！　へいかっ」

「あの夜、たった一度、射精《だ》しただけで果ててしまったなんて、私の歴史上、ありえないことだったからね。今夜は、その償いをするよ」

「つ、償いって……？」

「ジュリ、君の中に入りたくで我慢できそうにない。離れていた分、いっぱい可愛がってあげよう。逃げた君に、君は誰のものかを思い知らせてあげるよ」

クラウスはたじろぐジュリアンナを抱き上げて、まっさらな絹のベッドに横たえた。

悪魔っぽい笑みを浮かべたまま、ゆっくりと覆いかぶさった。

ぎしりとベッドが深く沈む。

「ジュリ……」

喉奥から搾り出したような艶めいた声で囁かれ、ジュリアンナの身体の芯にじんと熱が灯った。

今こうして、陛下と二人でいるのが信じられない。

しかも、こんなに近くに陛下の体温を感じている……。

クラウスが横たわるジュリアンナの両手を握り、ぎゅっと指を絡ませた。

「――もう離さない」

そう耳元で呟いたかと思うと、ふいにきつく抱きしめられた。

「あ……」

温かい手で頬を包まれ、熱い唇が重ねられた。

熱を持った唇はじゅっと音を立ててジュリアンナの孤独だった心に火を灯す。

いつの間にか入り込んだ舌がくちゅりと水音を立てて、ジュリアンナの舌を優しく絡めとる。

二人だけの空間には、ぴちゃぴちゃという淫らな口づけの音が波紋のように響きわたった。

「ふ……ぁ、んっ、へい、か……」

「ジュリ、今宵、君を可愛がらせて……」

淫らな予感に、ジュリアンナの全身がふるっと震える。

クラウスはジュリアンナの寝間着のリボンを外すと、あっという間に一糸纏わぬ姿にした。

まろびでた乳房の先が甘い予感に硬く凝《しこ》った。

クラウスは手にすっぽりとおさまる乳房を掬い上げると、ぬるついた舌で色づく乳頭に触れ、小さな突起にねっとりと絡みついた。

たちまちジュリアンナの全身が震え、思わず身体が仰け反ってしまう。

「んぁ……、やぁ、あっん……。へいかっ……」

媚びた猫のように、甘えるような声を出す自分が恥ずかしい。

なぜか陛下の前では、医者でもない、領主でもない、ただのジュリアンナになってしまう。

「ジュリ、こんなに蕾を尖らせて……。私に愛でられるのを待っていたのだろう？」

ぴんと尖った乳頭を指先でこりこりと捏《こ》ねたりしながら、クラウスはもう一つの乳房の先端を啌《くわ》え、言葉どおり愛でるように舐め転がした。

「あっ、あっ、へいかっ……んっ……」

クラウスはジュリアンナの両の乳房にいやというほどの愛撫を与えると、着ていたシャツを荒々しい仕草で脱ぎ捨てた。

どきどきという鼓動が静まらぬ中、ジュリアンナは露わになった陛下の裸に見惚れてしまう。逞《たくま》しい筋肉質の肌は、陛下との初めての診察の夜のように、ほの昏い蠟燭《ろうそく》の明かりに彫像のように浮かび上がる。

あの時、私は一目で陛下に心を奪われたのだ……。

ドギマギしてしまって聴診器を取り落とし、まともに診察もできなかった。

ジュリアンナが自分の拙い診察を思い出してくすりと笑うと、クラウスが片眉をあげた。

「ジュリ、私の裸を見て笑いを漏らすなんて、君はずいぶんと余裕があるようだね。私はこんなにガチガチになっているというのに」

そういうとズボンの前たてを緩めた。

解き放たれた合わせ目からは勢い良く猛々しい屹立《きつりつ》が飛び出した。

「あ……」

ジュリアンナは、息が止まりそうになった。

下腹部の濃い茂みから雄々しく天に向かって反り返っているそれは、何度見てもひどく淫らだ。

医学書で初めてその形状を見た時は、なんてグロテスクで、悪魔祓《ばら》いの道具のような形をしているのだろうと目を瞠った。

けれど陛下の男根は、太く、長く、凛々しく隆起していて、神々が使う長弓のように美しい造形をしている。

あまりに淫らで、美しい――。

「ジュリ、キスして。私の男性器《ファルス》に」

クラウスは膝立ちになると、そそり勃つ幹の根元に手を添えた。その切っ先をジュリアンナの唇に触れるか触れないかのところまで押し下げた。

自身の長い幹をゆっくりと擦り上げると、亀頭からは透明な雫が漏れて滴り落ちそうになる。ジュリアンナは漂う雄の匂いにクラクラと眩暈を覚えた。

「キ、キスを……？」

「そう、ジュリ、今宵、君のキスを私に捧げてくれ。ジュリのキスが唯一、私を目覚めさせ、呪いを解いてくれた。ジュリ、君は私だけの奇跡の乙女だ……」


陛下は、誤解している……。

呪いを解いたのは私の力じゃない。呪いが解けたのは、私が奇跡の実を食べたからだ。

そう思うのにジュリアンナは、抗うことができなかった。

ジュリアンナはクラウスの逞しい根元にそっと手を添えた。

自分にはない、男性の硬さに息を呑む。

それは一瞬のことで、吸い寄せられるように大きな亀頭に唇を寄せた。

太茎とは違って、弾力があり、なめらかな感触。だけれど、熱い。

その熱がジュリアンナの柔らかな唇を伝わって、じわりと全身へ広がっていく。

「ふ、ジュリ……。いい子だ。可愛いよ。今度は舌を突き出してごらん。もっと私を感じさせてあげよう」

「し、舌を？」

「そうだよ。前のようにね」

ジュリアンナは心臓がどきりと跳ねた。

これからされるであろう淫靡《いんび》な蜜技に、首筋がどくどくと脈打つ。

クラウスに言われた通りピンク色の小さな舌をそっと突き出した。

前と同じようにクラウスは小さな舌の上にずっしりとした質感のある男根の切っ先をのせると、ゆるゆると擦《こす》り付けた。

「ふ、んっ……」

思えのある雄の感触に、思わず鼻から息が漏れる。

舌の上がこんなにも感じやすい部分だとは思ってもみなかった。

身体中にどうしようもないほどの疼きが生まれる。

「ああ、ジュリ、なんてやわらかい……」

クラウスから感嘆の吐息が漏れた。

見上げると目を瞑《つむ》り、ジュリアンナの舌の柔らかな感覚に酔いしれているようだった。

ジュリアンナも誘われるように、クラウスの大きく張り出した亀頭を口内に含んだ。

口の中いっぱいにクラウスのもので満たされる。

その感覚に喉の奥からきゅんと甘い疼きが湧き上がった。

これは淫らなことだとわかっていても、陛下を愛したい気持ちを止められない。

こんな拙い愛撫でしか伝えられない自分がとてつもなくもどかしい。

ジュリアンナは、前に陛下にしたように、根元から逞しい幹を舐め上げると雄芯を喉奥まで飲み込んだ。

口内でびくんと脈動が伝わり、クラウスから艶めいた溜息がほうと漏れた。

クラウス自身も、じっとしているのに耐えかねたのか、腰をゆるゆると前後する。

先端から溢れる透明な雫やジュリアンナの唾液が潤滑油となって、だんだんと雄竿が喉の奥の方まで沈みこんでいく。

「あ……、ふぁ……」

ジュリアンナは熱い塊の先端で喉奥をつつかれる気持ちよさに、子猫のように甘く喉を鳴らした。

クラウスが抜き差しするたびに響く、ちゅぽぬぽという淫らな音が媚薬のように頭を痺れさせていく。

クラウスからも時折、感に堪えないといった艶めいた吐息が漏れた。

肉棒が抜き差しするのに合わせて、舐めたりしゃぶったりを何度も繰り返すと、立ちのぼる男の匂いに酔ったのか、ジュリアンナ自身も蕩けたような感覚になる。クラウスもまた、ジュリアンナの頭を優しく撫でていた手が止まり、心なしか力が入ったようだった。

一気にクラウスの腰の動きが加速する。

「……っ、ジュリ、久しぶりだから、これ以上もたない……口の中に……」

――射精《だ》してしまう。

荒げた息とともに呻くような声が漏れた。

するとクラウスがぶるっと震え、腰を仰け反らせた。

喉奥に含んだ雄芯が、口内《なか》で、ひときわ大きさを増した気がした。

「く、ジュリっ……射精《で》る――！」

クラウスが、急いで肉棒を引き抜こうとしたが間に合わなかった。

太幹がいっそう硬くなり、びくりと大きく脈動した途端、ジュリアンナの口の中で白濁が弾けた。

「んっぁ、熱い……」

とろりとした粘液が、口の中いっぱいに広がる。

クラウスの吐精は激しく、ジュリアンナの口の中だけでなく、口元、首筋や胸にびゅくびゅくと勢いよく迸《ほとばし》った。

ジュリアンナは驚いて口内に迸った熱い精を飲み込んでしまう。

いままで味わったことのない青苦い味が喉を伝わった。

「は……、くそ。ああ、ジュリ、すまない……。飲んでしまったね？」

クラウスは額に汗をにじませながら寝台の傍らに置いてあった布をとった。

ジュリアンナの身体中に飛び散った精を綺麗に清める。

ジュリアンナはされるがまま、蕩けたようにぼうっとした目でクラウスを見つめた。口の中で男の精を受け止めるという初めての淫猥《いんわい》な行為に、まるで自分も達してしまったような感覚に陥った。

片方の口元にはクラウスの放った精が、まるでクリームを舐めたあとのようについてしまっている。

それを見てクラウスが愛しさを隠さずに目元を緩めた。

「ジュリ、唇の端にもついている」

クラウスはジュリアンナを向かい合わせに腿の上に抱え上げると、口元についた己の精をペロリと舐めとった。

「ひゃぁっ、へ、へいかっ……、なにを……」

「くそ、恐ろしくまずいな……まぁ、君の薬湯よりはましか……」

「こ、これより薬湯のほうが……!?」

ジュリアンナは、ある意味、ショックを受けた。それさえも冗談なのか本気なのかよくわからない。

だがジュリアンナを見つめるクラウスの瞳は揶揄いを含んできらめいていた。

「ふ、ジュリ、今度はジュリを存分に可愛がりたい……」

「あんっ……」

そういうとクラウスはジュリアンナをそっと寝台に沈めた。

この上なく愛しいものを愛でるように目を細めると、ジュリアンナの秘めやかな部分をゆっくりと押し開いた。

「ジュリ……、たくさん蜜を滴らせて潤っているよ」

「あ、やぁ……、恥ずかしいの……、見ないで」

「大丈夫だよ。私を欲しがって、とても可愛くヒクついている」

「なっ……!!」

ジュリアンナの肌はクラウスの言葉に、一瞬にして薄桃《うすもも》色に染まる。

まったく、なんて恥ずかしいことを平然と言うのだろう。

陛下のばか……。

抗議しようと口を開きかけると、クラウスがジュリアンナの太ももを軽々と押し拓く。

濡れそぼり、甘い芳香を放つジュリアンナの秘唇にクラウスが長い舌を差し入れた。

潤んだ花びらの狭間を溢れる蜜を味わうようにゆっくりとなぞりあげる。

「あっ、あっ、だめ……そこ、あぁ……!」

秘めやかな部分を這う生温い感触に、全身を蕩けさせるような甘い痺れがつんと湧き上がった。

花弁がさらにひくひくと蠢いて抑えが効かない。

どこにこんなに溜まっていたのだろうと思うほど、蜜液が奥からとろりと溢れ出す。

「ジュリ……。感じてる?」

――そんな言葉では足りない。

ぬるついた肉厚な舌で舐め溶かされると、下腹部がかぁっと熱くなり、甘い疼きが、どんどんせり上がってくる。

何かに掴まっていないと、このまま溺れてしまいそうだ。

「あ、はぁ、くらうすっ、さま……」

ジュリアンナは息も絶え絶えになりながら、シーツを鷲掴みにして濃い金色の髪を打ちふるった。

クラウスに舐められるたびに、じんじんとした熱い疼きが膨れ上がる。

「〜〜〜っ」

「ジュリ、我慢しないで。思うままに感じてごらん」

クラウスが、くちゅくちゅと淫らな音を立てて蜜を啜り上げ、時にねっとりと舐め上げる。

ああ、腰の奥が熱い。

クラウスに愛でられ、拓かれた身体は、いとも簡単に悦びを得てしまう。

「はぁ、くらうす、さま、クラウスさまぁ……」

ああ、大好き……。

淫らなことをされているというのに、好きな気持ちが止められない。

強請《ねだ》るように甘く恋しい人の名を呼ぶ。

「ん……、そろそろイかせてあげようか。花びらも柔らかくなってきた。一番気持ちのいいところを可愛がってあげる」

クラウスの舌がわかっているとばかりに媚肉をなぞり、花びらのあわいに潜む敏感な突起にぬるりと絡みついた。

「あ、やぁ、あんっ――！　そこは――」

とてつもなく熱いところ。快楽の泉。

クラウスから与えられる刺激は、この上なく苛烈で、この上なく甘く苦しい。

身体が弓なりに反って、ぶるぶると震えてしまう。

「ジュリ、こんなにぷっくりと膨らませて。熟れきった桜桃《さくらんぼ》のようだよ」

またしても吹きかかるクラウスの甘い吐息に、敏感な蕾だけでなく頭までも痺れてしまう。

蜜壺から溢れた愛液を巧みな舌さばきでとろりと掬いあげると、熟れた蕾に蜜を塗りつけるように舐め転がされた。

「ここがジュリの一番いいところだろう？　これから毎日、愛でてあげるよ」

「ンふ……、やぁ、あぁんっ……、だめ……そこ、やめ……あんっ……」

「やめてほしいの？」

そんなふうに焦らすクラウス様は、意地悪だ。

今やめられたら、それこそ満たされない疼きで頭がおかしくなってしまいそうだ。

ジュリアンナは、恨めしげに小さく顔をふった。

それを見てクラウスが含んだ笑みを漏らし、いい子だね、と呟く。

「ああ、可愛い。まるで砂糖漬けの桜桃だな……じゅっと潰して果肉を味わいたくなる」

言葉通りクラウスが果肉を押しつぶすように、膨らみきった突起を唇でぎゅっと挟むときつく吸い上げた。

剝《む》き出しにされ、空気の流れを感じるほど鋭敏になった蕾は、そんなことをされてはひとたまりもなかった。

「くらうっ……、あぁっ、あぁ――っ！」

体の中で何かが弾けて真っ白になり、どこまでも上り詰めていく。

腰がガクガクと痙攣《けいれん》し、あまりの気持ちよさに嬌声をあげながら絶頂に達してしまう。

何度も何度も波が押し寄せ、極みがとめどなくやってくる。

「あ、はぁっ、っ、あぁっ……」

いまだに身体がぴくぴくと跳ねる。

ジュリアンナの全身は、いつの間にかしっとりと濡れていた。

満ちていた潮が引くように、強烈な快感がゆっくりと引いていく。

「よしよし、いい子だ、ジュリ。気持ちよかっただろう？」

ジュリアンナはクラウスの首に震えながら手を回して、その胸に顔を埋めた。

たった今経験したあまりの喜悦に、自分一人ではどうしていいかわからない。

恋しい人から与えられた快感の余韻に、甘えたように啜り泣きながら打ち震えてしまう。

クラウスはジュリアンナの衝撃を宥《なだ》めるように、背中をぽんぽんとさすると、ぎゅっと抱きしめた。涙に濡れた目元に口づけを落とすと、ジュリアンナの唇に重ね合わせた。

触れ合った舌がぴちゃぴちゃと音を立てて混ざり合う。

クラウスの愛撫がひどく心地よく、ジュリアンナは求められるがまま舌を差し出した。

「ジュリ、愛してる……。君が欲しい。君の中に挿入《はい》りたい」

先ほど精を放ったばかりだというのに、クラウスの男根はち切れんばかりに昂ぶっていた。

ピンと反り返った欲望の切っ先が下腹部を掠めると、腰の奥がきゅんと痺れた。

クラウス様は、こんなに昂ぶっているのに辛抱強く私に快楽を与えてくれたのだ。

「私も……、私もクラウス様がほしい……」

自分からせがんでしまったことで、頬が、肌がかぁっと火照る。

だけど、どうしようもなくクラウス様と一つに熔《と》けあいたかった。

「ジュリ。おいで」

クラウスが自分の上にジュリアンナの小さな尻を掲げあげ、剛直の真上からぐっと押し下げた。

「あ……、あ……、く、くらうす、さま……」

とろとろに濡れた蜜口に太く逞しい先端があたる。

傘の開いた亀頭がとてつもなく熱く、ぐぷり、と音を立ててジュリアンナを貫いていく。

ゆっくりと膣《なか》に押し入ってくるものの大きさと圧迫感に息を呑み、思わずクラウスにしがみつく。

蕩けきった蜜洞には痛みは感じなかった。

その代わり圧倒的な質量と熱に身の内から灼かれるような愉悦が押し寄せて、喉を鳴らしてしまう。

「んぁっ……、ふぅ……ん……、くらうす、さま……」

「は……、ジュリ、柔らかいのに、なんてきつい。いやというほど絡みついてくる」

クラウスもまた、これまでどの女性にも感じたことのない官能に呑み込まれそうになっていた。

理性などという言葉を、この世から消し去ってしまうほどの気持ち良さ。

気を緩めれば、すぐさま逆ってしまいそうになる。

クラウスは、ありったけの自制をかき集めて、ゆっくりと、けれど揺るぎなく熱い塊を押し進めた。

最奥まで達すると、呻きとも、溜息ともとれる吐息を漏らす。

「は……、ジュリ、奥まで挿入《はい》ったよ。わかるかい？」

「……っ」

わからないはずがない。

クラウス様の男性器《ファルス》は、こんなにも大きくて、熱い……。

熱の籠った目で見下ろされると、涙がじわりと溢れた。

自分を満たす存在感。

今、クラウス様と心も身体も一つに結ばれている。

待ち焦がれ、恋い焦がれていた人と。二度と会うことの叶わないと思っていた人と。

ジュリアンナは、望んでいたものを受け入れた至福の悦びに満たされた。

クラウスの顔が近づいて、ジュリアンナの唇を捉える。

繋がったままのキスはひどく親密で、淫らだ。

「ああ、たまらない。ジュリ、動くぞ」

とろとろに蜜を滴らせたクラウスの灼熱の熱茎が、何度も穿ち、最奥を抉り揺さぶる。

息を整える間もなく、ずぷりと長大なのものを突き入れられるたびに、脳髄に甘い痺れが走る。

クラウスの濃厚な動きが、かえってもどかしいほどの快感をジュリアンナに与えている。

太い肉茎が媚肉を満遍なく擦るようにいやらしく振り立てられ、身の内から蕩けてしまいそうな感覚が押し寄せる。

「あ、あんっ……、くらうす、さま、熔けちゃう……熔けちゃう……」

「可愛いジュリ、私も熔けそうだ。灼かれるほど、熱い」

それは、クラウス様の熱杭のせいだ……。

このうえなく濃密で甘く苦しい抽挿は、突き上げられる度にジュリアンナを至福で満たしていく。

腰を揮うクラウスの動きが激しさを増し、額からは玉の汗が滴り落ちる。

重なる息が荒くなり、二人とも同じ極みにむかって昇りつめているのがわかった。

「ジュリ、可愛くていやらしい、私の黄金の乙女」

「あぁっ、くらうす、さまっ――！」

「くっ、ジュリ……っ――」

低く唸るような声が耳元を掠めた。するとジュリアンナの頭の中も真っ白に弾けた。

幾度目かの挿入の後、クラウスの灼熱の滾りが最奥まで挿入りこんでくると動きを止め、ひときわ大きく脈動した。途端に鮮烈な熱い迸りがどくどくと広がっていく。

「ああ……、クラウス様……」

「はっ……、ジュリ……」

クラウスがジュリアンナの肩口に顔を寄せると、白い肌を甘噛みした。

共に達した悦びに、胸が締めつけられるほど嬉しい。

いつの間にかジュリアンナの目元は涙で濡れていた。

長い射精が終わり、クラウスが、ふぅと息を吐く。

「ジュリは、案外、泣き虫だな。普段は女医としてすました顔をしているくせに」

クラウスが目尻の涙を唇で掬い取る。

「だが、何があってもジュリの涙をぬぐうのは私の役目だ」

クラウスが苦笑しながらジュリアンナを抱き起こし、汗ばんだ逞しい身体に包み込む。

肌が密着し、逞しい胸から伝わるどくどくという規則正しい鼓動が、これは夢ではないのだと思わせてくれる。

これからは、クラウス様の鼓動を感じながら、ともに夜明けを迎えられるのだ。

奇跡のような、あの夜を越えて……。

クラウスが胸の中にあるジュリアンナの顎に手をかけると、上を向かせた。

やわらかな濃紺の瞳と目があうと、ジュリアンナは、そっと瞼《まぶた》を閉じた。

この後に何が降りてくるかはわかっていたから。

「――ジュリ、覚悟して。もう逃げられないよ。愛している。私の黄金の乙女」

そうして、ジュリアンナの予測を裏切ることなく、クラウスの唇がゆっくりと重なった。

エピローグ

「ジュリアンナさん、お兄様は先に大聖堂に行く馬車に乗り込んで待っているわ。あなたも早く行かなければ」

王宮にある皇妃の部屋に、クロティルデが顔を出した。

金時計を見ながら、美しい眉をひそめてジュリアンナを急かす。

「あ、ごめんなさい。差出人がわからないのだけれど、さっき私宛に古い本が届けられたの。ちょっと読んでみたくて」

「ん、もう……。せっかくの婚礼衣装《ウエディングドレス》がしわになってしまうわよ」

そういってジュリアンナのドレスをくまなく点検すると、最後に王家に代々伝わるヴェールを直した。

ジュリアンナは、陛下の別荘で結ばれた翌日、陛下とともに馬車で王都に戻ると驚くことばかりだった。

まず、女官だと思っていたクロティルデが、実は陛下の双子の妹だという。

どうりで高貴な雰囲気があり、面差しが似ていると思ったが、全く気がつかなかった。

そんな鈍い自分にまたしても呆《あき》れてしまう。

それに王都に戻ったとはいえ、田舎の伯爵令嬢でしかないジュリアンナは、すぐに婚約者として王宮に入れるはずもなかった。公爵家から養女として輿入れするために、お妃教育もかねてリディンガム公爵家に四月《よつき》ほどお世話になった。

陛下は輿入れまでの間、離れて住むことに大反対だったが、慣例だといってリディンガム公爵が譲らなかった。

そのため公務で忙しい陛下と会えるのは日中の限られた時間だけになった。

やっとすべての準備が整い、今日いよいよ、婚姻の日を迎えることになったのだ。

今朝は朝早くから、リディンガム公爵と馬車で王宮に来て、身支度のためにこうして皇妃の部屋に入った。

皇妃の部屋は改装されていて、ジュリアンナの好きな愛らしい薔薇模様で統一され、奥にはこじんまりした図書室や書斎もあった。

ジュリアンナのために寝室の脇に書斎を用意してくれた陛下の優しさに嬉しくなる。

離れていた間も陛下が自分を想い、この上なく大切にしてくれることがわかって嬉しかった。

「さぁ、いきましょ。とっても美しいわ」

クロティルデに促され皇妃の部屋を出て、回廊を歩く。

毎夜、陛下との秘密の治療のためにどきどきと胸を高鳴らせながら、ここを歩いたのは、いつのことだったのだろう。あの時は、叶わぬ想いと諦めていた。

なのに、こうして婚礼のドレスを着て歩くなんて、想像もしていなかった。

回廊を抜けると、どこまでも広く澄み渡る空の下、王宮の入り口には壮麗な白い馬車が横付けされていた。馬車の後ろに従う数十騎の近衛が揃いの白い制服を纏《まと》ってずらりと隊列をなしている。

「まぁ……！」

あまりの精華かな様相にジュリアンナが目を瞑った。

クロティルデに聞いたところ、大聖堂に向かう大通りにはすでに大勢の国民が詰めかけているという。

途端にジュリアンナは、不安になった。

陛下と結婚するとは、こういうことなのだ。

お妃様として、その隣に立ち、陛下を支えていかなければならないのだ。

私にできるのだろうか……。私には医学の知識しかない。

もっとお妃様として相応しい方がいたのではないかしら……。

ジュリアンナが躊躇していると、馬車からすらりと長い足が降りてきて、恋しい人が姿を現した。

抜けるような白と金糸で刺繍された眩しいほどの礼装に、肩に纏った濃紺のマントが風にたなびいている。

壮麗な衣装をものの見事に着こなしていて、生まれながらに皇帝の風格そのものを備えていた。

「ジュリ？」

クラウスが様子のおかしいジュリアンナに声をかけた。

「ジュリ？　どうした？　気分でも――」

「や、やっぱり、だめ。私など、不釣り合いです」

自分には、陛下の隣に立つ自信がない……。

するとクラウスがくすっと笑った。

「ジュリ、何をしている。おいで。私と来られないなら、君の領地を没収するよ」

「…………っ！」

ジュリアンナは、その言葉に胸が詰まりそうになって泣きそうになる。

クラウスが初めてジュリアンナの領地を訪れた時、無理やり自分を王都に連れて行くために、強引に取引を持ちかけた。

その時に尊大に言い放った同じ言葉を使って、悪戯《いたずら》っぽく言った。

きっとジュリアンナの不安や緊張を解きほぐすために。

――ああ、なにを不安に思う必要があるのだろう。

私の傍には、クラウス様がいつもいてくださる。

もう一人ではない。これからは、たった一人で立って歩かなくてもいいのだ。

「そ、そんなの卑怯《ひきょう》だわ……！」

ジュリアンナもあの時返した言葉を投げかけると、クラウスのもとに走って行った。

「走るな、ジュリ……！」

慌ててクラウスがジュリアンナを抱きとめると、そのまま掬い上げた。

逞しい腕がジュリアンナをしっかりと抱きしめる。

「まったく、私をやきもきさせてばかりだな。お腹の赤ん坊に障《さわ》るだろう。今夜はお仕置きだよ」

そう、私たちは別荘で結ばれたあの夜、二人の赤ちゃんを身籠ったのだ。

「そろそろ安定期だろう？　今からジュリの中に這入《はい》りたくてウズウズしている。また私の男性器《ファルス》に、キスして目覚めさせておくれ」

「なっ……、陛下、皆んなが聞いてっ……」

なんてことを言うのだろう。

人目も憚《はばか》らずよく通る声でクラウスが言うと、ジュリアンナの頬が、かぁと火照る。

馬車の扉を開けて待つ侍従や、馬車の前後にいる御者、居並ぶ近衛騎士たちにきっと聞こえてしまっている。

クロティルデを見ると、呆《あき》れたような顔をしている。

「そら、行くぞ」

クラウスはジュリアンナを抱きかかえたまま馬車に乗り込んだ。

ジュリアンナも抗わなかった。

今はこの腕に抱かれていることがこのうえなく嬉しい。ジュリアンナはクラウスの胸に頬を摺《す》り寄せた。

「ジュリ、なにも不安に思うことはない。きっと幸せにするから」

耳元でそう囁かれ、ジュリアンナは満ち足りた思いで頷きながらクラウスを見上げた。

愛しげに見下ろすクラウスの瞳は、馬車の窓から見える青空よりも、濃く深い。

晴れ渡る日も、嵐の夜も、陛下《クラウス》が側にいてくれるだけで、幸せなのだ。

二人の視線が絡むと、お互いにクスッと笑った。

愛しい人の熱い温もりを感じながら、近衛騎士の掛け声とともに馬車が緩やかに走り出す。

未来永劫《えいごう》に続く、幸福へと向かって……。

――皇妃の部屋には、ひとつの古い本が残されていた。
窓からそよぐ風に煽られ、開いていたページがひとりでにパラパラと捲《めく》れる。
一番最後のページが開かれると、途端に風がやんだ。
そのページには、滲んだインクでこう記されていた。
『～我が娘、ジュリアンナへ
奇跡の実は、真実の愛がなければ実らない。
愛し合う者にのみ、奇跡が振り注ぐだろう～』
窓の外では、王都の大聖堂から祝福の鐘の音が、いつまでも高らかに響き渡っていた。

……La fin……（完）

あとがき

親愛なる読者さま

初めまして。月乃ひかりと申します。この度は、私の初めての書籍となるこの本書をお手に取って下さいましてありがとうございました。溺愛甘々ストーリーをご堪能いただけましたでしょうか。

このお話は、小説投稿サイトにて「金の乙女は、今宵、目覚めのキスを皇帝に捧ぐ」というタイトルで掲載していたのを改稿して、竹書房ムーンドロップス様より刊行していただきました。

今回、刊行するにあたりまして、書籍版だけのオリジナルなラブストーリーに改稿いたしました。

とくに陛下とジュリが喪明けの舞踏会の夜に初めて結ばれるシーンですが、WEB版では邪魔が入ったりします。でも喪明けの舞踏会を待ちわびていた陛下に邪魔が入ったのが可哀そうで、舞踏会の夜になんの障害もなく、陛下が純粋に自分の想いのたけをジュリに伝えられたなら、どんな風に結ばれたのだろうとずっと妄想していました。

念願の書籍版で書かせていただいたので、私の想いも叶いとても嬉しいです。

またこのお話のヒーローの陛下は、御読み頂きましたとおり、不能です。(汗)

WEBに投稿した当時、ファンタジーTL小説には完璧なヒーローが多く、投稿サイトにも本屋さんのTLコーナーにも身体的に問題を抱えたヒーローのお話は殆ど見受けられませんでした。

なので、サイトに投稿するときに、かなり迷いました。でも、このお話を通して最終的に不能を克服したヒーローに、身体は元に戻っても、本当に大切なものは、なんなのか気付いてほしいということが書きたかったので、満足です。（陛下が気付いてくれてよかった！　ホッ）

そして書籍化にあたりまして、数あるネット小説の中から私のお話を見い出して頂き、出版していただきました編集様、竹書房様に、心よりお礼申し上げます。

初めての書籍化作業で、初歩的なことも分からず、ご迷惑をたくさんおかけしたと思います。改稿もどうまとめたらいいか色々悩みました。

海外の有名なミステリー作家の著書の中に、「執筆は人間技、編集は神業」という言葉がありますが、今回、初めての書籍化作業でその言葉を目の当たりにしました。

未熟者の私の文章を、編集様の神業で素敵なお話に生まれ変わらせてくださいました。

初心者の私を親切に導いて下さり、改めて心よりお礼申し上げます。

そして、麗しいイラストでこのお話の世界観を表現してくださったゆえこ先生！　ありがとうございます。口絵のジュリの表情に、きゅんきゅんしてしまいました。

また書籍化に携わっていただきました多くの皆様、ありがとうございます。

そして最後に、この本をお手に取りお読みくださった皆様に、ありったけの愛と感謝をこめて。

月乃ひかり

宮廷女医の甘美な治療で
皇帝陛下は奮い勃つ

2018年6月18日　初版第一刷発行

著	月乃ひかり
画	ゆえこ
編集	株式会社パブリッシングリンク
装丁	百足屋ユウコ+もんま蚕(ムシカゴグラフィクス)

発行人	後藤明信	
発行	株式会社竹書房	
	〒102-0072	東京都千代田区飯田橋2-7-3
	電話	03-3264-1576(代表)
		03-3234-6301(編集)
	ホームページ	http://www.takeshobo.co.jp
印刷・製本	中央精版印刷株式会社	

ISBN 978-4-8019-1498-8
Printed in Japan

MOON DROPS